Boris Revout

Unsichtbare Freunde und Feinde

Boris Revout

Unsichtbare Freunde und Feinde

Auf dem Umschlag das Gemälde von Natalie Revout

Bibliografische Information der Deutschen Nationalbibliothek

Die Deutsche Nationalbibliothek verzeichnet diese Publikation in der Deutschen Nationalbibliografie;

detaillierte bibliografische Datensind im Internet über http://dnb.d-nb.de abrufbar.

ISBN 978-3-75432-4370

2021-14-07
Herstellung und Verlag
BoD - Books on Demand, Norderstedt

Inhalt

Begebenheit unansehnlicher Bedeutung

An das, wie diese Geschichte mal begann, konnte er später nicht mehr erinnern. Eigentlich wusste Clero, ein kleines Darmbakterium des Colon ascendens, d.h. aufsteigenden Bereichs des Dickdarmes, darüber keinen Bescheid. Zugleich zweifelte Clero nicht daran, dass er eine erfolgreiche und gedeiht Person war. Sonst konnte er sich kaum so gut empfinden. Dazu zählten auch die allgemeinen Bedingungen seiner Existenz, die nicht allein seinen hohen Ansprüchen als Individuum, sondern den erhabenen Forderungen der gemeinsamen Wohlfahrt entsprechen sollten. Das gesellschaftliche Leben in seinem Staat war perfekt geregelt, so dass die Versorge mit Lebensmittel und intellektuellen Werten niemals versagte. Die durchschnittliche Lebensdauer der Bevölkerung stieg allmählich an. Die letzte Angabe stammte aus der offiziellen „staatlichen" Statistik und Clero habe keinen Grund, ihr nicht zu vertrauen.

Seit eh und je wurde Clero davon überzeugt, dass seine Artgenossen eine der vervollkommnetsten Organismen des Universums aufwiesen. Er konnte davon tausende Beispiele nennen. Diese Reihe begann mit dem berühmten Bakterium Myxococcus xannthus, das in perfekten gesellschaftlichen Beziehungen lebte und über eine erstaunliche Kommunikationsfähigkeit verfügte. Diese Eigenschaft, die seine Eltern zum göttlichen Geschenk zählten, war eine der zauberhaften Erscheinungen unseres Zeitalters. Zu Stolz erregenden Sachen seiner Verwandten sollte Clero unbedingt deren tagtägliche Bereitschaft zählen, sich bei allen katastrophalen Auseinandersetzungen für die Wohlfahrt der anderen zu opfern. Diese ihm so teurere Individuen sammelten sich einstimmig zusammen, um einen fast heiligen Akt der Selbstopferung zu begehen, obwohl es äußerlich ziemlich gruselig aussehen sollte. Doch die Rettung der anderen war nach der allgemeinen Überzeugung das Beste, was es in ihrem Leben von Bedeutung sein konnte. Allerdings ähnelte Clero dieser erhabene Akt eher an den Heldentaten der Mythologie.

Diese historische Geschichte kamen ihm jedes Mal in den Sinn, wenn sein Cousin Brago ihm darüber erzählte. Es gab darin etwas Magisches, was plötzlich reelle und gedichtete Begebenheiten zusammenschmelzte. Dieser Brago brachte Clero immer ins Erstaunen. Wer noch konnte so kategorisch behaupten, dass wir Mikroben auch eines der größten bekannten bakteriellen Genome besitzen. Die letzte Besonderheit ließ uns unter anderen eine unendliche Vielzahl der biologisch aktiven Substanzen herstellen, die man mit den riesigen Fabriken vergleichen könnte. Eigentlich hörte es wie eine zuverlässige Aussicht für die Entdeckung neuen Arzneien gegen aktuelle und künftige Erkrankungen. Doch allein verriet die Größe der Genome nicht die ganze Erhabenheit der Erscheinung. Nur als das Individuum zu begreifen vermöge, dass die Rede vom Zusammenhang der funktionalen Beziehungen der Nahrung, Darmzellen und des Nerven Systems gibt, wäre es möglich ein heiliges Gebäude zu sehen.

Und vor kurzem machte ihn Brago mit der rhetorischen Frage neugierig, dass unser Weltall von uns Mikroben vollständig beherrscht worden war. Was verdeckte sich unter solcher herausfordernden Aussage? Unbedingt etwas Rätselhaftes, was die Gestalt dieses Verwandten immer umwickeln sollte. Für einen Mittelmäßigen, zu denen sich Clero zählte, wäre es eine übermäßige Aufgabe. Allerdings wie konnte es vonstattengehen, dass die kleinsten Schöpfungen der Natur zu den Mächtigsten aufzuwachsen vermochten. Sollte jemand Göttliches hinter ihnen stehen?

Clero begann unwillkürlich, sich zu beschämen:
„Was für eine Nichtigkeit ich bin, wenn meine nahen Angehörigen wie Brago etwas Grandioses aufs Geratewohl vorstellen könnten. Als eine Bestätigung seiner Selbstgeißelung bildete sich Clero seinen nächsten Vetter namens Nestes, der unter den Bakterien des Colon ascendens wie ein Pop Star geschätzt worden war. Neste stellte ihm wie selbstverständlich die günstigsten Umweltbedingungen dar, die zur Enthüllung aller Begabungen der Persönlichkeit führen könnten.

„Dieses segensreiche Gebiet, wo uns gelungen, geboren zu werden und zu leben“, sagte er, „befindet sich in einer der sagenhaften Umgebung der Welt. Denn die Nahrungsströme nach oben sorgen für die Nähe der himmlischen Kraft, die uns eine unendliche Freude des Lebens beschenken lässt“. Solche Äußerung blieb für das Gehör Clero dauerhaft absolut unverständlich. Nur dank Brago wurde es Clero vor kurzem klargeworden, was man unter dem Begriff „Freude“ meinen sollte.

Es handelte sich zweifellos um die Nähe des weitverzweigten Systems von Umweltfaktoren, die für die wohlwollende Existenz der jeden sorgen konnten. Nun schloss sich der Ring der Überlegungen Clero, und dieser Neste erschien vor ihm in vollem Glanz.
Dabei stellte es sich heraus, dass die Darmbakterien des genannten aufsteigenden Bereichs der Verdauung, wo Clero und seinen Verwandten und Freunden zu leben gelang, verhältnismäßig kleine Strukturen aufgewiesen haben.
Mit anderen Worten waren sie imstande, mit wenigen biologischen Substanzen auskommen zu vermögen. Solche natürliche „Sparsamkeit“ sprach in der Tat davon, dass diese winzigen Bildungen bereit waren, mehrere Funktionen gleichzeitig zu erfüllen. Die ähnliche Art und Weise würden wahrscheinlich auch für die anderen Lebewesen eigentümlich.

Der geistige Anhalt, der Clero im Verstand dank seinen einsichtigen Angehörigen heraussuchen konnte, war schwer zu überschätzen. Jetzt war er von „einer ansteckenden Erkrankung“ infiziert, deren Symptome er zunächst nicht deutlich definieren konnte. Von diesem Augenblick an fühlte er einen dringend nötigen Bedarf, allen sichtbaren Aufkommen eine wägbare Erklärung zu finden. Der Anfang dieser neuen Qualität deckte er auf, als ihm den deutlichen Unterschied in Verhaltensweise von Mikroben merkwürdig schien. Er war damals mit der zufälligen Beobachtung beschäftigt, wie die Vertreter seiner Sippe sich in Haufen sammelten. Ihm war es momentan nicht klar, welche Kraft sie dazu zwang. Alles erläuterte sich in wenigen Sekunden, indem das gebildete kugelförmige Aggregat über die „armen“ Keime Escherichia coli herfiel.
Dieses kurze Schauspiel gefiel ihm so innig, dass er seine Erforschung möglichst bald weiterführen wollte. So gelang es ihm in einigen Tagen sogar die ekelhaften Szene des aufrichtigen Kannibalismus zu verfolgen.

„Wie konnte es zustande kommen“, dachte sich der überraschende Betrachter, „dass die Lebewesen, die ich zu meinem Stamm zählte, einerseits sich ohne Zögerung zu opfern bereit sind, und andererseits ihre gleichartigen grau-

sam zu fressen suchten. Welches Vorgehen von diesen beiden konnte für sie typischer werden?"
Auf jeden Fall wurde seine Laune verdüstert geworden.

Und noch eine neue Fähigkeit konnte Clero in jüngster Zeit bei sich entdecken, die eng mit gemeinsamer Tätigkeit mit seinen Artgenossen verbunden worden war. Dabei stellte es sich heraus, dass er auch einen verborgenen Sinn besaß, über die Hoffnungen der anderen zu ahnen. Clero konnte sich darüber nicht Rechenschaft ablegen, wie es passieren konnte. Allerdings konnte er nicht daranzweifeln. Eher gab es eine Vielfalt der eigenartigen chemischen Substanzen, die dafür zuständig sein sollten.

„Wir, die Darmbakterien aus dem günstigsten Gebiet der Welt", kapierte sich Clero durch Anschauung, „wissen im Voraus den Moment, wann eine Vereinigung unersetzlich sein sollte. Nur solche spontane Kooperation zeigt uns den Rettungsweg. Der Grund dafür war wahrscheinlich mit den besonderen Eigenschaften der vergrößerten Gemeinschaft verknüpft. Praktisch gesehen konnte solch Aggregat imstande sein, seine Größe willkürlich zu ändern. In der Praxis passierte es folgendermaßen: Die Versammlung bestimmte, was sie sich fernerhin unternehmen konnte, um ein haarförmiges Anhängsel, den Pilus, auf zu bauen. Und nicht nur das, sondern auch ihn zu verlängern oder zu verkürzen, anlässlich des Bedarfs, sich auf große Strecke zu bewegen oder umgekehrt, sich absolut unbeweglich zu machen. Die letzte Qualität darf man auf keinen Fall als Übermaß halten. Im Gegenteil wird es unter einigen Umständen vorteilhaft, z.B., wenn solche Unbeweglichkeit für die Anreicherung der kostbaren Nährstoffe durch die vorbeifließenden Ströme sorgen. Eine günstige Auswahl der Strategie sollte man auch zur Einsicht der Artgenossen Clero zählen.

Eine Überraschung

Eine vergängliche Begegnung mit seinen Freunden namens Ferches während des gemeinsamen Aufenthalts in der Bakterienversammlung war ausreichend für Clero, damit er das Prinzip des Gesundheitsbewahrung ergreifen werden konnte. Es schien dem Vertreter der Darmbakterienfamilie selbstverständlich zu sein, dass die Erbschatzgröße, die im Falle seiner Art einen erheblichen Wert erreicht habe, ganz genug sein sollte, um die unbekannten Schutzmechanismen zu entwickeln und die gesamte Biozönose zu retten.

„Die Lösung", träumte sich Clero nach einem Wortwechsel mit Gerch, „sollte auf der Hand liegen. Von mir hängt sie nur so weit ab, wie einfach sie aussehen könnte. Überklug sollte sie sowieso nicht werden".
Und in einigen Minuten passte alles zusammen: Der riesige Erbschatz schöpfte eine kleine Kreatur, die wie ein göttlicher Botschafter die dringlich benötigte Arznei vorzubereiten wusste. Eigentlich sah alles auch logisch aus.
Ungeachtet dessen, dass dieser Gerch von Anfang an Clero sehr sympathisch war, versteckte sich hinter seinem Äußeren noch eine Eigenart, die Clero sehr hochschätzte: Er sprach nie in Rätzeln oder mit Anspielungen. Im Gegenteil nutzte er in seiner Sprache genau das, was er meinte. So erzählte er einfach wie sich selbst, wie unsere Artgenossen im Darm am liebsten wohltätig verhalten. Außerdem stellte er seinem Freund die feinen Mechanismen der Adaption unserer Genossen zu Umweltbedingungen. Von seiner Erklärung konnte Clero problemlos weiterleiten, wie aus den lebensnotwendigen Funktionen die offensichtigen Arzneien oder sogar die Substanzen des Immunsystems produziert werden konnten.

Von dieser Denkweise an schien Clero unkompliziert die konkreten biochemischen Prozesse vorzustellen, die möglicherweise darin stattfanden.
Die andere Seite des Geschehens betraf die Angelegenheit der Sprache, wo Clero mehrere „Buchstaben des Alphabets" erkennen konnte. In der Tat waren diese zahlreichen Signalzeichen auffallend genug, damit der Kluge vorbei zu gehen vermochte. Diese geistige Übung machte Clero ausreichend fit für den nächsten Schritt. Der Letzte bestand darin, den Mumm zu sammeln und den Modellen noch nichtexistierenden Lebewesen konstruieren zu versuchen.
„Es war eine Glückseligkeit pur", erinnerte sich der Überzeugende einige Zeit danach, als er eine klare Bestätigung seiner Aufwallung bekam, die ihm das künftige Leben erhellen sollte.

Wie immer konnte ein Übertriebener Hochmut gefährlich sein. Denn es gab in der Natur jenes einzelnen Lebewesen eine zweifelhafte Tendenz, sich unbewusst zu überschätzen. Gleichzeitig führte solcher Mangel zu schlimmsten und unvorhersagbaren Folgen, die dessen Seele wie ein Wurm zerfressen werden konnte

Für einen unerfahrenen Gemeindemitglied wäre es nicht einfach zu begreifen, warum solchen Defekt einen negativen Einfluss auf die Persönlichkeit ausüben konnte. Doch die überwiegende Mehrheit verstand schon längst, dass man sich von Anfang an einen eigenen Prüfstein aussuchen sollte, der ihm in allen schweren Fällen den scharfsinnigen Ausweg zu finden verhelfe. Clero selbst traf schon früh die Entscheidung, das Beispiel seiner Verbündeten zu folgen. Vielleicht war es für seinen Ehrgeiz nicht immer angenehm, ließ aber unbedingt, unnötige Fehler zu vermeiden. Da die letzten auf alle günstigen Eigenschaften schlecht widerspiegelte, fand es Clero für vernünftig, nichts Besseres darin zu erfinden.

Gleiches mit den menschlichen Augen

Lassen wir jetzt eine Bemerkung machen und feststellen, dass unsere Verhältnisse mit den Mikroben nicht immer eine Lob erteilen durften. Umgekehrt waren sie gewöhnlich so primitiv, dass lediglich die Erinnerung daran eine gemeine Schande erregen sollte. Bildlich ausgedrückt wirkten unsere Artgenossen wie große starke Tiere, die sich nie davon zu enthalten vermochten, den kleineren und schwächeren nicht zu kränken. Ihnen war es sicher unvorstellbar gewesen, dass die Kraft und Größe nicht immer alle Verhaltensangelegenheiten auflösen konnten. Zugleich musste man den kleinen Gerechtigkeit widerfahren lassen sowie feststellen, dass die Einzelligen, währenddessen mit Siebenmeilen Schritten vorangegangen waren. In dieser Art und Weise überholten sie die nachlässigen Zweibeinigen enorm stark, so dass die Vorrangstellung jetzt auf ihrer Seite liegt. Im Prinzip besitzen nun die Kleinsten eine Menge der superaktiven Waffen, die ihnen den künftigen Sieg versprechen werden. Heute steht uns bevor, mit ihnen eine gerechte Kapitulationsakte zu schließen. Dieser Waffenstillstand wird uns notwendig, um eine neue Strategie zu entwickeln, die unsere Schutzkräfte zu verstärken und unseren eigenen Körper und Seele überlebensfähig zu machen. Nach den jüngsten Angaben der Forschung wurde es deutlich zu verstehen, dass die einzelne Enträtselung des oben genannten Problems in unserem Umgang mit der Mikrobenfauna versteckt werden sollte. Denn wir sind in der Lage, den Status quo mit den winzigen zu erreichen, ohne sich selbst zu schädigen. Und viel hängt von uns selbst ab.

Zweckmäßige Ernährung

Einen wesentlichen Beitrag zur Versöhnung mit den Bakterien sollte die nützliche Ernährung schaffen, was man nie außer Acht lassen darf. Im Grunde bedeutet es eine verantwortungsvolle Unterstützung der Gesundheit unseres Körpers und unserer Seele. Heute können wir behaupten, dass der Verzehr gewissen Lebensmittel uns den Vorrang bringen sollte. Der Anlass dazu besteht darin, dass unsere Darmmikroben eindeutig auf unserer Seite stehen.

Letzten Jahrzehnten wurde einen gewünschten Ernährungstyp entdeckt, der die tagtägliche „Arbeit“ der Kleinsten unaufhaltsam machen könnte. Praktisch gesehen, beginnen sie, eine riesige Menge Vitaminen, unersetzlichen biologisch-aktiven Substanzen und für Immunitätsverstärkung wichtigen Komponenten herzustellen. Es wurde wissenschaftlich bewiesen, dass man dafür eine Vielfalt der „neuartigen Substanzen“ tagtäglich einzunehmen braucht, die vollkommen dem vorigen Verständnis des heilsamen Essens widersprechen konnten. Denn früher handelte es darum, die drei unentbehrlichen Bestandteile der Ration, und zwar Eiweiße, Fette und Kohlenhydrate in ausreichender Menge zu verzehren. Die zweite Voraussetzung der „richtigen“ Kost betraf deren Kaloriengehalt, der angeblich das Wesen der Nahrung erweisen sollte. Auf diese Art und Weise beschränkte sich jedes Mahl auf kalorienreichen Produkten, die allein den Wert des Essens bestimmen musste. Mit anderen Worten sorgte man dafür, die genannten Kalorienlieferanten massenhaft zu verbrauchen. Schematisch dargestellt sah ein Individuum in seiner Verdauung einen trägen und tatenlosen Behälter für den Lebensmittel sowie den Kalorienverbrenner. Prinzipiell herrschte solche Einstellung seit der fernen Vergangenheit, ohne

jeden Versuch, etwas zu ändern. Selbstverständlich passte das Schema auf keinen Fall der Beteiligung von Darmflora im Verdauungsprozess.
Im Gegenteil existierten dort die „schädlichen Bakterien“ weiter als die größten Gegner der Menschheit.

Unser Zeitalter brachte einen entscheidenden Umschwung ins Verständnis der Rolle und Funktion der Darmbakterien, die eine unschätzbare Hilfe in der Nahrungsverarbeitung betreiben. Ihre aktive Leistung, die sie Jahrtausende lang selbstlos gemacht haben, zwang unser Geschlecht, in deren Tätigkeit ein Kennzeichen der Freundschaft und des Vertrauens anzuerkennen. Sonst würden wir dem Untergang geweiht.
Natürlich kam die Kenntnis wie üblich von den Forscher, die nach mehreren Jahrzehnten der angespannten Arbeit darüber Bescheid zu wissen vermochten. So stellte es sich heraus, dass wir unsere Beziehungen mit den kleinen sobald, wie möglich revidieren mussten. Die Rede war dabei von einem gemeinsamen Vorgang, der beiderseits ausschließlich das Gedeihen versprach. Man brauchte doch dafür, den Verzehrstil zugunsten der Mikroben stark zu ändern. Nun weißt jede Ausgebildeter Bewohner der Erde, dass das Geheimnis der Kooperation zwischen großen und kleinen darin besteht, die menschliche Ernährung den Bakteriengewohnheiten anzupassen. Einfach gesagt sollte eine Person sich und seinen Darmbakterien zuliebe mit viel wenigen tierischen Fetten, Zucker und Stärkehaltigen sowie kalorienreichen Erzeugnissen vollstopfen. Stattdessen sollte man viel mehr sogenannten Ballaststoffe jeden Tag essen.

Eine Auskunft

Der Begriff des Ballaststoffes beinhaltet etwas Leeres oder Nutzloses, was in der Tat nicht der Wahrheit entspricht. Denn für die Bewohner unseres Darmes erwerbt diese Bezeichnung einen anderen und sehr vorteilhaften Sinn. Darüber hinaus verwandeln sie diese Stoffe in eine Vielfalt biologisch aktiven Substanzen einschließend unersetzliche Amino- und Nukleinsäure, Vitamine, Hormone, Enzyme, Mikroelemente usw.
Das heißt, unsere kleinen Helfer erfahren besser als wir selbst, was uns nützlicher wird. Außerdem spielt dabei eine Tatsache eine wichtige Rolle:

Eine effiziente Darmfunktion sollte die schnelle Vermehrung der Nervenfibern beeinflussen, die in gleichen Darmbereichen stattfinden. Eigentlich führt dieser verworrene Vorgang zur Entwicklung und Wachstum des so genannten zweiten Gehirns, das mehrere Aufgaben des Haupthirns übernehmen sollte.

Unsere Lebensweise scheint doch viel komplizierter zu sein als wir gerade geschrieben haben. Die wohltuende Darmbewohner erledigen auf keinen Fall alle unsere Beziehungen mit den Mikroben. Umgekehrt es gibt eine Menge der schädlichen und pathogenen Mikroorganismen inklusiv Bakterien und Pilze, die auf mehreren Stufen der industriellen und privaten Lebensmittel-Produktion unser Essen unwillkürlich kontaminieren lassen. Logisch gesehen tragen sie dabei keine Schuld, denn sie sind „nur" der Auffassung, sich selbst zu sättigen. Eine zufällige Ansteckung kann bei allen Verschlechtungen der hygienischen Bedingungen stattfinden, die in der Herstellungskette nicht selten passieren kann. Die Geschichte der Kochkunst habe im Überfluss die zahlreichen Methode, die für Geschmackbesserung, Bewahrung und Konservierung des Gerichts verantworten sein sollten. Der Traum über eine lange Unversehrtheit der Nahrung war so ersehnt, dass der große Napoleon eine Prämie für den beorderte, der die für seine Armee reservierten Speise haltbar zu machen vermöge. Der Gewinner des Wettbewerbs war damals der Pariser Konditor namens Nikolas Appert, der ein Einkochen entwickelte, indem durch einen hohen Dampf gekochte Gerichte für einige Wochen sicher konservier worden waren.
Unser Zeitalter der Erfindungen und der Novum entstehen pausenlos die Zusatzstoffe und spitzfindige Substanzen, die Lebensmittel besonders haltbar machen sollten. Ob sie ebenso gesund werden konnten, bleibt aber strittig. Künstlich produzierte Bioprodukte, essbare Verpackungen oder biologisch abbaubare Kunststoffe aus Milchproteinen konnten nicht allein Freude machen, sondern sie geben den Anlass, aufmerksam zu werden.

Noch stärker sollten wie, die Verbraucher, die Ohren spitzen, wenn die Rede vom übertriebenen Einsatz der Antibiotika bei der Nutztierhaltung ist. Denn diese Art der Gesundung verheimlicht hinter sich die Gefahr der überschüssigen Ansammlung dieser Medizin im Tierfleisch sowie deren Verbreitung im Wasser und Böden, mit allen verhängnisvollen Folgen.

Nachdenken über die Natur der Erkrankung

Es wäre dem Verfasser vielmals angenehmer, festzustellen, dass der Wissensdürftige Geist ständig bereit ist, die Mitmenschen aus der Verlegenheit zu verhelfen. Es gab eine Menge der Beispiele, die seine Schlussfolgerung bestätigen sollten. Ein davon habe zum Ziel, die Bevölkerung vor pathogenen Viren und Mikroben sicher zu schützen. Der Ablauf ihrer Gedanken war äußerst einfach: Da diese Verschmutzungen in Windeseile im Luftraum schweben, werden sie enorm von Menschen eingeatmet mit allen unheilvollen Folgen. Dem plausiblen Erfinder wurde es gelungen, ein solches Aerosol zu schaffen, das die Atemluft mit allen lebendigen Verschmutzungen mit hohem Luftdurchsatz vollständig inaktivieren ließe. Seit den letzten zwei Jahren war das Problem des Infektionsschützes so ausführlich verarbeitet, dass man fast alle Nuancen der Ein- und Ausatmens im angestecktem Innenluftraum viel besser verstehen konnte. Diese Desinfektionsmaßnahme wäre es vernünftig auf zwei Bestandteile abzusondern. Der erste wird mit der Entfernung von aerosolhaltigen Luftvolumen und der zweite – mit deren zuverlässigen Entseuchung verbunden. Zu Erschwerungsfaktoren sollte vor allem eine gemeinsame Wirkung der Bakterien und Viren, die den gesamten pathologischen Effekt mehrfach zu vergrößern vermöge. Gleichzeitig fanden die Zellbiologen einen erheblichen Unterschied bei der Anwendung des Zytostatika gegen mikrobielle und Virusinfektionen.

Die oben erzählten Verfahren versuchte man in der jüngsten Zeit mithilfe speziellen Textilien zu verstärken, die mit optisch aktiven Farbstoffen versehen worden waren. Diese hochintelligente Methode ließ, einen außerordentlich reaktionsfähigen Singulettsauerstoff erzeugen, der für allen Mikroben tödlich werden konnte. Dir Wirkung dieser eigenartigen Form Sauerstoffes verbreiten sie auf alle Abarten der Schimmelpilze, Cyanobakteria, Algen und behüllten Viren. Außerdem bekannt seit langem wurden die sonstigen Verfahren der Her stellung Singulettsauerstoff bekannt, die durch Bestrahlung mit UV-Licht geschafft wurden.

Im Prinzip sollte man das Immunsystem als ein selbstständiges Heilmittel Kapieren, denn die alleswissende Mutternatur schöpfte selbst die benötigten Schützmechanismen, die unabhängig von allen möglichen äußeren Faktoren zu entwickeln vermögen. Diese fabelhafte Fähigkeit, eine unzählige Vielfalt der neuen Antikörper zu produzieren, gehörte unbedingt zur größten Rätseln der Erde.

Seit der Mitte der vorigen Jahrhunderts schlugen die genialen Geister weltweit die Hypothesen vor, nach denen Viren eine entscheidende Rolle bei vielen Erkrankungen einschließlich Krebs verursachen sollten. Ein davon war der gute Bekannte des Verfassers, Professor Lew Silber, der schon in den genannte Zeiten von dieser Idee überzeugend war. Übrigens erwies der Professor eine Art der mutigen Menschen, denen das Schicksal ein fürchterliches Leben vorbereitete. So verbrachte er zwei Jahrzehnt in einem stalinistischen Konzentrationslager, wo jeder Betroffene dem Tode geweiht wurde. Doch allein seine Willenskraft forderte von ihm den Antrieb, weiter zu forschen. Zu seinen bahnbrechenden Gedanken gehörten auch die Methoden, onkologischen Geschwülste mit Viren zu beseitigen.

Bemerkenswert machen etwas Ähnliches moderne Zell- und Genbiologen, die dafür künstlich neuartige Virusformen zu schaffen suchen.

Was Umweltschützer Neuartiges sehen

Die massenhaften Artensterben bereiten Kummer allen bewusst lebenden Einwohner des Planeten. Sogar das Verschwinden der Korallenriffe droht die Erde eine unvermeidliche Katastrophe mitzubringen. Es gibt unterschiedliche Verschmutzungen der Böden und des Weltozeans bekannt, inklusiv fossile Treibstoffe, Kohlendioxid produzierende Verfahren und begleitende Prozesse, allgegenwärtige Plastik- und Kunststoffreste sowie giftige Abfälle ins Wasser und die Atmosphäre. Die hunderte tausend Tonnen jährlich herauswerfenden festen und flüssigen Materialien ergänzen das greuelhafte Bild der Erscheinung. Es sieht momentan so aus, als ob die Menschheit im Voraus programmiert worden war, sich damit eine Untergang auszuwählen. Doch es ist eher eine letzte Vorwarnung, die noch eine Rettung möglich machen kann. Andererseits braucht diese Aktion eine allumfassende Beteiligung der breiten Kreisen der

Bevölkerung sowie eine hervorragende Umwandlung des globalen Bewusstseins. Deswegen wäre es nicht besonders schwer vorzuahnen, dass das Zusammenschweißen des geistigen Potenzials ein echtes Wunder zu schaffen vermöge.

Wie Pandemien unser Leben demütigen

Die erste Pandemie des neuen 21. Jh. versprach von Anfang an, noch tückischer als ihre Vorläuferin vor hundert Jahren zu werden. Damals brauste die berühmte Spaniengrippe so wütend, dass das Überleben der ganzen Menschheit in Frage gestellt worden war. Die Ähnlichkeit der beiden Infektionen lag auf der Hand: Sie wurden von Grippeviren verursacht, die sich durch die häufigen Mutationen unaufhörlich verstärken ließen. Natürlich war das Niveau der Forschung und Analytik zum Beginn des 20. Jh. unvergleichbar niedriger geworden, indem man keine genetischen und biotechnologischen Methoden in Sicht haben konnte. Es fehlte damals auch die Elektronmikroskopie, ohne die man keine Ahnung über die Größe der Viren wusste. Heutzutage arbeiten Wissenschaftler mit der feinsten Struktur der Virenteilchen und sind imstande, sie voneinander zu unterscheiden und zu isolieren. Darüber hinaus ist es jetzt kein Problem, die hundertjährig alten Partikeln wieder herzustellen, um ihre Eigenschaften präzis zu untersuchen.

Der tief erschütternde Verfasser konnte nur vermuten, welche Fehlschläge sowie aufrichtig verfälschte wissenschaftliche „Fortschritte" die größten Persönlichkeiten (einige von ihnen Medizin und Physiologie Nobelpreisträger) zu vermeiden fähig wären, wenn sie die künftigen Methoden beherrschten.

Eine vernünftige Einstellung zu Arzneien forderte seit Jahrtausenden von der Menschheit, sehr aufmerksam mit den natürlichen, das heißt pflanzlichen und tierischen Substanzen umzugehen, die eine schnelle Genesung des Betroffenen im Voraus zu hoffen vermochte.

Eine unmittelbare Wirkung der Heilmittel wird mit komplizierten und unterschiedlichen Kleinigkeiten begleitet, die den Gesamteffekt stark beeinflussen sollten. Dabei interessiert man sich vor allem für die Förderung der Arznei sowie für die Minimisierung der Neben- und Gegenwirkungen. Alle solchen Aufgaben wäre es möglich, mithilfe von kleinen Zugaben der Substanzen zu erfüllen, die der menschliche Organismus wie neutral oder indifferent aufnimmt. Nach dem altgriechischen Arzt Galen genannte Lehre Galenik beschäftigt sich seit zweieinhalbtausend von Jahren, mit der Form der Bereicherung des Wirkstoffes, damit die Hilfskraft mehrfach verschärft wird. Es stellte sich heraus, dass die moderne Medizin mit ihrer komplexen Strategie durch die Prinzipien von alten Galen noch einsichtiger werden könnte. Diese Methode der Verlängerung der Medikament Dosierung zeigt sich vorteilhaft allerseits, denn sie nutzt eine Portion der Tablette oder Tröpfchen viel länger als sonst. Das Ergebnis dieses spitzfindigen Kniffes besteht darin, dass der gesamte Verbrauch erheblich verringert werden könnte. Bei mehreren alten Patienten oder Kranken mit einem gestörten Stoffwechsel wird es wünschenswert, besondere Bedingungen der Arzneigabe auszuwählen. In diesen Fällen hilft ihnen die Kunst der Galenik, das Heilmittel zu bestimmtem Zeitpunkt zum erwünschten Organ liefern zu lassen. Solche „innere Logistik“ hätte wahrscheinlich gute Aussichten für die unvorhersagbaren Situationen, die infolge Pandemien oder Klima- und Umweltkatastrophen ausgelöst werden könnten. Denn unser Zeitalter unterscheidet sich von sonstigen dadurch, dass es aus heiterem Himmel zu entstehen vermochte. Und niemand kann dafür sorgen, etwas zu ändern.

Versteckt bleibt ein „Haken“, das in der Raumfahrt schon längst zu beobachten schien. Es handelte sich dabei um die kleinsten zufälligen Abweichungen, die die Fenster des Raumschiffes undurchsichtig machen sollten. Was kann man dagegen unternehmen? Die Antwort hört sich sehr einfach an: Optische Systeme sollten vor der Verunreinigung, aber auch vor störenden Wärmequellen geschützt werden. Solche nachdrückliche Satzform erleuchtet das Verständnis eher kaum. Merkwürdigerweise brachte die Coronapandemie eine Art Lösung hervor: Das kosmische Wesen rüstete die Sachkündigen mit den jüngsten Errungenschaften der Medizintechnik aus. Nun sind sie in der Lage, das Infektionsrisiko in den Krankenhäusern, bei der Herstellung und Impfungen von Vakzinen stark zu reduzieren. Eine besondere Angelegenheit zeigt sich bei den gefährlichen Nanoteilchen, die Krebserkrankungen auslösen könnten. Eine effiziente Luftreinigung kann man eher durch eine hochleistungsfähige Filtration vorstellen. Diese Technik wird künftig auf neuen Materialien gegründet, die die Adhäsion, das heißt die Verklebung der Fremdteilchen zu großen Oberflächen der „Matrixteilchen“ effizient machen. Wenn sich dabei ein Filter-Träger beteiligt, scheinen die Erfolgschancen sehr hoch zu sein. Die Erfahrung in diesem Bereich zeigt, dass auch die kleinsten Nanopartikeln wie Coronaviren unter bestimmten Bedingungen entfernt werden können. Heute sollte man nicht ein Weise sein, um zu kapieren, dass trotz ungewöhnlich verwickelten Eigenschaften erweisen alle Nanoteilchen die ähnliche Verhaltensweise, die von deren Oberflächenschicht abhängig werden müssen. Anders ausgedrückt „fürchten sie enorm“ vor bestimmten Bereichen pH, also sauer-alkalischen Index. Darüber hinaus verlieren sie darin ihre Stabilität und werden nicht mehr gefährlich.

Solche feine Raffinesse geben den Gelehrten einen zuverlässigen Spielraum für zielgerichteten Forschungen, die zu vollständiger Vernichtung der tödlichen Viren führen könnte. Letzten Endes ist ein Virus nur eine Nanopartikel, die wie ein Lebewesen auf Kosten des Wirtorganismus zu leben und vermehren fähig wird. Sie wählt dafür eine spitzfindige Strategie, indem sie sich mit der schützenden Eiweißschicht umringt. So versucht sie, sich vor den Antikörpern des Immunsystems zu tarnen. Gewöhnlich erkennen Antikörpern die unheilvollen Viren durch deren typische Struktur auf der Oberfläche. Das äußere Eiweiß verhindert drastisch diese Identifikation: Die „arme“ Immunantwort verspätet sich und gibt den Viren Zeit, soviel Zerstörung wie möglich, zu hinterlassen. Doch, der menschliche Geist wird nun herausfordert, das Übel zu bezwingen.

Prinzipiell ist diese Aufgabe lösbar. Sachlich gesehen kann sie mit unterschiedlichen Verfahren verarbeitet werden. Vereinfacht soll man erst die gemeinen Schutzschicht des Virus so kennzeichnen, dass dieses Merkmal fürs Immunsystem wie eine Anregung dienen sollte, um eine massierte Attacke zu rufen. Wie es schon längst bekannt ist, zeichnet sich die Immunantwort damit aus, dass die Bildung neuer Antikörper in Lymphozyten stattfinden. Lymphozyten reifen sich in der Thymusdrüse (T-Lymphozyten) oder im Knochenmark

(B-Lymphozyten, vom englischen Namen „bone marrow“ fürs Knochenmark). Tritt nun ein Antigen (z.B. Virenteilchen) im Körper auf, reagiert eine spezielle Form der B-Lymphozyten darauf. So wachen diese Schütz-Zellen aus ihrem Dornröschenschlaf in den Lymphknoten auf, vermehren sich und produzieren innerhalb wenigen Minuten große Mengen Antikörper, jede Zelle bis zu 2000 Moleküle pro Sekunde. Diese Antikörper sind Eiweiße, die als Immunglobuline bezeichnet werden. Die Bindung zwischen dem Antigen und zugehörigem Antikörper ist so spezifisch wie zwischen einem modernen Sicherheitsschlüssel und dem zugehörigen Schlosszylinder. Die Antigen-Antikörper-Reaktion macht das Antigen unschädlich und führt zu seiner Zerstörung.

Ereignisse der globalen Bedeutung

Eine überlegene Ansicht auf alles, was die Ereignisse letztes Jahres begleiten konnte, lässt die Verlockung nicht los, eine tückische Weltverschwörungstheorie wieder zu beleben. Es sieht so aus, als ob jemand uns stets listig vom Außen etwas aufzudrängen suchte.
Nehmen wir sogar die lange Tradition der westlichen Ländern, die Uhrzeiger zweimal jährlich eine Stunde hin und zurück zu verschieben, steckt hinter sich bestimmt was Verdächtiges. Denn diese auf ersten Blick harmlose Handlung verbirgt ungesunde Auswirkungen auf alle vernünftigen Lebewesen. Die Mutter Natur zog alle wahrscheinlichen Folgen dieser leichtsinnigen Verhaltensweise in Betracht und weigerte sich darauf, solche Kinder weiter zu unterstützen. Sollten wir Menschen, unsere Urmutter noch jahrelang ärgern, damit sie bereit wird, uns bezeichnend zu bestrafen?
Es gibt mindestens beim Verfasser kein Anliegen mehr, sich mit gleichem Unsinn zu betätigen. Weil er kein Ziel und keinen Zweck darin sieht.
Irgendwas ähnliches erwies die Covid-19 Geschichte. Zuerst suchten die großen staatlichen Beamten in allem Ernst, ein tückisches Komplott in der Pandemie herauszusuchen. Sogar die United Nation Organisation zeigte keine Ausnahme. Umgekehrt probierte sie, eine weltweite Erforschung dieser Frage anzuregen. Ihre Millionen Dollar schwere Anspannungen brachten schließlich ein ursprünglich erwartete Ergebnis, dass nur ein Dummkopf dazu kommen konnte. Stattdessen würden die ausgewählten Vertreter der Menschheit, sich

an eine verehrte Bibliothek wenden und erfahren, dass genau vor hundert Jahren ein Gerücht in Umlauf gebracht worden war. Ihm wäre bekannt geworden, dass damals weltweit eine Pandemie der Spanischen Grippe beherrschte. Sie entstand wie eine Vergeltung Himmels unbekannt wo und wohin, und dauerte fast zwei Jahre lang mit ähnlichen Symptomen wie unseres Übel. Dessen „ältere Schwester" fasste über 30 Prozent der Weltbevölkerung und forderte mehrere zehnte Millionen menschlichen Leben. Der Versuch, dieses Entsetzen als eine Strafe für den Ersten Weltkrieg vorzuschlagen, war eher lächerlich, besonders jetzt, wenn wir den Weltkrieg, Gott sei Dank, zu vermeiden wissen. Oder ist es ein trügerisches Bild? Sicher merken wir momentan keine typische Attribute des globalen Krieges mit Bombardierung, Schießereien, Konzentrationslager und mehreren Millionen Flüchtlingen. Oder doch? Sind Sie davon überzeugt, dass die Ereignisse letztes Jahres in Weißrussland nichts damit haben könnten? Dann sollten Sie eine Absonderung von hunderttausenden Bürgerinnen und Bürger in Minsk und Umgebung irgendwie anders erklären. Dem Verfasser scheint solche politische „Kurzsichtigkeit" unanständig zu sein. Sowie die Millionen Vertriebenen aus dem Afrika und Nahostasien nach Europa und westlichen Ländern. Fügen wir alle nutzlosen Sanktionen, Antisanktionen, Cyberattacken, Informationseinwürfe und -auswerfen bei der Wahlen hinzu. Schließlich bekommen wir ein vollständiges Bild der Tatsache, dass die ganze Menschheit langsam und beständig den Verstand verliert.

Heutzutage kommt die Maskenpflicht dazu, die allmählich ein aktuelles Angesicht erweist. Was wir ohne diese Maske bedeuten sollten? Nichts, eine komplette Nichtigkeit. Bei Massenversammlungen, im öffentlichen Verkehrsmittel, bei Familientreffen oder im Freien. Sind sie tatsächlich harmlos? Tausende Mediziner, Apotheker, beschäftigte in Supermarkten, Lebensmittelverkäufer, Bar- und Kaffeehäuserbesitzer leiden nach dem ganzen Tag unter solcher Pflicht so sehr, dass sie nach der Entfernung der Maske längst eine frische Luft nicht zu genießen wissen. Wer könnte ihnen damit helfen?

Darüber hinaus gibt es eine Vielfalt unserer Mitbürger, die nach einer Halbestunde in der Maske zu husten und ersticken beginnen. Und das ist nur ein Stückchen des Schismas, das künftig vermehren könnte.

Was letzte Zeit in EU und Deutschland mit den neuen Vakzinen ereignete, zwingt uns zu zweifeln, ob die Regierungsbeamten noch imstande sind, etwas Vernünftiges zu schaffen. Anstatt eine dringende Herstellung des Impfstoffs, der in Deutschland schon vor einem Jahr entdeckt worden war, anzufangen, versuchen sie weiter, ihre sachliche Unfähigkeit zu vertuschen und, noch schlimmer, sie durch Verschärfung des Lockdowns zu ersetzen. Diese verehrte Personen hoffen vielleicht darauf, dass ihre zur Schau gestellte Fleiß bei der Bevölkerung sehr geschätzt wird? In der Tat ist es jetzt kaum erreichbar. Sie verschwenden Zeit und Geld und bekamen nichts zurück. Simpel gesagt, reden sie viel zu viel und nichts hat sich geändert. Gleichzeitig wurden mehrere Länder mit diesem Impfstoff vollständig versorgt.
Darf ein berühmter Politiker keine Ahnung über die Manager-Tätigkeit haben, die ihm lebenswichtig benötigt sein sollte?

Der Vergleich der globalen Pandemien der Weltgeschichte stoßt auf einen anderen Gedanken. Die Ärzte und Sanitäter, die Jahrhundert zuvor ihr Leben riskierten (erinnern wir vor allem an Professor Robert Koch (dessen Name jetzt das große Institut trägt, das alle Sachen mit Covid-19 koordinieren lässt) und dessen Mitarbeiter. Sie alle waren bescheidene und selbstlose Menschen, die primitive Vakzine nutzten, die aus deren Experimenten an ihnen selbst gemacht worden waren. Die vorübergegangene Hundertjahre änderte gründlich die Mikrobiologie und sorgten fürs prinzipiell neues Niveau der Diagnose und Behandlung. In diesem Zusammenhang hört es ein Bisschen merkwürdig an, dass man neben den hervorragenden modernen Vakzinen diejenigen auszunutzen versucht, die längst mit den veralteten Methoden hergestellt worden waren.

Mit dieser Bemerkung gehen die sonstigen Sachen mit der Pandemie weit nicht zu Ende. Millionen von zerstörten Schicksalen der kleinen und mittleren Unternehmer, die alle Karrieren Hoffnungen verloren haben.
Das Corona-Elend verhinderte einer großen Anteil der Bevölkerung den benötigten Arzt zu besuchen. Mehrere chronische und neue Krankheiten wurden verschärft, was Europa- und weltweit mehrfach vermehren sollte. Man spricht

jetzt über das nächsten Lockdown und ist davon überzeugt, dass es noch nächste Jahre wiederholt wird.
Der Stress verfolgt Menschen weiter in allen Lebenssituationen und droht, die Psyche irreversibel zu schaden.

Anderer Gesichtswinkel

Neben riesigen Schaden, die unglückseliges Coronavirus der Weltbevölkerung gebracht habe, wurde es in der Lage sein, eine ungewöhnliche Denkweise in Gang zu setzen, die man wie ein Silberstreifen am Horizont begreifen könnte. So schien es realistisch, eine vielversprechende Geschäftsidee zu entwickeln, mit der man in schwere Zeiten finanzielle Vorteile zu gewinnen vermöge. Es stellte sich dabei heraus, dass die Umstellungspreise, Transportausgaben oder gutgeeignete Führungskosten auch dazu gehören sollten. Natürlich mussten solche Vorstellungen mit einer engen Zusammenarbeit mit voluminösen Datenmengen verknüpft werden, was ausschließlich von der KI gesichert werden könnte. Denn eine verlässliche Abschätzung der Situation wäre nur mithilfe deren „genialen“ Algorithmen möglich. Auch die Werbungsaufgaben sollten eher eigenartige Ziele verfolgen, die zuvor keine Aufmerksamkeit zu erwecken wussten. In diesem Sinne verliert der schöpferische Aufschwung allmählich an Kraft und wird durch die Reihen von Zahlen und mathematischen Symbolen ersetzt. In einer Apps-Epoche wünscht sich jeder Betreiber nur solche Offerte zu bekommen, die ihm im Augenblick was Außerordentliches anzubieten versteht. Sonst ist er der Auffassung, keine Zeit damit zu vergeuden. Anders aufgelegt wäre es für uns sinnvoll, uns unbeachtet die Pandemie Gefahr auf keine Beratungsunterstützung zu verzichten. Auf einer entgegengesetzten Seite beobachten wir einen unversöhnlichen Kampf für die Kunden, der man wie einen mächtigen Antrieb für die Anwendung der besten zur Verfügung stehenden Methoden und Verfahren kapiert werden könnte. Eigentlich geht es heute darum, ständig in den Kundenköpfen zu bleiben sowie ihnen keinen Chance übriglassen, den geistigen Betreuer zu wechseln. Die einzelne Überlegenheit der „human being“ vor den Big Data, PC-software oder KI besteht darin, einen besonderen Liebreiz einzusetzen. Eine hochwertige Einfallsgabe in der Werbung erfüllt eine einzigartige Funktion, über die seelische Sphäre der Kundschaft zu herrschen. Und es soll auch in Zukunft so bleiben.

Bakterien leisten Hilfe im Herbizidabbau

Der neue umstrittene Einsatz der Herbiziden in die Massenlandwirtschaft wurde von einem wachsenden Bedarf der hochwertigen Lebensmittel aus dem Land geklärt. Denn diese Produkte versorgen uns mit unersetzlichen Proteinen, Kohlenwasserstoffen, pflanzlichen Ölen, Vitaminen, Mineralien und Mikroelementen. Doch diese Pflanzen selbst sind nicht in der Lage, sich gegen eine Parasitenvielfalt zu schützen. Dieser Umstand fordert immer größere Menge Herbiziden im Anspruch zu nehmen. Sonst bedroht uns ein Zusammenbruch des Vitaminen Konsums. Bis jetzt probierten Biologe und Feldversuch-Forscher alles Mögliches zu unternehmen, um die Lage aus dem Toten Punkt zu verschieben. Das einzelne, was ihnen bis heute gelang, war eine ständige Vergrößerung der Herbizid Dosen. Deswegen musste man als etwas Hervorragendes eine absolut neue Richtung erkennen, die eine bakterielle Abbau der Herbizide vorschlug. Ein Forschungsteam um Frau Dr. Öztürk aus dem Leibniz Institut in Braunschweig hat dabei Glück gehabt, die Lösung dieser Aufgabe näher zu bringen.

In den USA wurde neulich die sogenannten „on-farm purification systems“ (BPS) probiert, die das Wasser filtern, eher es in den Boden gelangt. Eingesetzt wurden die dort ursprünglich für ein bestimmtes selektives Herbizid namens Linuron herauszufiltern. Eine Studie der Forschungsgruppe um Professor Springael aus der KU Leuven ließ es diejenigen Bakterien anerkennen, die für den Abbau von Linuron zuständig sein sollten. Die Schwierigkeit bestand aber darin, dass diese Bakterienart in der EU seit 2018 wegen ihrer karzinogenen Eigenschaften verboten worden war. Einigermaßen geriet auch Frau Öztürk in Verlegenheit, weil das Thema sich selbst als riskant etabliert worden war. Die Linuron-Geschichte war aber Neugier erregend von selbst.
Denn es war speziell für die Hemmung der Photosynthese von Unkräutern entwickelt worden. Um eine photosynthetische Elektronentransportkette zu beschädigen, benutzt man sowohl Vor- als auch Nachlaufherbizid. In den USA

wurde es für den Anbau von verschiedenen Gemüsesorten, Baumwolle und Sojabohnen zugelassen. Springael mitsamt Kollegen gelang es, einen Durchbruch in dieser Richtung zu schaffen. Eigentlich benutzten sie ein gut bekanntes Verfahren von so genannten DNA Stable Isotope Probing zur Identifizierung und Charakterisierung aktiver Mikroorganismen-Gemeinschaften. Interessanterweise waren die Letzte fähig, mit einem schweren Isotopen Merkmal versehen zu werden. Diese Absicht, gewisse Mikrobe auszusuchen, die toxische Herbizide als ihre Nahrung nutzen können, hörte sehr verlockend an. Noch besser wäre es, wenn sie dieses Substrat als ihre Wachstumsquelle anzuwenden wüssten. Eine Zerlegung der gefährlichen Substanzen wird aber mit mehreren anderen biochemischen Prozessen begleitet. Wie es denn dazu gekommen war, dass die Bakterien, die trotz allen Regeln Gift verbrauchten, um gesunde Bioerzeugnisse zu produzieren. Welche rätselhaften Eigenschaften dahinter versteckt werden sollten? Sonst wäre es heiklig, die Erklärung zu finden. Um die Situation noch zu erschweren, ergänzen sie die Forscher mit dem Verfahren des stabilen Isotops C-13 anstatt C-12 (das viel weniger stabil ist). Es sah allein gut aus, änderte aber das Wesen der „Erfindung" kaum.
Nicht mehr überzeugend zeigt das Argument, dass das gefundene Bakterium, das mit dem gewichtigen Isotop schwerer wird, leichter absondern werden sollte. Und noch andere Fragen beschäftigten die Kollegen aus anderen Institutionen: Ereignete es sich zufällig, dass das herausgesuchte Bakterium krebserregend sein sollte, oder riskieren die rücksichtlosen Forscher mit noch gefährlichen Arten der Krankheiten.

Überraschende Nachrichten über Trinkwasser

Die schreckende Atmosphäre der Pandemie, in der die Weltbevölkerung sich plötzlich befand, verfinsterte plötzlich alle anderen Seiten unseres Lebens. Einzelne Personen sowie kleine und große soziale Gruppe und Gemeinschaften beginnen allmählich zu bemerken, dass ihr Leben verblässt und verlor einigermaßen seine Gefälligkeit. Auf dieser Art und Weise vergaßen unsere Zeitgenossen, dass es andere gefährliche Ereignisse gibt, die man unbedingt mit Aufmerksamkeit entgegenhalten musste. Eine davon war mit der Tatsache verbunden, dass unser Trinkwasser, das wir uns als ein verlässiger Faktor unserer

Existenz wahrgenommen haben, sich stark verschlechtern könnte. Leider war es doch der Fall. Denn die Geißel des Mikroplastik, mit dem unser Planet überbelastet worden war, hat auch unser „Allerheiligstes“ befasst. Noch viel gefährlicher wurde dieser Faktor, wenn die Winzigkeit der Teilchen einen Nanobereich erreichte. Weil diese Nanopartikeln nicht nur ungehindert durch Zellmembranen hindurch passieren, sondern tödliche Verbindungen mit allen festen und Blutzellen bilden. Dieser schlimme Umstand erregte einen jungen Forscher namens Fähzan Ahmad, ein Start-up Unternehmen zu gründen, das sich als Ziel eine gewandte Entfernung Nanoplastik Teilchen aus unserem Trinkwasser gewählt habe. Zuerst erkannte er, dass nach dem vorigen Studium der New York State University jeder Bewohner großer Städte Europas und Amerikas mit einem Liter Trinkwasser 325 Nanopartikeln, die wie gesagt in unserem Körper (mit allen bemerkten Folgen) bleiben müssen. Die folgende Präzisierung lässt es abschätzen, dass wir wöchentlich 5 Gramm Nanoplastik konsumieren, was dem Gewicht einer Kreditkarte entspricht. Man sollte sich dabei Rechenschaft darüber ablegen, dass sich diese ungeheuerliche Menge des Giftes anhäufen sollte. Die Zahl der „Nebenwirkungen“ dieser chemischen Stoffen wächst kontinuierlich und schadete vor allem unser Erbgut, indem die entartete Genapparat neue tödliche Proteine herzustellen begann. Dieser Vorgang erinnert an die Entstehung von Krebszellen, die sich schließlich unendlich zu vermehren suchen. Später stellte es sich heraus, dass alle bekannten Filteranlagen, die bisher einen Einsatz in Trinkwasser Vorbereitung benutzt worden war, für die Entfernung von Nanoteilchen ungeeignet sein sollten. Das heißt, man sollte etwas prinzipiell Neues erfinden. Auf diesen Grund wurden feine Mechanismen vorgestellt, die zwischenmolekulare Kontakte unter „Beschmutzter“ und „Reiniger“ auszunutzen vermöge.
Ehrlich gesagt war diese Technik schon vor Viertel Jahrhunderten bekannt und wurde von Physiknobelpreis im Jahre 1986 gekrönt. Nun ist sie allgemein unter dem Namen „Kraftmikroskopie“ gefragt. Faktisch ist jetzt jeder Amateur in der Lage, die Anziehungskraft zwischen zwei Molekülen mit einer großen Genauigkeit zu messen. Selbst der Verfasser dieses Buches kann ohne gespielte Anspruchslosigkeit behaupten, dass auch er in 70-en Jahren des vorigen Jahrhunderts, während dessen Doktorarbeit (also anderthalb des Jahrzehnts früher als diese drei Nobelpreislaureaten) eine experimentelle und theoretische

Grundlage dieser Methode abarbeitet habe. Ihm, einer bejahrten Person, war es ein Wenig lächerlich anzuhören, dass der junge Herr Ahmad fünfzig Jahre nach ihm etwas Ähnliches zu patentieren wagte. Die Jugend hält sich tatsächlich nicht vor den Schwierigkeiten an!

Tiefe Denkfähigkeit wird weiter gefragt

Die verheerende Kraft des Covid-19 durfte doch uns Menschen auf keinen Fall die Hände sinken lassen. Im Gegenteil wurden wir damit verpflichtet, unsere würdigen Eigenschaften in den Vordergrund zu rücken. Nur in solcher Art und Weise bekommt unsere Sippe eine Chance, den unsichtbaren Feind zu besiegen. Die erste Voraussetzung dafür bestand darin, diese angestrengte Zeitspanne völlig gesund zu bleiben. Trotz der Einfachheit solcher Redeweise und der Schwierigkeit, sie zu verwirklichen, besaßen wir keine andere Wahl mehr. Zu Geheimnissen der Natur gehören auch ihre Neigung, den diejenigen zu helfen, die dazu veranlagt sind. Mit anderen Worten findet ein winziger Anteil der Menschheit unter allen Umständen die verborgene Schutzquelle, die für die absolute Mehrheit weiter unbegreiflich verbleibt. Wir sind imstande zu versuchen, diese merkwürdige Sache zu erraten. Mehr nichts. Aber der Versuch selbst ist auch sinnvoll. Wenn eine Person aufmerksam ihre Umgebung beobachtet, wird ihr bestimmt auffällig, dass gewisse Leute scheinbar im Voraus wissen, wie sie sich in einer konkreten Situation verhalten sollen. Konnte es in der Tat passieren, dass ihr Benehmen so vorprogrammiert ist? Auf jeden Fall sieht es häufig so aus. Es ist ein Grund dafür, eine beidseitige Umgangsform zwischen der Obrigkeit und dem Team herauszusuchen, die für alle Beteiligten für die Gesundheit sorgen sollte. Ein gut etabliertes Normalisierungssystem der Gesundheit sollte einberufen werden, den hohen Anspruch großen beruflichen Gemeinschaften zu befriedigen. Dieses System wird heute auf bestimmten Prinzipien aufgebaut, die eine enge Verbindung mit Digitalisierung und mobile Kommunikation zu benutzen ermöglicht. Mit deren Unterstützung wurde es viel leichter, alle psychischen und moralischen Belastungen und Stress Gelegenheiten am Arbeitsplatz rechtzeitig zu vermeiden. Empfehlungswert wäre auch die regelmäßigen Mentaltrainingsübungen zu machen, die stark positiv den geistigen Zustand der Teilnehmer beeinflussen sollten.

Das Problem des Covid-19 war so großartig, dass es ermöglichte, neue Ideen herauszubringen, die teilweise schon zu ganz wichtigen Resultaten geführt haben. Tatsächlich zeigten die jüngsten Untersuchungen, dass die Pandemiebekämpfung ein hervorragendes Erfindungspotenzial fordert. Die vorherige Denkweise gilt nicht mehr in solchen unruhigen Zeiten. Sie muss ab sofort durch eine Forschungsrichtung ersetzt werden, die eine komplexe Entfernung aller Nanoteilchen im Voraus sieht. Diese Innovationstechnik vereint Physik-, Chemie- und Verfahrenstechnik-Wissenschaftler mit den Raumfahrtexperten, die jeden Augenblick mit den hoch unerwarteten Ereignissen zu tun haben sollten.

Eine neue wissenschaftliche Angelegenheit wurde dank Covid-19 ins Leben gerufen. Sie wurde mit einer kniffligen Ansicht auf Biofilme verbunden. Im Allgemeinen begriff man diese komplizierten Strukturen wie Lebensgemeinschaften von Mikroorganismen, die sich zusammenentwickeln und -schützen, mit dem Überlebensziel und dem Instinkt, sich zu vermehren. Als eine wohlschützende Schicht nutzten sie die sogenannte Eiweiß-Matrix, mit der sie sich umzuringen suchten. Unter reellen Bedingungen sah diese Situation allerdings gefährlich aus, weil es ihnen völlig egal war, ob die ursprünglichen Eiweißmoleküle gutartig würden oder von enorm gefährlichen Krankheitserregern stammten. Nun wurde den Gelehrten klargeworden, dass die Frage der Luftverunreinigung von speziellen Kliniken und Krankenhäuser eine erstrangige Sache sein sollte. Was wäre mit allen Räumen, die von verderblichen Mikroben beherrscht werden sollten, wenn die Luftqualität dem Selbstlauf gegeben wurde? Es ist nicht schwer vorzustellen, dass die schlimmsten Vertreter der Infektionen mit der höchsten Verderbenspotenzial gegen Wirtorganismus zu vereinen bereit sind, indem der Letzte als einem eindeutigen Verlierer im Voraus zu werden droht. Doch die Volksweisheit besagt, dass es keine ausweglosen Lagen gibt. Im unseren Fall bedeutet das Zusammentreffen der Umstände eine Lebensbedrohung für den Kranken. Moderne Bio- und Gentechnologie rüsten heute den Forscher zuverlässig aus, um die „tückische Pläne“ der Verschwörer zugrunde zu richten. Die Aufgabe kann aber kaum einfach aussehen. Denn die Gemeinschaft von Bakterien, Pilzen, Archaeen, Einzeller und Viren ist imstande, jenes denkbare Lebewesen von Primitiven bis Menschenartigen zu töten.

Ihr typische „Rüstungsbetrieb“ besteht jetzt aus „klugen“ Komponenten: Proteinen, Kohlenhydraten, gesättigten und ungesättigten Kohlensäuren, die einen großen Beitrag zur Bildung „guten“ und „schlechten“ Cholesterin leisten.
Vor kurzem wurde zusätzlich das Vorhandensein der extrazellulären DNA nachgewiesen. Die Letzte teilt der Matrix eine besondere Fähigkeit zu, die eigene Schutzkräfte des Wirtorganismus (des Immunsystems) abzuschwächen. Mit anderen Worten existiert irgendwelche äußere Macht, die der Matrix bis dahin unbekannte Anregung „schenkt“, mit deren Hilfe heute gewisse hervorragende Änderungen zu schaffen verhalf. Darüber wisst die moderne Biotechnologie keinen Bescheid. Es wäre eine Übereilung, nachzudenken, dass die ausgebildeten Wissenschaftler der Gegenwart sich unbefangen benehmen:
Eher sorgt ihre Unfähigkeit dafür, die komplexen Erfindungen der freien Natur zu begreifen. Künftig kann man vermuten, dass sich das Gegenüberstehen der Forschung und Natur steigern sollte. Auf jeden Fall sollte Mensch dazu bereit sein. Bemerkenswert ließ der menschliche Geist nicht lange auf sich warten. Die erste Idee kam aus der Forschung mit Nanoteilchen. Dem Team von Professor Klaus Grünmaier wurde es gelungen, mit einem spitzfindigen Verfahren die Nanoteilchenstruktur so zu modifizieren, dass ihre Oberfläche in anderem Bereiche auszustrahlen begann. Die Aussichten von ihrer Technologie waren schwer zu überschätzen. Mit den Laienbegriffen eroberten sie ein neues Spektrum, das viel mehr Angaben bekommen ließ. Solcher Durchbruch musste man zu den Jahrhundertereignissen zählen.

Ziehen wir nun die Ergebnisse der Forschung in Betracht, die das Green Bank-Observatorium in US-Bundesstaat West Virginia durchführte.
Der Gegenstand des Studiums war die Aufnahme von 15 kurze Ausbrüche aus einer Zwerggalaxie in der Radiostrahlung Bereich, die drei Milliarden Lichtjahre von der Erde entfernt lag. Die Ehre der Entdecker verdiente das Team von Professor Vishal Gajjar von der Universität Berkley. Denn es gelang gerade ihm, sich in bestimmter Zeitspanne und auf dem richtigen Ort zu befinden. Allein diese Gelegenheit sollte zum Geschenk Gottes gezählt werden. Im Gegenteil bevorzugt die Mehrheit der sogenannten Zivilisationsbevölkerung, selbstsüchtige Interesse zu verfolgen, und den leichten Erfolg nicht zu verpassen. Auf jeden Fall haben sie Angst vor allen gefährlichen Erscheinungen, die

ihnen umgehen, oder ihnen mit der Bestrafung drohen. Diesen Furchtsamen scheint jene unbekannte Erscheinung als etwas nicht Steriles zu sein. Schließlich stellen sie sich gegenüber etwas offen Dämonisches, was ihre Gesundheit zu schädigen droht. Deswegen verlangen sie immer noch eine ideale Reinheit des Luftraums, Trinkwassers, öffentlichen Verkehrsmittel, Wartebereiches der medizinischen Einrichtungen und anderen oft besuchten Stellen. Sie fordern von staatlichen Behörden ein Nonstop Bescheinigen der Abwesenheit von Viren und Bakterien, die für Allergiene und andere menschlichen Erkrankungen verantwortlich sein könnten. Dem Außenseiter wäre es unerträglich, solche gemeinen Beschwerden und Nörgeleien seiner unwürdigen Artgenossen weiter zuzuhören. „Nein“, sollte er endgültig aussagen, „ich bin satt damit. Mir wäre momentan viel lieber, mit kleinsten Einzelligen umzugehen, die jeden Augenblick bereit sind, sich für das Gemeinwohl zu opfern und ohne Hochmut die echte Schönheit ihrer winzigsten Seele zu beweisen. Schäme dich, der Vertreter der Sippe homo sapiens. Sonst kannst du kaum was unternehmen.

Allmählich wurde es klargeworden, dass das Ziel, das „Virus wohl benötigt“, um die Lungenzellen einzudringen, immer komplizierter wird. Die letzten Muster nach dem Prinzip „lehre sich“, sollte darin bestehen, ein gewisses Spikeprotein auf deren Oberfläche zu bilden. Dieser zusätzliche Bestandteil begünstigte wider alle Vermutung die Bewegungsfreiheit des Virusteilchens. So wurde die Ansteckenkraft des mutierten Virus mehrfach gestiegen. Wie gewöhnlich benötigen die neuen Formen spezifische Rezeptoren auf der Oberfläche von Wirtzellen, damit die Infektion noch gefährlicher werden konnte. Nun war der Forschergeist an der Reihe, um die neue Impfstoffe zu entwickeln.

Diese stachelförmigen Strukturen stehen im Mittelpunkt des Schaffens der Vakzine, die später für die Immunantwort der Patienten sorgen sollten. Der aktuelle „Rüstungsbetrieb“ der Gelehrten verbreitete sich großartig dank den supermodernen Methoden, die eine entscheidende Verbindung zwischen diesen „klugen“ Geräten und Verfahren der Molekulardynamik-Nachahmung-Simulationen ermöglicht. Darüber hinaus passierte es nicht unter isolierten Bedingungen, sondern in natürlichen Umständen mit fast molekularer Auflösung. Eine günstige Voraussetzung fürs Schaffen der neuen Impfungen sollte die äußere Bildung des Spikes sein. Der wies sich unter gewöhnlichen Bedingungen Kugel- oder V-förmig auf. Solche rekombinanten Proteine können gut wieder gegeben werden. Eine noch erstaunliche Richtung in der Anwendung von Nanopartikeln wurde durch den Einsatz der energischen Aktivation vorgestellt. Der Prozess, der einigermaßen an chemische Katalyse erinnerte, benutzte die besonderen Fähigkeiten von künstlichen Nanoteilchen, die letzte Zeit in den Einsatz gebracht worden waren.

Eine Sicht in Physikgeschichte

Das Verfahren des sogenannten „Hineinpumpen der Energie" wurde gerade nach der Lasererfindung durch Nikolai Bassow und Aleksander Prochorow entwickelt, die zusammen mit Charles H. Townes im Jahre 1964 mit dem Physiknobelpreis ausgezeichnet worden waren. Ein ähnliches Verfahren der Hineinpumpen wurde später für die anderen Systemen probiert.
Nicolaas Bloembergen schlug 1959 ein Energie-Diagramm für Kristalle vor, die Ionen-Verunreinigungen besaßen. Bloembergen beschrieb das System als stark angeregt. François Auzel zeigte 1966, dass ein Photon des Infrarot-Lichtes ins sichtbare Licht in Ytterbium–Erbium und Ytterbium–Thulium Systemen verwandelt werden könnte. Der nächste Fortschritt wurde mit der Anwendung von Nanokristallen verbunden, die die genannte „Hineinpumpen" der Energie erleichtern sollte. Solche genialen Erforschungen wurden in den zehnten Jahren des 21. Jh. erfolgreich durchgeführt.

Eine verwurzelte Überzeugung konnte einen Bärendienst erweisen, eher zu einer richtigen Lösung führen zu lassen. Sie ließ auch die heiklen Angelegenheiten der menschlichen Verirrung nicht rechtzeitig vermeiden. Praktisch sah alles so aus, als ob man gleicherweise alle Schlussfolgerungen zu ziehen vermochte, die ihn momentan beschäftigen sollten.

Seit eh und je vermuteten Mikrobiologen, dass ihre Forschungsobjekte Einzelgänger und -kämpfer waren. Mit anderen Worten ahnten sie nichts davon, ob ihre anderen Artgenossen existieren oder nicht. Das heißt, sie waren mitnichten imstande, zu jener Form der Kooperation Verständnis zu zeigen.

Nicht zuletzt trugen die Forscher selbst schuld davon: Sie sondern ihre einzelnen Organismen ab und versuchten, den Letzten als irgendwas Unabhängiges zu studieren. Als eine Anregung zur Änderung deren Verhaltensweise diente das allgemeine Interesse für schon genannten Biofilme, die die Vorstellung über solch wichtige Lebewesen verbergen konnten. Darauf stellte es sich heraus, dass es unter den kleinsten ständig eine Analogie des Krieges stattfand, die unbedingt auf ihre spitzfindige Hinterlistigkeit hinweisen musste.
Eigentlich waren sie klug und erfinderisch genug, um ihre zahlreichen Feinde gegeneinander stimmen zu lassen. Wie es ihnen gelang, bleib bis jetzt ein Rätsel aus der Welt der Unsichtbaren. Das Erstaunen rang die Mikrobiologen um, wenn sie festzustellen vermochten, dass es im winzigen Universum einerseits selbstlose und andererseits -süchtige Einzelwesen lebten. War der Erbschatz oder die „eigenartige Erziehung" davon verantwortlich, bleibt bis heute unbewusst. Was aber die jüngsten Jahrzehnte bekannt worden war, belangte die feinsten Mechanismen der Biotechnologie an, die mit den sogenannten Pyoverdinen verknüpft waren. Die Pyoverdine hieß eine Gruppe von derzeit über sechzig bekannten fluoreszierenden Siderophoren und Oligopeptid-Antibiotika zählen. Alle diesen Substanzen wurden mithilfe gram-negativen Bakterien Pseudomonas aeruginosa und Pseudomonas fluorescens hergestellt. Nun entsteht die nächste Frage, und zwar: Wie konnte es passieren, dass die kleinsten sich plötzlich altruistisch zu benehmen begannen, damit die anderen Einzelwesen oder ganze Gesellschaften von kleinen davon profitieren könnten? Die Antwort auf diese Frage sollte eine harte Nuss für die Biologen erweisen.
Nur mehrere Jahre danach gelang es ihnen zu begreifen, dass eine Zusammenwirkung der Mikroben keine zufällige Sache sein sollte. Im Gegenteil suchten sie zielstrebig die optimalen Umstände, die vorteilhaft für alle Beteiligten werden könnten. Also stellten gerade Biofilmen solche Umstände zur Verfügung.

Ungeachtet Eigenstolz wurden die Gelehrten gezwungen, sich fest zu stellen, dass die kleinsten mit der beneidenswerten Vernunft begabt worden waren. Und deren verborgener „Intellekt" war auch nicht umsonst. Eine natürliche Selbstlosigkeit der Mikroben leistete ein gutes Beispiel deren Denkvermögen. Wie groß sollte die Enttäuschung der weisen Biologen sein, die bei den kleinsten solche Qualität entdeckten, die ihnen selbst vollkommen fehlte. Tatsächlich

bewies dieses Gegenüberstellen mit den kleinsten den Fehlschlag des Menschen, der Tausenden und Millionen der Weltbevölkerung das Leben kosten sollte. Denn die Weltmedizin verachtete Jahrzehnte lang die Gefahr, die vom gemeinsamen Geist der Mikroben stammte. Dem Heilwesen half nun nicht mehr die Antibiotika, die an deren Grenze stoß. Unterschiedliche Vereinigungsformen der Bakterien, die dort vorhanden waren, bekräftigten solche Vermutung. Es wurde schließlich festgestellt, dass es in jeder Gesellschaft Betrüger gibt, die sie ausnutzen und zugrunde zu richten bedrohen. Das war auch unter Bakterien der Fall. Merkwürdigerweise verhielten sich die Kugelstabförmige Bakterien gemeinsam und bilden ein schützendes Myzel. Im Prinzip sollte sich ein Myzel dadurch unterscheiden, dass es in extremen Situationen (z.B. bei einer verheerenden Hungernot) für das Überleben des Sozius sorgen sollte.
Grundsätzlich entstand solche Schicht jedes Mal, wenn ein Bakterium sich auf einer Oberfläche befand, um sich dort zu vermehren, oder ein anderes Bakterium traf. Vielleicht handelten sich die perfekt ausgebildeten Wissenschaftler aus dem klugen Gesichtswinkel der winzigsten zu primitiv. Der Grund dafür war eine schwache Auffassungsgabe der Zweibeinigen.

„Wie konnte es passieren", dachten sich vielleicht diejenigen aus dem Mikrokosmos, „dass die Krankheit des Gigantismus zur Stumpfsinnigkeit führen konnte".
Unparteiisch gesehen haben die Unsichtbaren bestimmt Recht. Es passte nicht in ihren Verstand, dass so einfache Denkweise von jemandem Großartigen nicht verstanden verblieb. Zu weiteren Erstaunen der kleinsten führte die Tatsache, dass ihre klare Sprache der Symbole bei den Riesigen unbemerkt weiter verlorenging. Stattdessen rannten sie mit dem Kopf gegen die Wand sowie unternahmen alles Mögliches, um ihre Dummheit als Wahrheit zu beweisen. Die Rede war dabei von dem Verzicht auf der Anerkennung des Soziallebens der Mikroben. Der nächste Schritt des Verstehens der Vertreter vom homo sapiens sollte darin bestehen, dass ihnen auch die weitere Tätigkeitsart der winzigsten erleuchtet werden könnte. Die Letzte wird mit der Produktion von besonderen biologischen Substanzen verbunden, die für ihre „Wohlwollen" sorgen sollten. Dieser Arzneien Satz beinhaltet eine Reihe der Proteine, Aminosäure, Vitamine, Nukleinsäure und deren robusten Bestandteile. Heutzutage gibt es kein Ge-

heimnis mehr, dass die Biofilme einen Lebensraum für über 90 Prozent aller Mikrobe erweisen. Es wurde auch festgestellt, dass auch diejenigen kleinsten aus den Milliarden Jahren Fossilien in Biofilmen gemeinsam zu überleben bevorzugten.

Natürlich behielt auch der Verfasser ständig im geistigen Auge die Tatsache, dass „seine Günstlinge" aus einem wichtigen Darmbereich stammten.
Nun wurde es ihm unbestreitbar geworden, dass die örtlichen Bewohner einen verborgenen Sinn besaßen, um die Angriffshandlung unzähliger Menge gefährlichen Viren abzuwehren. Dieser Akt der Verteidigung ähnelt doch der Heldentat. Wie kann man ihn anders nennen, wenn die Waffe mit dem Selbstmord verbunden sein sollte. Eigentlich herstellen sie eine Giftmischung, die zuerst sie selbst und dann die Viren ermordet. Zugleich ist es ein Mittel, einen kleinen Teil des eigenen „Volkes" retten zu können. Das einzelne Wesen fühlt sich selbstlos bereit, zu opfern. Es bedeutet, dass es im Voraus auf seine „teure" Nachfolgen verzichtet. Die größten Probleme bei den Mikroben entstehen in Hungerzeiten, wenn die Selbsttötung gefragt wird. Dabei verzögern die kleinsten keinen Augenblick, um den eigenen Körper zu zerreißen und die wertvolle Nahrung für die Gemeinschaft zur Verfügung zu stellen.
Jetzt gab es die höchste Zeit für den Verfasser, seinem Liebling, das Wort zu erteilen. Und so machte er. Jetzt war der Winzigste an der Reihe.

Einfachstes Element

Eine beharrliche Denkleistung Clero gefiel ihm vom Anfang an viel besser, als einer Menge der anderen. Vielleicht war der Anlass dazu die Tatsache, dass er zuerst auch sich selbst zu einfachsten Organismen der Welt zählte. Eine würdige Erziehungsschule seiner Eltern und Verwandten kümmerte doch darum, dass er in sich prinzipiell neue Qualitäten entdeckte, die auf hoch intelligente Merkmale hinweisen sollten. Die Bedeutung solcher hohen Selbst-Abschätzung wäre es sicher schwer zu übertreiben. Von diesem Augenblick an fand er bei sich immer größeres geistige Vermögen, das eher ein Beneiden der Umgebung erregte. Seine letzten Entdeckungen sprachen offen über das ungewöhnliche Potential, das in ihm gelegt worden war. Auf diesen Grund besaß er keine Angst mehr, die kompliziertesten Sachen der Welt zu erörtern. An den Wasserstoff wendete er sich aber zufällig, sozusagen entgegnend, schoss allerdings nicht fehl. Anders ausgedrückt begriff er in dessen Einfachheit irgendwas Erhabenes. Einigermaßen ergänzte dieser „Einfaltspinsel" drastisch das ganze Bild des Universums.

„Es ist unmöglich", jagte plötzlich in seinen Geist dahin, „diese kosmische Substanz außer Acht zu lassen". Einige Tage konzentrierte er seine Aufmerksamkeit auf die eigenartige Rolle dieses Gases in der Natur. Darauf wurde ihm klargeworden, dass seine Erwägungen sehr hochmütig sein sollten. Umgekehrt konnte Wasserstoff die dringend nötigen Bedürfnisse der großen und kleinen Lebewesen der Welt erfüllen. Die Vortrefflichkeit des leichtesten Moleküls der Natur versteckte sich auch in dessen klimatischen Neutralität, die im Voraus ein mehrtausendjähriges Aufblühen des Lebens versprach. Außerdem sicherte es eine Unversehrtheit der Arten Vielfalt, die seit jüngsten Jahrhundert ins Wanken gebracht worden war. Die letzte Erscheinung schien dem klugen einzelligen furchtbar zu sein.

„Man muss unverzüglich etwas Eindrucksvolles schaffen", dachte er im nächsten Augenblick, „damit die nahe und ferne Umwelt geheilt werden könnte. Na, ja, ich selbst bin der Überzeugung, dass alle verworrenen Schwierigkeiten mit Treibstoff- und Treibhausgasen den Planet zugrunde richten sollten. Wie zum Teufel konnten diese riesigen Zweibeinigen dazu gelangen, die Produktion der giftigen Gasen auf unzulässiges Niveau zu bringen? War es wirklich so genial, diese Bedrohung schon längst wahrzunehmen?"
Für die nächste Schlussfolgerung brauchte Clero dreißig Sekunden Zeit. Weil die unglaubwürdigen Eigenschaften des leichtesten fantastisch aussehen sollten. Wenn man sie mit Gelegenheit zu ergänzen wusste, dass die Verbreitung des Moleküls im Kosmos unendlich war, wäre es eine Problemlösung gewesen. Der einfache Einsatz des Wasserstoffes macht sofort die Voraussetzungen, um die Welt von Verbrennungsrückständen der organischen Fossilen sicher zu befreien. Ungeachtet der Anspruchslosigkeit des Vorganges, schwebte sich Clero auf Wolke sieben. Denn er kapierte nur jetzt, dass die Wasserstoff-Verbrennung nicht allein eine große Menge Energie, sondern auch das wich-

tigste Erzeugnis der Erde, das reinste Wasser, schöpfen lässt. Schließlich wusste er Bescheid darüber, dass er ein größtes Geheimnis des Universums begreifen konnte.

Es war aber „last but not least“ in dessen Nachdenken. Sonst musste er sich die Rechenschaft darüber ablegen, dass der Gebieter, dessen gemütlichen Darm Clero mitsamt Verbündete dankbar besaßen, allmählich alle ihre Denkweise bestimmen sollte. Keine Ausnahme war auch die Ideologie, die mit dem Wasserstoff verbunden worden war. Auf diesem Pfad gelang es den kleinen an zu erkennen, dass es unter den Bakterienarten auch solche gäben sollten, die selbst für die Herstellung von Wasserstoffmolekülen veranlassen worden waren. Interessanterweise gehörten sie zur Familie der Cyanobakteria, die für die Mehrheit der in Wasser lebenden Organismen tödlich waren. Zugleich verfügten sie perfekt über die Photosynthese. Darüber habe Clero auch etwas gehört, an das er in wenigen Minuten erinnern konnte. In der Tat zählte sich Photosynthese zu den beachtlichen Wunder der Welt. Wie anders konnte man sie nennen, wenn ein Lebewesen das Sonnenlicht dafür ausnutzt, um die Wassermoleküle zu spalten, Energie biochemisch zu speichern und die zahlreiche biologisch aktiven Substanzen herzustellen. Auf jeden Fall sorgte die Bekanntmachung Clero damit für dessen freudige Stimmung.

Treibende Kraft des Fortschrittes

Die neuen und nie zuvor vorstellbare Fähigkeiten von Coronaviren, deren Mutationen sich ungestüm vermehrten, erwiesen eine Herausforderung dem Menschengeschlecht, die dringend etwas völlig Unbekanntes ins Leben rufen sollte. Ein der ersten, dem das Ausmaß sofort bekannt geworden wurde, war eher Daniel Krombacher, der sich mit seinem scharfsinnigen Innovationsunternehmen „Create-Design“ dagegen bereitstellte. Seinem Team, das plötzlich die Rettung der Menschheit auf sich nahm, standen die großen Aufgaben des 21. Jahrhunderts bevor, auszusuchen.
Hier wäre es notwendig, eine Bemerkung zu machen: Vor kurzem haben zwei führenden Pharmakonzerne Bayer und Curevac einen Vertrag geschlossen, um eine neue Vakzine auf Basis von Messenger- (m-) Ribonukleinsäure zu entwi-

ckeln. Diese einsichtige Biotechnologie versprach, einen Durchbruch in der Behandlung von neuen Formen der Covid-19 zu schaffen. Das Beispiel solcher Kooperation zwang auch „Create-Design“ zur äußersten Findigkeit. Die aussichtsreichste Leistung in dieser Richtung bereitete eine enge Mitarbeit mit der KI vor, die momentan einen ungewöhnlichen Aufschwung erlebte. In der Tat zeigte die KI ein dynamisches Forschungsfeld, auf dem sich viele Unternehmen tummelten. Die Produktion riesigen Angabe Mengen machte es unvermeidbar, etwas ohne KI weiterzugehen. Der Hauptverdienst der KI bestand darin, dass sie mit der Datenvermehrung immer präzisere Ergebnisse zu erlangen vermochte. Im Allgemeinen ähnelte sich diese KI-Tätigkeit an Big-Data Algorithmen, die von Sozial-Netzen schon längst ausgenutzt worden, damit die persönlichen Meinungen und Handlungen großer Menge manipuliert werden könnten.

Anders ausgedrückt wurde die KI in der Lage sein, eine richtige Gen- oder Biotechnologie-Verfahren vorzuschlagen, das eindeutig für die Ausrottung des aktuellen Virusmutanten passen sollte.

Das spitzfindige Kunststück, das der tückische Virenmutant sich meisterhaft aneignete, stellte sich zusammen aus den folgenden Einzelheiten der Selbstreproduktion: Virus-RNA (genetische Code des Virus) beinhaltet eine wichtige Anweisung (Message) für die Herstellung der Proteine.

Lipid-Nanoteilchen ermöglichten dem Spike-Protein die Eindringlichkeit des Virus in die Zelle und löst die ansteckende Infektion aus. Genetische Code des Virus besteht ausschließlich aus der RNA. Wissenschaftler wurde es gelungen, einen Bestandteil dieses Godes abzusondern, der die Anweisung der Produktion von Spike-Protein des Virus bestimmte. Interessanterweise wurde die m-RNA mit Fetten Lipid-Nanoteilchen versetzt. Mit der Kenntnis solches Geheimnis der natürlichen Viren wurden die Forscher mit der synthetischen RNA ausgerüstet, die einerseits das Virus-Spike-Protein codierte. Andererseits wird sie in Lipid-Nanoteilchen (besonders kleinen Tröpfchen) verpackt. Das Ziel solcher Nachahmung der Natur ist es, die äußere umhüllende Schicht der RNA von der Zerstörung zu schützen, sowie die Eindringlichkeit der künftigen Vakzine zu fördern.

Mit diesen wertvollen „Kleinigkeiten“ begann das Forschungsteam von Pfizer & Biontech seine bahnbrechenden Experimente. Nach dessen Denkweise wurden zuerst die kleinen Abschnitte von m-RNA codiert, die Spikeproteine beinhalten. Danach wählten die Gelehrten solche Abschnitte, die keinen Code für die Spike-Proteine besaßen. Nun war es die höchste Zeit, eine lange Kette Adenin-Basen, kurz A, in Gang zu bringen, indem RNA stabilisiert werden könnte. Darauf wurden die Versuche mit der Spitze-RNA geschafft, die die Protein-Synthese in der Zelle erleichtern sollte. Solche sachlichen Manipulationen sorgen dafür, dass ein Selbst-Reproduktion-RNA-Abschnitt seine Funktion übernimmt. Zu Besonderheiten dieses Abschnittes gehört ein großes Vermögen, unzählige Menge an die Selbstkopien herzustellen. Die letzte Fähigkeit lässt ihm viel kleinere Dosen des Vakzins auszunutzen, die Produktionspreise zu reduzieren, und den Prozess günstiger zu machen.

Vor- und Nachteile der RNA-Vakzinen

Es stellte sich vom Anfang an heraus, dass die Produktion eines Covid-19-Vakzins im Labor ein vielversprechendes Unternehmen sein könnte, denn man sie kann schneller und einfacher als die andere verwirklichen. RNA selbst ist nicht imstande, eine Infektion zu verursachen. Zugleich wird sie problemlos von eigenen Schutz-Kräften des menschlichen Organismus beseitigt werden.

Nie zuvor war RNA für die menschliche Anwendung patentiert worden, obwohl man diese Arzneien schon längst für die Bekämpfung anderen Viren (Grippen-, HIV- oder Poliomyelitis-Viren) ausnutzte. Ein Nachteil des RNA-Vakzins ist ihr labiler Charakter unter gebäudeinneren Temperaturen, was sehr tiefe Temperaturen der Bewahrung und des Transports verlangen.

Als eine „lyrische Abschweifung“ kann der Verfasser sich nicht davon enthalten, an seinen guten Freund und talentierten Naturwissenschaftler Mathias Wulf zu erinnern, der mithilfe RNA-Gentechnologie schon Jahrzehnte zuvor wertvollen Vakzine gegen HIV entwickelt hatte.

Die nächste wichtige Schlussfolgerung, die aus der aktuellen Situation mit Covid-19 gezogen werden sollte, wird die Tatsache, dass darin etwas Unheildrohendes und Symbolisches versteckt worden war. Es sah so aus, als ob die Höhe geistige Instanz der Menschheit eine schwere Heimsuchung geleistet hatte. Unter solchem Gesichtswinkel haben mehrere Pharmariesen, sei es Bayer oder Sanofi, deren Investitionen in die Künftig-Fantastisches zu gelegen versuchen, obgleich die Medikamenten für noch nichtexistierende Pandemie-Richtungen vorweggenommen werden könnten.

Ein „ansteckendes" Beispiel kam aus der Deutschen Luft-Raum-Behörde, die eine Reihe der zuverlässigen Systeme vorgeschlagen habe, um das Wohlbefinden von Astronauten enorm verbessern zu können. Später stellte es sich heraus, dass dieses Durcharbeiten viele anderen multidisziplinierten Aspekte der humanen Medizin unter Kontrolle bringen sollten. Jetzt nimmt man jede neue Richtung mit der Umsicht auf Corona-Pandemie, die vermeintlich wie ein Damoklesschwert über sie zu schweben vermöchte. Doch niemand konnte etwas Vernünftiges dagegen äußern, dass die Desinfektionsverfahren, die für Raumfahrt schon als selbstverständlich verarbeitet worden war, auch bei aggressiven Pandemie-Viren irgendwie versagen könnten.

Vor kurzen habe der brasilianische Regulator Anvisa ein unerwartetes Ereignis gemeldet, indem er mit den heftigen Sanktionen gegen das Covid-19 Vakzin drohte, das von AstraZeneca /Universität Oxford und China Sinovac-Biotech geschafft worden war. Wegen der erhobenen Infektionen begann die Vakzination sofort. Trotzdem haben darauf einige logistischen Schwierigkeiten entstanden, die eine kritische Situation eher noch verstärken sollten.
In der Tat fühlte sich Anvisa gekränkt und forderte von China eine Gewissheit. Eine erstaunliche Beschaffenheit der Covid-19 Pandemie bestand darin, dass sie als ein Wunder des Fortschrittes zu neuen Ideen und Forschungsrichtungen führen könnte. Ein typisches Kennzeichen unserer Zeit erweist die jüngere Generation der Gelehrten, die zu bahnbrechenden Entdeckungen zu kommen bereit war. Ein davon hieß Bastian Standfest aus Stuttgart. Dessen Einstellung sollte sich dadurch unterscheiden, dass er in einem kleinen Zebrafischchen etwas Unvergleichbares zu erkennen befähigte. Seine Erörterungen sahen so aus: Zebrafische besaßen fast alle Gene, die wir Menschen auch haben. Warum durften ihre Eier nicht als Modellorganismen für die neuen Arzneien geeignet werden? Der Stand der Gen- und Biotechnologietechnik lässt diesen Kleinen (nicht mehr als 6 Zentimeter lang) die Eier automatisch außerhalb des Mutter-

leibes mehrere hundert wöchentlich problemlos optisch kontrollieren und untersuchen, ohne dabei die Embryonen zu schädigen. Im Grunde sorgte dieser hohe Reproduktionsrat dafür, dass die genannten Keime künftig eine große Rolle in der Erforschung neuer kardiovaskularen und krebserregenden Substanzen spielen werden. Die bedeutende Schlussfolgerung über das siebzigprozentige Zusammentreffen des Erbschatzes des Zebrafisch- und menschlichen Genoms hört vielversprechend für die prinzipiell neuen Durchbrüche in der Zellwissenschaft und -technologie an. Die nächste Stufe verspricht deutlich die Entwicklung des selbstlernenden Systems. Ein menschenfreier Raum wird ausschließlich von einsichtigen Geräten gesteuert werden. Befruchteten und unbefruchteten Eier werden zunächst aus einem belüfteten Apparat mit der rotierenden Spitze aufgesaugt, in Übertragungsflüssigkeit verteilt, voneinander isolieren zu lassen und der optischen Einrichtung zur Aufbewahrung anzuvertrauen. Ein zuverlässiges Beobachtungssystem findet schließlich den Befruchtungszustand des Erbmaterials aufgrund des schlau ausgebildeten Algorithmus, der verschiedenen Stadien der Zellentwicklung anzuerkennen sucht. Der genannte Algorithmus wird durch eine Datenbank mit Bildern von klassifizierten Fischeiern ausgeübt, damit er präzis alle Seiten der Zelländerung im Voraus sehen könnte. So kann er hundertprozentig behaupten, ob ein Ei befruchtet war oder nicht.

Auf dieser Stelle wäre es vernünftig, noch einmal daran erinnern, dass die Kunst der Bild- und Signal-Verarbeitung nicht zuletzt die Art und Weise, die uns mit den kleinsten Zauberern – Mikroben vereint. Mit denen, die alle Möglichkeiten der eigenen Natur auszunutzen versuchten, um ihre aktuelle Lage zu beherrschen. Tatsächlich quälten sie sich und leiden gar nicht weniger als wir Menschen, die klügsten Geschöpfe der Erde.

Mit kleinstem Roboter der Welt

Es wäre selbstverständlich nicht schwer, sich als Vorbild eine Körperzelle einzubilden, diesen kleinsten, nach eigenen Gesetzen lebenden Organismus der Natur mit eigener Energieversorgung. Sie ist zugleich in der Lage, nicht nur sich zu bewegen, sondern über mechanische Wechselbeziehungen wahr zu nehmen, was momentan richtig sein sollte. Die Zelle schafft selbst die benötigten Lebensformen in Mikrodimensionen. Eine einsichtige Zusammenstellung der Anpassungsfähigen mikroelektronischen Einrichtungen mit den modernsten Nanoteilchen ermöglicht es zweifelfrei, den kleinsten Roboter der Welt zu konstruieren.

Nun dürfen wir kaum, die lichtempfindlichen Biofilme verpassen. Obwohl sie sich eher schlecht zu kultivieren scheinen, erleichtern sie die Untersuchung von zahlreichen Gemeinschaften von Bakterien, Protozonen und Pilzen, die am besten gemeinsam zu leben und zu vermehren pflegen.

Man durfte nicht, solche hervorragende Organismen außer Acht lassen. So benahmen sich die Mikroalgen schon seit Millionen von Jahren ungewöhnlich schöpferisch, dass sie den Hauptanteil des Kohlendioxids zu verbinden, Sauerstoff zu produzieren und Kohlenhydrate in den Lebenskreislauf zu bringen vermochten. Solche belebende Wirkung der Photosynthese sollten die hohen Tiere und zuerst die Menschen für die Möglichkeit, die Erde zu besie-deln, ewig dankbar sein. Sonst wäre unser Schicksal kaum vorstellbar.
Mikroalgen bieten ein breites Spektrum an biologisch-aktiven Substanzen, einschließlich Farbstoffe, Nahrungsergänzungsmittel. Grundsätzlich sind sie auch für die künftige Versorgung der schnell wachsenden Bevölkerung der Erde mit Nahrung viel versprechend. Sie wachsen intensiv unter allen bescheidenen Bedingungen auf nachhaltigen Rohstoffen, brauchen wenige Landfläche. Neben ihrer anspruchsloser Verbrauchsweise sind sie imstande, wertvolle Vitamine, Proteine, Kohlenhydrate, Carotinoiden, mehrfachungesättigte Fettsäure (inklusiv Omega-3 und -6) und Mikroelemente zur Verfügung zu stellen. Außerdem leisten sie einen wesentlichen Beitrag zur Vernichtung schädlicher Cyanobakterien, die für die Menschen und Nutztieren tödlich wirken können.

Wie es schon erwähnt wurde, arbeiten heutige Wissenschaftler daran, wie man noch nicht behandelbare Erkrankungen mit modernen Methoden auskurieren könnte. Bildlich ausgedrückt sollte ein präzises Treffen so gut anpassen, wie die Bestandteile einer mehrstufigen Rakete. Praktisch gesehen wird jener Versuch auf dem atomaren Niveau zum Risiko verdammt, unvermeidliche

Fehler zu machen. Denn jeder neue Schritt auf diesem Pfad wird mit gewissem Grad an Freiheit verbunden, den man nie zu beherrschen fähig wird. Die genannte Denkkultur wurde von genialem Chemiker Emil Fischer schon im Jahre 1894 in Gang gebracht. Er beschäftigte sich damals mit der Verbindung zwischen Enzym und Substrat. Kennt man den Rezeptor (Aufnahmestelle) einer kranken Zelle (z.B. einer Tumorzelle), welche behandelt werden sollte, musste man einen passgenaues Mittel (Medikament) für diesen Rezeptor haben, damit die gewünschte Wirkung genau dort und nirgendwo sonst seine hohe Aktivität zu erweisen vermöge. Je geschmeidiger der Rezeptor wird, desto geringer wird seine Bindung am Medikament, weil er mehrere räumliche Abänderungen einnehmen könnte. Einerseits verliert dabei der Wirkstoff an Aktivität, andererseits passt er deswegen an mehrere Rezeptoren, was im Gegenzug zu schweren Nebenwirkungen führen könnte. Diese Tatsache ist vor allem bei der Hemmung Protein-Protein Wechselbeziehungen an Kräfte steigern sollten, weil sie deutlich größere Bindungskonstante zwischeneinander erweisen mussten. Die jüngsten Studien machte es deutlich, dass der Unterschied Millionenfach sein könnte.
Als ein Ergebnis entsteht das Bedürfnis, damit die Arznei noch leistungsfähiger werden sollte, um die krankhaften Wechselwirkungen zu verhindern. Diese komplizierte Aufgabe kann man eher mithilfe der modernen Methoden der molekulardynamischer Simulation aufzulösen versuchen.

Ähnliche Probleme wurden letzte Zeit infolge der Covid-19-Bekämpfung besonders aktuell geworden. Den Mediziner gelang es, eine Reihe von falschpositiven Ergebnisse festzustellen. Der Grund dafür war die hohe Wahrscheinlichkeit des Fehlers bei der Antikörper-Testes. Bei einer neuen Vakzination ist es wichtig, entsprechende Immunoglobuline zuverlässig nachzuweisen. Diese IgG (das heißt Immunoglobuline Typ G, G steht dabei für die eigenen Patientenantikörper, die förmlich an griechischen Buchstaben „Gamma“ erinnern) benötigt die kranke Person, um immun gegen konkrete Variante des Virus zu werden. Dieser Test erfolgt leider nicht einwandfrei, weil es in der Praxis einige Probleme entstehen, die unrichtige Schlussfolgerungen ziehen lassen. Solche Angestammtheit entsteht üblicherweise wegen einer Verunreinigung der Antigenoberfläche. Trotzdem führt der genannte Fehler zum Gelassenheitsmangel. Sowohl Patienten als auch Ärzte werden nervös oder sie bekommen Angst. Übrigens stellt die Letzte eine Gefahr vor, die die Situation noch verstärken sollte. Allein von Angst kann man krank werden.

Wenn unbegabte die Welt beherrschen

Die Weltlage, die nach dem Anbrechen der Corona-Pandemie zustande kam, konnte auch den Verfasser dieses Buches nicht gleichgültig zurücklassen. Die Atmosphäre einer vollständigen Hoffnungslosigkeit verschlang den ganzen Planet. Die Ursache dieses kläglichen Zustandes besteht in der Unfähigkeit der führenden Elite der Politik, Wirtschaft und Medien die entstandene Krise wider zu stehen. Äußerlich sieht es so aus, als ob diese unbegabten Personen nur nach diesem Moment warteten, um die Weltbevölkerung um den Finger zu wickeln. Sie nutzen jede Möglichkeit, damit die Schwierigkeiten sich zunutze bringen. Die allgemeine Angst ist übrigens eine richtige Sache, die ihnen zusätzliche Punkte sammeln ließ. So flößen sie mit aller Energie der armen Bevölkerung Angst ein. Angst macht in der Tat den Alten laufen. Diese „lose Tomaten" nutzen jede Chance aus, um die Gewinne in die Höhe zu schießen. Sie drangsalierten jene Freiheit, weil sie darin eine Gefahr ihrer Herrschsucht erkannten. Doch die Verfechter guter Wille haben keine andere Wahl als einen Widerstand zu leisten. Denn alle guten Geister loben ihren Meister. Die Schurken befestigen üblicherweise deren Macht durch die gefährliche Entwicklung, die von den unbegabten allein zustande kommt. Die schlimmste Folge zeigte sich sehr bald, indem alle über die dringend benötige Schritte nachdenken. In solchen gefahrvollen Jahren werden Leute leicht geschmeidig wie die Tonerde, um sich selbst und ihre Familie ernähren zu können. Und die drohende Hungernot vermöge wütend aufzutreten. Wer könnte den unglücklichen daraus verhelfen? Eher ein Teufelswerk in Angesicht des Krieges, der sich immer zur Verfügung stellt.

Die Menschheit wird immer häufiger der Heimsuchung von geheimen Kräften untergezogen. Jede neue Pandemie, die Häufen in Schrecken versetzten, konnte von den gemeinen wünschenswert werden. Sie wiegeln menschliche Menge zu unbedachten Handlungen auf, was eine Vielfalt von Opfern verlangen könnte.

Greta Thunberg, ein siebzehnjähriges Mädchen, die von dessen Eltern und dem breiten Publikum in Schweden und in ganzer Welt wie eine Initiatorin der globalen Bewegung für die Rettung der Klima und Umwelt zum Ruhm verschafft worden war, blieb wie ein unnachahmlich in der jüngsten Human-Geschichte. Ihre Bewegung FFF (Friday for Future) wurde allmählich zum Symbolereignis unserer Zeit geworden.

In der Tat ist sie ein schlagendes Vorbild eines Autismus-Kindes, das darüber hinaus an Asperger-Syndrom leidet. Es ist ein der schwerste Fall der Kontakt- und Kommunikationsstörung. Das heißt, die Betroffene tun sich schwer, mit anderen Menschen zu interagieren, sich in sie hineinzufühlen und Empathie zu zeigen. Im Gegenteil suchen sie immer die Möglichkeit, sich über anderen zu positionieren. Ernst gesagt haben solche armen Jungen und Mädchen keine Schuld daran, dass einige selbstsüchtigen Erwachsenen sie für ihre heimtückische Ziele auszunutzen versuchen. Stattdessen sollte man sie, richtig ausbilden sowie erklären lassen, dass unsere höchste Aufgabe auf diesem Planeten darin besteht, anderen Menschen zu helfen, ohne sie auszubeuten. Unsere Welt ist reich an solche hervorragenden Musterleute.

Bildhaft nahm sich solcher Sachlage gegenüber dem weltberühmten britischen Veteran Tom Moore (bekannt als „Captain Tom“), der trotz seiner überall anerkannten Position als Denker und Gönner der Menschheit bis zum Ende keine Scheu zeigte, die riesigen Spenden für die armen Länder zu sammeln. Lord Tom (diesen längst verdiente Titel hat er kurz von seinem Tode von der Königen Elisabeth II bekommen) beschäftigte sich lebenslang mit den Aufklärungsaufgaben, indem er seine Kenntnisse und Entdeckungen der gesamten Weltbevölkerung widmete. Im Falle Greta Thunberg empfahl „Cap Tom“, mit den fragwürdigen politischen Aktionen so bald wie möglich Schluss zu machen und sich zuerst um eine ernsthafte Ausbildung zu kümmern. Denn Cap zweifelte nicht daran, dass ein Mensch ohne ausreichende Kenntnisse keine Chance bekommen konnte, Menschen zu helfen oder sogar sie zu retten.
Zu einer besonderen Tüchtigkeit Mr. Moore gehörte dessen selbst eingeflossene Pflicht, den Mitmenschen nur solche Angaben zu überlassen, die er schon

vielfach überprüft habe. So wusste er hundertprozentig Bescheid darüber, dass der Löwenanteil der Erderwärmung nicht anthropologische Ursache haben sollte, sondern überwiegend mit der Sonnenaktivität verbunden worden war. Darüber hinaus machte er ständig die notwendigen und strikten Rechnungen, um die Dynamik deren Aktivität näher zu bringen. So folgte es aus seinem Beweismaterial eindeutig, dass unser Planet sich wegen verheerenden Vorgängen im Sonneninneren in einen kritischen Zustand richtete, aus dem keinen Ausgang wahrscheinlich wird. Der Aufruf des alten Gelehrten klang richtig bedrohend: Die Erde-Bewohner müssen ab sofort, alle ihre Twiste beenden, um alle gemeinsame Kräfte für einen einsichtigen Wärmeschutzschirm zu benutzen. Der Alte arbeitete die letzte Jahre gründlich daran, das Prinzip solcher Rettungsaktion vorzuschlagen. Einigermaßen war es eine Herausforderung den genialen Individuen der Welt, sich dringend einzumischen und ihren würdigen Beitrag dazu zu leisten.

Es ist schwer zu vermuten, ob seinen Appell dessen Ansicht erreichte. Trotzdem gibt es bis dahin kein Kennzeichen, dass keine sich dafür interessieren wollte.

Die geschätzte Gestalt Mr. Moore erweist einen Missklang im Vergleich mit den mittelmäßigen Bürger in der sogenannten zivilisierten Gesellschaft. Denn prinzipiell muss eine zivilisierte Gesellschaft mit der harten Wahrheit leben. Faktisch passiert leider Gottes alles weit anders, als uns gewünscht wäre. Und wir sind nicht berechtigt, etwas dagegen zu unternehmen.

Diejenige Schurken, die uns angeblich den Weg ebnen sollten, wirken einigermaßen wie diese glücklosen Patienten mit dem Asperger-Syndrom. Sie erwarten von uns, bescheidenen Bewohner des Landes eine Unterwürfigkeit, die wir, nach deren Auffassung, „ehrlich verdient haben". Dann würden wir uns nur ein wenig von den Herdentieren unterscheiden. Im Sinne, dass jeder Verweis bei uns eine Angriffswelle auslösen sollte. Anders ausgedrückt, besteht unsere Pflicht als Vernunftbesitzer darin, einen Menschen in uns wiederherzustellen. Es soll ein hartes Stück Arbeit sein, das aber schließlich für die Würde und Kühnheit sorgen sollte.

Im Allgemeinen ist ein Einzelwesen jeder Abhängigkeit (sei sie psychisch, moralisch, körperlich oder stofflich) stark getroffen. Es wird gar nicht einfach, sich von solcher Niedergeschlagenheit zu befreien. Es ist bestimmt ein persönliches Privileg, diese Handlung zu leisten. Sonst wird die Finsternis in der Lage, weitere Jahrzehnte oder sogar -hunderte zu herrschen.

Eine wichtige Figur im Immunsystem sind kleine Verwandte der Eiweiße, sogenannte Peptide. Schon bei Hydra und anderen uralten Tieren wirken diese Peptide antimikrobiell, sie töten also Bakterien.
Für einen Uneingeweihten läge diese Tatsache angeblich auf der Hand. Denn die Abwehrreaktion musste bei allen Lebewesen vorhanden sein. Tatsächlich verhält sich der Organismus viel komplizierter, obwohl die Fachleute erst mehrere Hypothesen vorschlagen sollten. Eine richtige Schlussfolgerung konnte man eher später ziehen. Natürlich töten lebendige Wesen Bakterien. Und sie hielten durch das Töten die ganze Vielfalt von verschiedenen Mikroben in einer bestimmten Komposition, in einer bestimmten Zusammensetzung. Die Gelehrten haben das dann tatsächlich wohl nachgewiesen, indem sie Gene in diesen Tieren mit gentechnischen Methoden ausgeschaltet haben, die für eine Familie von solchen antimikrobiellen Peptiden codiert worden war. Weiterhin könnten diese Tiere nicht mehr ihr gesundes, das heißt normales Mikrobiom zurückbekommen. Anders gesagt, wenn unser Immunsystem gestört wird, dann wird auch unser ganzer Metaorganismus-Zusammenhang gestört.

Das Gewimmel von Mikroorganismen in und auf unserem Körper gehört irgendwie zu uns allen und wir teilen es mit all unseren Artgenossen. Halten wir und unsere Mikroben aber wirklich ein Leben lang wie Pech und Schwefel zusammen? Oder gibt es irgendwelche Spielräume? Und was passiert mit uns, wenn wir sie zu weit ausreizen und das sensible Gleichgewicht stören?

Zum Verdienst Axel Kühnerts und dessen jungen Kollegen gehörte unter anderen das Schaffen eines fantastischen Labors der molekularen Zellbiologie, wo jene kühnen Ideen ihre materielle Verkörperung bekommen konnten. So analysierten sie zielgerichtet ihre Mikroorganismen und Immunzellen. Eine angemessene Beihilfe leistete ihnen ein kluger Roboter, indem er mit einer gut dotierten Kraft die Zellmembrane zerstörte und das Zellinnere offenmachte. Es muss eingestehen, dass sowohl B- als auch T-Zellen, die die wichtigsten Spähfunktionen der Abwehr durchführen, unaufhörlich auf der Lauer werden sollten. Mit dieser konzentrierten Aufmerksamkeit mussten sie jeden gefährlichen Keim rechtzeitig erkennen und den Befehl an konkreten Antikörper richten. Die Letzten erfüllten unweigerlich die Anforderung und töten den Gegner vollständig ab. Diese Betrachtungsweise gehörte sicher nicht zu deren guten Seiten. Im Gegenteil kümmerten andere darum, soviel molekulare Muster zu sammeln, wie es möglich wäre. Ernst eingestehen wird es eine nutzige Voraussetzung für die „militärpolizeilichen Truppen“, die ihre „kriminelle Verfolgung“ zu Ende bringen mussten. Schließlich reiften mehrere T-Zellen in den Drüsen heran und werden freigesetzt. Gleichzeitig wurden B-Zellen besonders durch bakterielle Stoffwechselprodukte reguliert. Anders gesagt, nutzten sie bestimmte Rezeptoren (vor allem im Darm) aus, damit dort auch die Zahl der gutartigen Mikroben auf sinnvollem Niveau aufrechterhalten werden könnte. Mit diversen Apparaturen werden hier Mikroorganismen und Immunzellen analysiert. Mit einer gut dosierten mechanischen Zerstörung sortierten sie gerade die Probenbehälter.

Wie gesagt, interessierte sich das Forschungsteam für B- und T-Zellen, die Spähtrupps des Immunsystems. Die letzten waren ständig darum besorgt, die eindringenden Krankheitskeime rechtzeitig auszusuchen und zu erkennen. Sie schickten dann Antikörper los, die diese Erreger angreifen und zerstören mussten. Inzwischen war es jedoch klar, dass die Mikroorganismen die B- und T-Zellen auch anregten. Also je mehr molekulare Muster eines Mikroorganismus, umso mehr T-Zellen reiften in den Drüsen heran und wurden freigesetzt. B-Zellen waren besonders durch bakterielle Stoffwechselprodukte reguliert, das heißt, da gab es Rezeptoren vor allem im Darm, die zur Aktivierung der B-Zellen führen könnten und B-Zellen setzten dann ganz allgemeine Antikörper frei, die im Darm so ein Bisschen das Gleichgewicht herstellen sollten, wenn auch mal gutartige Bakterien im Übermaß dort waren.

Diese Bakterien waren also nicht nur feindliche Zielobjekte für die Immunzellen, sondern auch ihre Helfershelfer. Bei so viel unterschiedlichen

Wechselwirkungen zwischen Mikroben und den eigenen Zellen des Organismus wäre es verwunderlich, wenn sich der Metaorganismus nie verändern würde. Tatsächlich kann ihn schon ein mehrmonatiger Aufenthalt ins Ausland, sagen wir in Japan, stark beeinflussen. Es gab zwar einen bestimmten Pool an Bakterien und Viren, mit denen eine Art zusammenleben konnte. Aber innerhalb dieses Rahmens sorgten viele Faktoren dafür, dass jedes Mikrobiom individuell „gefärbt" worden war.

Die Entwicklung eines Individuums, sei es ein Mensch, ein Wurm oder ein Bakterium, hing ähnlicher Weise von dessen Erbschatz, Umwelt, wo es lebt, sowie von dessen Ernährung und sonstigen Gewohnheiten ab. Anders gesagt unterschied sich das Mikrobiom auch bei Zwillingen. Einigermassen sorgt nicht zuletzt auch das Immunsystem des Organismus dafür, dass die körperliche Gesundheit aufrechterhalten könnte. Trotzdem versuchten manchmal die Betreuer solche sauberen Bedingungen zu veranstalten (keine Ausnahme erwiesen auch die ständige Zugabe von Antibiotika), was zu einem gegensätzlichen Ergebnis führen ließ. Historisch gesehen überlebten unsere Vorfahren solchen „siegreichen Marsch" dieser Arzneien, dass sie keinen Zweifel daran haben könnten, auch Kinder damit zu behandeln. Allerdings waren Antibiotika immundepressiv und führte zur Schwächung der eigenen Schutzkräfte des Organismus. Leider endete diese „auf gut Glück Stimmung" mit voller Enttäuschung, indem die Bakterien, gegen die die Antibiotika eingesetzt worden war, unempfänglich werden sollten. Die schlimmste Folge dieser Tatsache war die Entstehung der superresistenten Bakterien, die hauptsächlich in großen Krankenhäusern und Kliniken verbreitet worden waren.

Eigentlich passierte es bei sehr jungen Mäusen, wenn sie unter einundzwanzig Tage alt waren, einen erhöhten Ausdruck eines Rezeptors, der Strukturen von Bakterien erkennen konnte. Als eine Folge wurde ein Mechanismus in Gang gesetzt, der gegen gewisse Bakterien gerichtet war. Schließlich erfolgte eine entscheidende Änderung von Darmbakterienzusammensetzung und Mäuse wurden fettleibig sowie Entzündungenneigend. Bei uns Menschen konnte etwas Gleiches stattfinden, wenn im ersten halben Jahr nach der Geburt sich entweder ein gesundes oder krankhaftes Mikrobion entwickelt. Ähnlicher Weise wird der genannte Mikrobiom für die Krebserkrankung verantwortlich.

Die schützende Schleimschicht wird von spezialisierten Darmzellen gebildet. Das ist ein Zucker-Protein-Gemisch, das auch bestimmte Bakterien nutzen können. Sie profitieren dabei zweierlei: Erstens, um sich da drin festzuhalten und sich dort einen Lebensraum vorzufinden und zweitens, um die Schleimhaut selbst als nützliches Nahrungsmittel anzuwenden. Bemerkenswert ereignete sich etwas Unerwartetes, wenn diese Interaktion zwischen der Schleimschicht und den Darmbakterien gestört wurde. Praktisch gesehen kam plötzlich die Bilanz zwischen all diesen Faktoren aus dem Gleichgewicht. Es entwickelte sich zuerst eine Entzündung, die häufig zu einer Krebsgeschwulst führt. Mit anderen Worten wird das Mikrobiom sowohl für die Wohlfahrt als auch für den Zusammenbruch des Organismus zuständig.

Üblicherweise meint man bei diesem Begriff eine Gemeinschaft von heilsamen Mikroben, die bereit sind, bei der Entstehung einer Krebserkrankung auf der Seite des Betroffenen zu kämpfen. Einigermaßen spricht diese Definition der gängigen Erörterungen wider.

Aus ärztlicher Praxis

Ein Mediziner fragt sich manchmal an: „Warum, wenn ich meinen zehn Krebspatienten eine und dieselbe Arznei gebe, vier von ihnen nach wenigen Tagen eine deutliche Besserung zeigen, während die anderen sechs keine Heilung verspüren lassen?“.
Eigentlich stimmt der Begriff Mikrobiom mit solcher Denkweise nicht überein. Denn das Mikrobiom beabsichtigt einen schöpferischen Beitrag jedes Beteiligten an Genesungsvorgang. Solche ursprüngliche Strebung nach dem Wohltuen wirkt in der Tat richtig und heilend. Gleichzeitig schützt das Mikrobiom von gefährlichen Mutationen, die für Krebszellen eigentümlich sein sollten. Die jüngste Untersuchung, die mit dem Stuhlgang beschäftigt war, zeigte die unbekannten Eigenschaften vom Mikrobiom, die eine neue Richtung in der Heilkunst vorstellen ließ. Zuerst stellte es sich heraus, dass die gesamte Ge-

meinschaft der Mikroben im Stuhlgang sich einsichtig zu vervollkommnen fähig wird. Sie verwirft die nutzlosen Einzelstämme und lest die „selbstlosen" Gruppen zielgerichtet aus, die einerseits fürs Gemeinwohl, und andererseits für die Gesundheit des Wirtes sehr nützlich sein sollten. Obgleich die Wortverbindung Stuhlgang etwas ekelhaft klingen konnte, verdiente sie auf keinen Fall solchen geringschätzigen Umlauf. Umgekehrt verbirgt sie eine tiefe Erkenntnis in sich, weil sie einen echten Schlüssel zur Gesundheit eröffnet. Ernst gesagt geben uns die Stuhlganganalyse das Geheimnis der gesunden Zellen. Der kürzeste Weg zu langen Leben. Da verzeiht uns der Vorleser dieses Wortspiel.

Der nächste Fortschritt in der Zellbiologie wird mit dem Entwicklungsvorgang verbunden. Das einfachste Mittel besteht wahrscheinlich darin, die benötigten DNA im Voraus herauszusuchen, die die nützlichen Proteine zu herstellen vermögen. In solcher Art und Weise kann man schließlich den ganzen Organismus programmieren lassen. Prinzipiell ist diese Handlung unbegrenzt. Im Sinne, dass das zelluläre Niveau bald überschreiten wird. Im Grunde bedeutet es eine Vorstellung des ganzen Organismus, die man als irgendwas Vorherrschendes begreifen könnte. In diesem neuen geistigen Raum kann man ohne „gutgelaunten Mikroben" unbedingt nicht weitergehen. Das ist sozusagen „Wahrheit der letzten Instanz", wenn die hochbegabten Menschen bereit sind, eine klare Übereinstimmung mit den Einzelligen zu finden.

Wie schon mehrfach erwähnt wurde, zeichnet sich unsere Zeitspanne unter anderen dadurch aus, dass die einsichtigen (vor allem jungen) Menschen sehr geneigt mit der KI zueinanderstehen. Die Künstliche leistet dabei eine enorme Aktivität, indem sie die modernsten Algorithmen auszunutzen sucht. Diese schon genannten Big Data konnte im Grunde genommen die intellektuelle Welt der Sippe homo sapiens vollkommen beherrschen. Anders ausgedrückt, sind sie in der Lage, schöpferisch die Denkweise der humanen in eine (nur ihr bekannte) Richtung zu steuern. Ähnlicher Weise funktionieren auch zahlreiche Einzelligen, die aber viel günstigere Wege dafür auszuwählen vermögen.

Eine allerseitig nützliche Vervollkommnung der Sozius-Gemeinde beabsichtigt eine gemeinsame Entwicklung aller Beteiligten, indem neue benötigten Proteine vorprogrammiert werden. Vor allem Mikroben sollten bei dieser Interaktion „die ersten Geigen spielen", weil sie von Natur an dem Vorgang passen. Ihre besonderen Eigenschaften bestimmen eine ausgezeichnete Anpassungsfähigkeit zu allen pflanzlichen Produkten und Lebensmittel. Noch schneller entwickeln sich Gene, die bei dem Mikrobiom eine hervorragende Funktion zu erfüllen vermögen. Zu ihren „Qualifikation" gehört das Können, nicht allein untereinander zu kommunizieren, sondern auch um den Wirtsorganismus zu kümmern. Ihre Auffassungsgabe wirkt schnell und entschlossen. Interessanter Weise passiert dieser Prozess heutzutage im Laufe von Tagen und Monaten, was im Vergleich mit der natürlichen Evolution (die sehr wahrscheinlich zehnten Millionen von Jahren stattfand) ungestüm aussehen sollte. Wären diese neue Verfahren imstande, auch Dinosauriern und Mammuten in gleichem Tempo zu schöpfen? Die Seele schaudert von solchen Vorstellungen.

Und nun erscheint, wie einem absurden Missklang die Tatsache, dass unsere Landwirtschaftsboden ungeheuer mit den giftigen Pestiziden und anderen unheilvollen Chemikalien verschmutzt werden sollten. Wieviel wertvollen Bakterien und Pilzen, die Jahrtausende lang für unsere Gesundheit sorgten, schonungslos getötet worden waren? Und keine von diesem Mörder irgendwelche Verantwortung auf sich nimmt. Die neuesten Zahlen sind alarmierend: Das Aussterben der biologischen Arten nimmt immer zu.

Das Mikrobiom liefert das Programm der Zellen, aus dem sich Organe formen lassen und über allem herrscht unbedingt das Gehirn. Diese seit Schuljahren befestigten Annahme stand dann bevor, stark leiden zu werden. Denn es gab bereits seit längerem weltweit Forschungen zum so genannten „Bauchhirn". Sie wurden es eindeutig gezeigt, dass in der Darmwand ähnliche Nervenzellen sitzen wie im Gehirn. Der Darm unterhält also einen direkten „Draht in die Kommandozentrale", der von den Mikroben genutzt wird. Am Rande dieser Schlussfolgerung können wir eine Bemerkung machen, dass auch das Äußere der die „beiden Hirne" ähnlicherweise aussehen sollte.

Doch die Frage ist, ob wir nun der Metaorganismusidee überhaupt noch etwas hinzufügen vermochten?
Ja, das stimmt, seit etwa fünf Jahren ist es allgemein anerkannt, dass die Darm-Mikrobiota, also die Bakterien, die unseren Darm besiedeln, das Gehirn beeinflusst und dadurch Auswirkungen auf unser Verhalten, auf menschliche Emotionen hat. Die Metaorganismus-Forschung erweitert dieses Konzept, wir verstehen diese Darm-Mikrobiom-Hirn-Achse als ein Paradigma, ein gemeinsames Prinzip, dass generell die Bakterien mit dem Nervensystem reden können. Die symbiotischen Bakterien, egal wo sie sich befinden, nicht nur in dem Darm, auf der Haut beispielsweise, sie können mit dem Nervensystem interagieren.
Der Vagusnerv, lateinisch für „der umherschweifende Nerv", heißt so, weil er fast alle Organe des Körpers mitreguliert. Er leitet auch Signale vom Darm zum Gehirn.

Niko Schweiger, ein begabter Kerl und Kumpel von Axel Kühnert interessierte sich eigentlich für die Botenstoffe, die dabei fließen.

„Zu diesen wichtigen Molekülen gehören zum Beispiel", sagt er ein Bisschen zurückgezogen, „die bekannten Serotonin, Acetylcholin oder Gammaaminobuttersäure (GABA). Deswegen sind diese Moleküle nicht nur im Nervensystem produziert, sondern beeinflussen ihre Signale die Aktivität des Gehirns und haben solche schlimmen Auswirkungen wie Ängstlichkeit oder Depression oder Schmerzempfindlichkeit. Vielleicht sind diese Effekte nicht so dramatisch wie man sich vorstellen kann. Trotzdem spiegeln sie einige milderen Effekte, die doch eine erhebliche Rolle spielen, wider. Die Botenstoffe werden dann zwar immer noch im Darm produziert, ihre Signale finden aber nicht mehr den Weg ins Gehirn. Dann empfinden Betroffene nachweislich weniger Schmerz oder Angst. Bekannt ist, dass Darmbakterien auch die Reifung so genannter Mikrogliazellen im Gehirn beeinflussen. Ihr Ausfall wird mit den Krankheiten von Alzheimer bis hin zu Psychosen in Verbindung gebracht. Es ist eine der spannendsten Erkenntnisse der Metaorganismusidee: Die Darmflora kann für die psychischen Störungen mitverantwortlich gemacht werden. Wir glauben sogar, dass das Nervensystem dazu entstanden ist, mit Mikrobiota zu reden und sogar Mikrobiota zu kontrollieren“

Die vielversrechenden Süßwasserpolypen namens Hydra besitzen an ihren Köpfen mehrere Tentakel, mit denen sie Plankton und kleine Tiere fangen. Deren Nerven- und Sinneszellen erlauben es ihnen, nicht nur Licht und Temperatur, sondern auch chemische und elektrische Reize zu registrieren.

Niko habe fast dreitausend Nervenzellen des uralten Nesseltiers analysiert und kam zu einem überraschenden Ergebnis. Er sagte etwas verächtlich zu sich, wie es für gegenwärtiger Jugend typisch ist:
„Wissen Sie, ich fand heraus, dass fast alle Nervenzellen bei Hydra Rezeptoren besitzen, die eine Kommunikation mit den Bakterien ermöglichen. Das heißt, die Nervenzellen bei Hydra sind in der Lage, bakterielle Signale aufzunehmen und zu bearbeiten. Die können auch auf diese Signale antworten. Zu besonderen Neuigkeiten dieses Verfahrens gehört die Entfernung aller antibakteriellen Substanzen gerade in den Nervenzellen. Es wurde durch die molekularen Mechanismen ermöglichen“.

Diese Erwägungen Schweigers wurden von Max Eidinger unterbrochen. Max gehörte auch zum Team Kühnerts.

„Übrigens“, sagte Eidinger mit dem Anflug der Schwülstigkeit an, „lass es dir wissen, wieviel bakterielle Sequenzen sich eigentlich in typisch menschlicher Erbinformation finden. Ich gebe dir eine nützliche Auskunft: Mehr als 35 Prozent menschlicher Erbsubstanz sind bakterielle Gene. Unter allen Umständen erwies unser Erbgut eine Mischung, in der keine Grenze zwischen Mikroben und Mensch gibt. Doch es bleibt die dritte Säule, das Gehirn, das bestimmt, wie sich ein Organismus fühlt“.

Kann man an Ewigkeit beteiligen?

Es gibt etwas Außergewöhnliches, wenn ein junger Mensch plötzlich über Ewiges nachzudenken beginnt. Doch gerade das passierte mit einem Studien-

freund Axel Kühnerts David Schlichter. Er ließ sich fortreißen, als er über gewissen Bakterien gehört habe, die wahrscheinlich vor Millionen Jahre vor uns lebten. Würde es in der Tat möglich gewesen zu sein? Hohe Pflanzen und Tiere existierten damals bestimmt nicht. Seine Vorstellungskraft funktionierte von diesem Augenblick an wie eine Zeitmaschine. Selbstverständlich konnte er nicht fünfhundert Jahre leben, weil ein menschlicher Organismus nicht dazu geschafft worden war. Diese Schlussfolgerung ließ ihm nur eine Chance übrig: Diese 500 Jahre so kompakt in ihm zugewiesenen 70-80-jährigen Alter zu „verpacken", dass es vielleicht für die anderen Sachen einen Platz geben könnte. Andere Gedanken brodelten in seinem Verstand, die mit der Dauer des Bakterienlebens verbunden worden waren. Es versteht sich vom selbst, dass manche Bakterien imstande sind, nur ein Tag zu leben, während die sonstigen mehrere hunderte Jahre alt sein sollten. Zu letzten gehörte ein Bodenbakterium namens Bacillus subtilis, das eine erstaunliche Zählebigkeit entwickelt hatte. Unser Ziel sollte die Verhaltensweise definieren. So haben wir zwei langlebigen Bakterien ausgewählt. Neben dieses Bacillus subtilis wurde ein gewisser Photosynthetik namens Chroococcidiopsis, das Licht aktiv aufnehmen und gewisse biologischaktive Stoffe aus einfachen anorganischen Substanzen aufzubauen.
Doch wie entwirft man ein Experiment, das das eigene Forscherleben überdauern sollte? Wie gibt man die Informationen weiter und wie sichert man seine Nachfolge?

„Unser Experiment musste relativ einfach werden", erklärte Schlichter, „indem wir diese Mikroorganismen getrocknet in kleinen Gefäßen bewahrt haben, die luftdicht abgeschlossen waren. Eine symbolische Unsterblichkeit unter Gelehrten kann darin bestehen, dass sie im Laufe von hunderten Jahren ihre Exponate beobachteten und alle zwei Jahre Proben nehmen, Generation nach Generation. Der gute Zustand der Bakterien wird der beste Beweis unseres Erfolges gewesen".

Die Idee war zweifellos eigenartig und forderte bestimmt eine Schlagfertigkeit. Doch die anderen Burschen des Teams blieben auch nicht mit den Händen im Schoß. Ihr Gedankenflug schien grenzenlos zu sein. Als eine Bestätigung dieser Schwung äußerte Tim Wrangler seine jüngste Hoffnung, als ein Forschungsobjekt die sterblichen Überreste von Menschen aus früheren Epochen zu untersuchen. Tim war ein beleibter Kerl mit langen blonden Haaren und dunklen grauen Augen.

Noch vor wenigen Jahrzehnten wäre es unvorstellbar, dass man große Kenntnisse daraus zu gewinnen vermöge. Jetzt wurde diese Seltenheit zum Alltag geworden: Mit ihrer Hilfe ist es möglich, eine Vielfalt der Angaben anzusammeln. Nicht zuletzt betrifft sie die Information über die Wanderung der alten Völker und einzelnen Stammen in unterschiedlichen Regionen der Erde. Die kleinsten Nahrungsüberesten sollten den Forscher mitteilen, wie damalige Essgewöhnlichkeit unserer Vorfahren aussehen sollte. Eine ausführliche Rekonstruktion der Mundflora mittelalterlichen Menschen wird deswegen von Bedeutung, weil sie uns über alten Krankheiten Bescheid zu wissen helfen könnte. Die noch lebendige Zusammensetzung der Bakterienarten, die sich dort in getrockneter Form befanden und wiederbelebt werden konnten, lässt eine Schlussfolgerung darüber ziehen, wie lange diese Mikroben ohne Wasser zu überleben vermochten. Außerdem verrät eine feine Schicht für Schicht Entfernung des Zahnsteines wie Menschen aus der fernen Vergangenheit im Zeitraum ihres Lebens die Essgewohnheiten veränderten. Noch mehr Information wurde im Erbschatz der Mikroben verborgen, die in allen Schichten gespeichert worden war. Anders gesagt zeigt diese Ablagerung eine mächtige Kenntnisquelle, die hunderte und tausende Jahren nach dem Tod des Individuums unverändert bleiben sollten.

Merkwürdigerweise verwirklichten sie diese Pläne im hohem Tempo, damit sich die Junge Kraft mit nächsten Forschungen beschäftigt werden konnte. Aber gab es eine Gleichheit unter Bakterien?

Die Antwort auf diese Frage sollte nicht eindeutig sein. Der Grund dafür wurde mit der Tatsache verbunden, dass die meisten von ihnen aus dem Gesichtsfeld im Laufe der Epoche verschwunden waren. Gab es eine stichhafte Ursache dafür? Das einfachste Argument schien die Ernährung und Lebensweise unserer Vorgänger zu sein. Aber auch der Einfluss des Immunsystems konnte man nicht ausschließen. Diese zwei Denkweise bestimmten die Richtung der künftigen Projekte.

„Also", erörterten die Gelehrten, „wenn wir unsere folgenden Studien mit den mittelalterlichen Wikingern verknüpfen, die sich an riesigen Erdterritorien verbreitet haben, und deren Überreste man an vielen Orten Nordeuropas im Übermaß aussuchen konnte, wird unsere Leistung mit dem Erfolg gekrönt. Darüber hinaus könnten wir als das Artefakt die Zahnsteine der alten auswählen".
Und es funktionierte bei denen realistisch auch, indem es bei einigen untersuchten Personen viel bessere Zähne als bei den meisten anderen gefunden worden waren.

Nun waren alle Träume des Teams auf die besonderen Proteine gelenkt, die etwas Gemeinsames mit den Immunglobulinen haben könnten. Und ihren Weizen blühten auch: Die richtig gewählten Erreger zeigten schon in einem Schnelltest das Vorhandensein solcher Abwehrsubstanzen.

Warum es im Mittelalter diese auffälligen Unterschiede gab, wissen die Forscher bisher nicht. Möglicherweise haben aber Ernährungs- und Lebensweise dafür gesorgt, dass manche Menschen damals bessere Zähne hatten als die anderen. Vielleicht war aber auch die körpereigene Abwehr dafür verantwortlich. Da die moderne biochemische Archäologie sich zu einem neuen Bereich des menschlichen Fortschrittes entwickelt habe und gemeinsam mit der präzisen Altersbestimmung fast unbeschränkte Möglichkeiten besitzt, kann man heutzutage die uralten Neandertaler mit sich selbst vergleichen. Dabei sollten wir beachten, dass unsere Zahnpflege und -medizin ein riesiges Niveau erreichte. Ungeachtet dessen besitzen die dünnen Schichten unserer Zahnoberfläche erstaunlicherweise die gleichen Bakterien wie die Vertreter der Urgesellschaften.

Die spannende Frage ist, ob sich die Bakteriengemeinschaften im klaren Vergleich zu früher verändert haben. Weil wir heutzutage eine bessere Mundhygiene haben, zum Beispiel. Oder weil wir Antibiotika zur Verfügung haben

und diese häufig einnehmen. Sich anzuschauen, wie die Vielfalt der Bakterien in der Mundflora im Laufe der Zeit verändert, wäre deshalb sehr interessant zu sein. Was sollte für diesen Unsinn zuständig werden? Den Erwägungen zufolge konnten die Urmenschen natürliche Produkte essen, die gleichermaßen wie moderne Antibiotika auszuwirken vermochten.
Das folgende Studium konnte beweisen, dass die Alten in deren Zahnstein die Reste der Propolis beinhalteten. Der Ring wurde nun abgeschlossen. Gerade analysierten sie die Bakterien im Zahnstein von Neandertalern. Und bisher sah es so aus, als hätten Leute heutzutage sehr ähnliche Bakteriengemeinschaften in ihrem Mund, wie die Neandertaler.

Außerdem vergleicht das Team die Mikroben-Gemeinschaften im Mund von Neandertalern, modernen Menschen, Gorillas und Schimpansen miteinander, um herauszufinden, welche Unterschiede und Gemeinsamkeiten es bei unseren nächsten Verwandten gab. Auf dieses Projekt freuten sich die Teilnehmer sehr, denn sie hofften, dass sie die Evolution der Bakteriengemeinschaften im Mund dadurch besser zu verstehen lernen.

Zugleich verraten die Stoffwechselprodukte und andere Substanzen im Zahnstein aber auch etwas über die konkrete Lebensweise eines Menschen. Mit diesem Hilfsmaterial konnten die Forscher detailliert rekonstruieren, dass die Menschen im Mittelalter neben Kuh- auch häufig Schafs- und Ziegenmilch konsumierten. Und der Blick in den Zahnstein hat ihnen auch verraten, womit jemand häufig gearbeitet hat.

Ein paar Untersuchungen haben gezeigt, dass auch Stoffe aus der Umwelt in den Zahnstein eingebettet werden. Z.B. Ruß, was zeigte, dass sich jemand häufig in der Nähe einer offenen Feuerstelle aufgehalten hat. Es wurden auch schon Spuren von Baumwolle im Zahnstein gefunden, was bedeutet, dass dieser Mensch vielleicht in der Textilherstellung gearbeitet hat. Momentan suchten sie bei Menschen aus dem Mittelalter intensiv nach solchen Hinweisen, die ihnen etwas über ihre Lebensweise verraten konnten.

So zeigten die ersten Untersuchungen, dass sich die Menschen im Mittelalter häufig selbst mit Propolis geheilt haben. Propolis ist eine Art natürliches Antibiotikum, das Bienen aus Baumharz, Wachs, Pollen und ätherischen Ölen herstellten. Und eine lange Epoche blieb Propolis die einzelne Arznei, die den Zahnschmerz abzuschwächen vermochte.

Wie konnte es passieren, dass sich eine klare Verirrung so beharrlich ein zu wurzeln vermochte? So glaubten über Jahrzehnte Wissenschaftler, dass ihre Bakterien Einzelkämpfer sind. In der Tat unterschätzten die Biologen die Auffassungsgabe ihren Objekten, die sie unter Mikroskop zu betrachten pflegten.

Im Gegenteil organisierten sich Mikroben und besaßen eine Menge gefährlichen Gemeinsinn. Die Beute, die sich das hungrige Rudel ausgesucht hat, war riesig, sagen wir eher 20-mal so groß wie die Jäger selbst. Nur wenn sie zusammenhielten, bekamen sie eine Chance, ihr Opfer zu überwältigen.
Die Anpassungsfähigkeit der kleinen war beneidenswert. So hielten sich diese winzigen Bodenmikroben mit ihren langen, peitschenartigen Fangarmen aneinander fest und vereinen sich zu einem großen, netzartigen Organismus. Dann beginnt die Jagd selbst. Wie Enterhaken schleudert das Bakterienrudel seine Fangarme nach vorne und prescht auf die Beute zu. Pro Stunde erreichten die genannten Bakterien gemeinsam 0,3 Millimeter pro Stunde. Eine einzelne Zelle könnte sich höchstens halb so schnell bewegen. Als die Bakterien ihr Opfer, z.B. eine Hefezelle erreichen, geht alles sehr schnell. Die sogenannten Myxobakterien scheiden einen Schwall von Verdauungsenzymen über dem „armen" Einzeller aus, und bald ist von der überwältigten Hefezelle nur noch flüssiger Nahrungsbrei übrig, den die Bakterien gierig aufsaugen.

Wie konnte es wirklich vonstattengehen, dass die Forschungsmethoden der klugen Mikrobiologen jahrzehntelang mit ihren beirrten Werkzeugen untersucht-en, die anscheinend im Voraus zum Misserfolg verdammt werden sollten. So kratzten sich einige Exemplare von einem Stein oder holten eine Wasserprobe aus einem Tümpel. Dann vermehrten sie die Zellen im Labor in Zuchtkolben mit reichhaltiger Nährlösung. Faktisch wurde dabei das gegebene natürliche Gesellschaftsgefüge der Bakterien zerstört. Alle Voraussetzungen

waren dar-auf gegründet, dass es keine Kommunikation zwischen Mikroben gab. Es war ein grober Fehler gewesen, der den Gelehrten mehrere Jahre Zeit kosten sollte.
Die Idee einer engen Zusammenarbeit unter den Mikroben konnte bestimmt zum Durchbruch führen. Leider Gottes verzögerte sie sich. Oder doch war sie eine unvermeidliche Bedingung, um die wichtigsten Schlussfolgerungen aus dem Leben der kleinsten herauszuziehen? Man muss überklug sein, auf diese Frage eine würdige Antwort zu geben.

Tatsächlich entstand der Fach „Biofilme“ nicht zufällig, sondern als ein Schlüsselbegriff der verdienten Erkenntnis, die momentan eine Reihe von Entdeckungen machen ließ.
Irgendwas Besseres wäre es schwer vorzustellen, weil diese natürlichen Orten selbst für die Kommunikation und gegenseitige Unterstützung aller beteiligten sorgen sollten.

Ganz unerwartet stellte es sich heraus, dass bei den Unsichtbaren stets eine Analogie des Krieges entstand, die anscheinend an ihre spitzfindige Tücke hinzuweisen vermöge. Deren Einsicht schien damals den Biologen unmöglich zu sein. So verhielten sie sich den anderen gegenüber, als ob jemand sie lehrte, in allen möglichen Nachbarn einen potentiellen Gegner zu sehen. Eine gleichzeitige Anwesenheit selbstlosen und -süchtigen Einzelwesen lenkte deutlich auf den Gedanke, dass es dabei sowohl der Erbschatz als auch die „Erziehung“ eine wichtige Rolle spielen sollten. Die kluge Mikroben suchten zielstrebig nach solchen optimalen Umstände, die vorteilhaft für alle sein könnten.

Ungeachtet Eigenstolz wurden nun die Gelehrten gezwungen zu bestätigen, dass die kleinsten mit der echten Vernunft begabt worden waren. Sogar deren verborgener „Intellekt“ war nicht umsonst. Eine ungezwungene Selbstlosigkeit der Mikroben leistete ein gutes Beispiel deren Denkvermögen.
Wie groß sollte die Enttäuschung der weisen Biologen sein, die bei den kleinsten solche Qualität entdeckten, die ihnen selbst früher fehlen konnte.

Wie sollte sich der Verzehr der Artgenossen verbreiten, denn es schien ursprünglich klar zu sein, dass jedes Lebewesen alles Mögliches machen sollte, um sein eigenes Leben zu retten. Manche Arten sahen den Ausweg auch darin, deren gleichen zu verzehren. Solcher Kannibalismus war vielen Gemeinschaften eigentümlich.

Diejenigen, die die Erscheinung des Kannibalismus ursprünglich heftig widersprachen, wussten wahrscheinlich nicht Bescheid darüber, was vor fast fünf Jahrzehnten stattfand. Denn es könnte in einer kritischen Situation alles passieren, z.B. bei einem Flugzeugabsturz. Die vierzig Fluggäste waren Mitglieder, Betreuer und Angehörige der Uruguays Rugby-Mannschaft (Meisterschaftssieger 1968 und 1970), die nach Santiago (Chili) fliegen sollten, um dort ein Freundschaftsspiel zu spielen. Ihre Reise begann in der argentinischen Stadt Montevideo am 12. Oktober 1972 und forderte wegen schlechtem Wetter eine Zwischenlandung mit einer Übernachtung. Am nächsten Tag lief der Flug weiter. Die auf der direkten Flugroute liegenden Berggipfel mussten wegen unzureichender maximaler Flughöhe der Maschine in einer großen Schleife im Süden umflogen werden. Doch diese Absicht war stark gestört, weil die Maschine sich in eine Orkanböen und eisigen Schneeschauern von dem Kurs abgewichen wurde. Sie befand sich auf der 6000 Meter Höhe über den Andengipfel. Da der Pilot fehlerhaft vermutete, der Gipfel schon vorbei war, wagte er sich den Sinkflug. Wegen dieses aufrichtigen Navigationsfehlers geriet das Flugzeug in heftige Turbulenzen und Fallwinde. Die rechte Tragfläche streifte einen Berg und brach ab. Sie wurde nach unten geschleudert und das Heck war mit dem Leitwerk abgetrennt worden. Fünf Passagiere und ein Besatzungsmitglied wurden aus der Maschine gerissen. Darauf folgte ein weiteres Streifen mit dem Gipfel, das den linken Flügel heraushaute. Mit einer Geschwindigkeit etwa 350 Stundenkilometer fiel das Wrack auf einer Schneebank, um dort seine letzte Ruhe zu finden. Mehrere Insassen konnten diesen Absturz nicht überleben, doch eine schreckliche Hölle erwartete die Überlebenden. Kälte niedriger als minus vierzig Grad wurde von unvereinbarer mit dem Leben Knappheit des Essens begleitet. Ein zahlreiches Suchkommando machte seine Beste, um die Spuren des Flugzeuges oder der überlebenden herauszufinden, leider völlig chancenlos. Nach einer Woche war die Aktion endgültig eingestellt. Doch viele Betroffene blieben noch am Leben, manchen von ihnen gelang es, unter diesen unmenschlichen Umständen 72 Tage mit dem Tode zu ringen. Die einzelne Möglichkeit, diese Heldentat zu erfüllen, lag aber durch den Verzehr des Fleisches ihrer kurz verstorbenen Freunde. Aus sittlichen Gründen weigerten sich einige von ihnen von solcher Handlung. Doch darauf kapierten auch sie, dass die einzelne Alternative dazu wäre, nur der Tod. Am Tag 72 fand sie ganz zufällig ein Ansässiger, der sofort die Polizei alarmierte. Insgesamt wurden sechzehn Überlebenden gerettet. Dieser traurige Vorfall zeigte, dass sogar Menschen, die höchsten Schöpfungen der Natur unter tödlichen Umständen die Handlungen unternehmen können, die bei Mikroben ziemlich oft praktiziert worden war.

Wie konnte sich ein Individuum in einer Gemeinschaft mit den Gauner empfinden? So wurde es schließlich festgestellt, dass es in jeder Gesellschaft Betrüger gibt, die die Mitglieder ausnutzen und zugrunde zu richten bedrohen. Das war auch unter Bakterien der Fall.

Merkwürdigerweise verhielten sich die Kugelstabförmige Bakterien gemeinsam und bildeten ein schützendes Myzel. Im Prinzip sollte sich ein Myzel dadurch unterscheiden, dass es in extremen Situationen (z.B. bei verheerender Hungernot) für das Überleben des Sozius nachdachte. Grundsätzlich entstand solche Schicht jedes Mal, wenn ein Bakterium sich auf einer Oberfläche befand, um sich dort zu vermehren, oder ein anderes Bakterium traf. Vielleicht handelten sich die perfekt ausgebildeten Wissenschaftler aus dem Gesichtswinkel der winzigsten zu primitiv. Der Grund dafür war eine schwache Auffassungsgabe der Zweibeinigen.

Aus der Sicht der kleinen und der großen sollte es sowieso unterschiedlich aussehen.
„Wie konnte es passieren“, dachten sich vielleicht diejenigen aus dem Mikrokosmos, „dass die „Krankheit des Gigantismus“ zu einer Stumpfsinnigkeit führen konnte“.
Unparteiisch gesehen haben die Unsichtbaren bestimmt Recht. Es passte nicht in ihren Verstand, dass so einfache Denkweise von jemandem Großartigen

nicht verstanden verblieb. Zu weiteren Erstaunen der kleinsten führte die Tatsache, dass ihre klare Sprache der Symbole bei den Riesigen unbemerkt weiter verlorenging. Stattdessen rannten sie mit dem Kopf gegen die Wand sowie unternahmen alles Mögliches, um ihre Dummheit als Wahrheit zu beweisen.

Der nächste Schritt des Verstehens der Vertreter vom homo sapiens sollte darin bestehen, dass ihnen auch die weitere Tätigkeitsart der winzigsten erleuchtet werden könnte. Die Letzte wird mit der Produktion von besonderen biologischen Substanzen verbunden, die für ihre „Wohlwollen" sorgen sollten. Dieser Arzneien Satz beinhaltete eine Reihe der Zucker, Proteine, Aminosäure, Lipide, Vitamine, Nukleinsäure und deren robusten Bestandteile.
Heutzutage gibt es kein Geheimnis mehr, dass die Biofilme einen Lebensraum für über 90 Prozent aller Mikrobe erweisen. Es wurde auch festgestellt, dass auch diejenigen kleinsten aus den Milliarden Jahren Fossilien in Biofilmen gemeinsam zu überleben bevorzugten.

Natürlich behielt der Verfasser ständig im geistigen Auge die würdige Tatsache, dass „seine Günstlinge" aus einem wichtigen Darmbereich stammten. Nun wurde es ihm unbestreitbar geworden, dass die örtlichen Bewohner einen verborgenen Sinn besaßen, um die Angriffshandlung unzähliger Menge gefährlichen Viren abzuwehren. Dieser Akt der Verteidigung ähnelt doch der Heldentat. Wie kann man ihn anders nennen, wenn die Waffe mit dem Selbstmord verbunden sein sollte. Eigentlich herstellen sie eine Giftmischung, die zuerst sie selbst und dann die Viren ermordet. Zugleich ist es ein Mittel, einen kleinen Teil des eigenen „Volkes" retten zu können. Das einzelne Wesen fühlt sich selbstlos bereit zu opfern. Es bedeutet, dass es im Voraus auf seine Nachfolgen verzichtet. Die größten Probleme bei den Mikroben entstehen in Hungerzeiten, wenn die Selbsttötung gefragt wird. Dabei verzögern die kleinsten keinen Augenblick, um den eigenen Körper zu zerreißen und die wertvolle Nahrung für die Gemeinschaft zur Verfügung zu stellen.

So blickten die Forscher zwar jahrzehntelang auf die Mikroben, ohne zu erkennen, welche Bedeutung deren Organisationsform hat: Einzelzellen organisieren sich perfekt passend zu diesen Biofilmen. Typische Vertreter für diese wichtigste bakterielle Lebensform sind die glitschigen Schichten auf Flusssteinen, der Belag auf den Zähnen und der Schmodder in Wasserleitungen. Die langjährige Blindheit der Forscher hatte fatale Folgen für die moderne Medizin. Immer wieder standen Ärzte vor einem Rätsel, wenn ein Patient, etwa nach dem Einsetzen eines künstlichen Hüftgelenks oder Herzschrittmachers, an einer bakteriellen Infektion litt, die resistent gegen viele Antibiotika war. Heute weiß man, dass etwa 60 Prozent aller bakteriellen Infekte an Implantaten im Körper durch Biofilme verursacht werden. Und sobald Bakterien im menschlichen Körper einen Biofilm gebildet haben, sind sie schließlich sehr schwer zu bekämpfen. Immer wieder stoßen hier auch die Allzweckwaffen der neuzeitlichen Medizin, die Antibiotika, an ihre Grenzen.

Eine unentbehrliche Rolle der Biofilme kapierte erst vor allen der Penicillin-Entdecker Alexander Fleming, der einmal sagte:
„Ein Biofilm entsteht, wenn ein Bakterium auf eine Oberfläche trifft oder auf ein anderes Bakterium. Dann setzen sich die Mikroorganismen an der Oberfläche fest, vermehren sich und scheiden einen zähen Schleim von Zucker, Proteinen, Lipiden, Vitaminen und Nukleinsäuren aus. So entsteht eine millimeterdicke Schleimmatte, in der die Mikroben eine aktive Gesellschaft aufzubauen vermögen". Diese Form des Zusammenlebens zählt zu den urtümlichsten Arten. Die ältesten Fossilien stammen von Mikroorganismen in Biofilmen, die vor 3,5 Milliarden Jahren entstanden waren.

Das Leben im Biofilm funktioniert nur gemeinsam, z.B. bei der Jagd auf Beutebakterien, wie bei den Myxobakterien oder bei der Spezialisierung einzelner Zellen zu reinen Futterproduzenten. Bei Wurzelknöllchen- und Cyanobakterien („Blaualgen") verändern einige Zellen ihr Aussehen und ihren Stoffwechsel so sehr, dass sie die Nahrungsversorgung für die Gemeinschaft übernehmen können. Sie fixieren Luftstickstoff und versorgen so alle Zellen der Gemeinschaft mit lebenswichtigen Nährstoffen. Diese Zellen verändern sich so auffällig, dass sie selbst nicht mehr in der Lage sind, sich fortzupflanzen. Diese Aufgabe überlassen sie anderen Mitgliedern des Biofilms.

Noch weiter in der sozialen Fürsorge für die Gemeinschaft gehen manche Arten des menschlichen Darmbakteriums Escherichia coli. Wenn eine Zelle der Kolonie von aggressiven Viren befallen wird, produziert sie ein Selbstmordgift, an dem sie (aber auch die verhassten Viren) zugrunde gehen. So wird verhindert, dass die anderen Zellen erkranken. Auch hier verzichtet die einzelne Mikrobe auf die Möglichkeit, sich fortzupflanzen und ihre Gene in die nächste Generation weiterzugeben, um die Gemeinschaft zu retten.

Es gibt Ähnliches bei „Makrotieren"

Im Tierreich finden sich etliche Beispiele, bei denen Tiere anderen helfen, ohne einen offensichtlichen Vorteil davon zu haben, manchmal schaden sie sich damit sogar. So helfen die Arbeitsbienen im Bienenstock pausenlos bei der Aufzucht ihrer Geschwister und beim Sammeln von Nahrung! Sie machen das buchstäblich, bis sie tot umfielen. Doch die Hauptregel besagt: Wenn Tiere sich so selbstlos verhalten, dann ist die Rede ausschließlich von nahen Verwandten. Das oberste Ziel ist immer die Weitergabe der eigenen Gene. Diese Gesetzmäßigkeit gilt auch auf Kosten der eigenen Kinder. Die genannte Arbeitsbienen sind genetisch näher mit ihren Schwestern verwandt als mit ihren eigenen Nachkommen. Eine tiefe Bedeutung solches Benehmens besteht darin, dass die Fürsorge bei eigenen Schwestern eine größere Zahl der eigenen Gene in die nächste Generation bringt, als wenn sie selbst Kinder zeugen würden. Dieses Prinzip geht bei Bakterien noch viel weiter: eine Bakterienkolonie entsteht durch die Teilung aus einem einzigen Bakterium. Alle Mitglieder besitzen also einen gemeinsamen Genpool, sie sind Klone. Deshalb ist es eigentlich egal, wer die Gene weitergibt.

Das soziale Leben im Biofilm bietet außerdem den Mitgliedern entscheidende Vorteile: Gemeinsam lässt sich leichter Nahrung für alle heranschaffen, gemeinsam sind die Chancen besser, schwere Situationen wie Hunger oder Angriffe von außen zu überstehen. Gemeinsam lassen sich Schadstoffe leichter abwehren oder abbauen. Denn es ist seit langem bekannt, dass Bakterien in Gemeinschaften energisch Schadstoffe bekämpfen und beseitigen. So zerlegen sie in Kläranlagen giftige Substanzen und nutzen diese Bestandteile, um sich zu ernähren. Da sie damit fest an die Oberfläche gebunden sind, werden sie erst nicht mit dem gereinigten Wasser zusammen aus der Kläranlage ausgeschwemmt. Diese Würde verwandelt sich leider ins große Problem in der Medizin. Denn für die Winzlinge sind Antibiotika nichts anderes als Schadstoffe, die sie sofort vernichten müssen, damit ihre Artgenossen nicht quälen könnten. Mit diesem Zweck produzieren einige Bakterienarten einen Schleim, der das Eindringen von Antibiotika verhindert. Andere Bakterien lassen Antibiotika zwar bis an die Zellen heran, scheiden das Mittel dann aber schnell wieder aus, ohne dass es ihnen zuvor schaden konnte.

Von der Mutter-Natur erkannten sie, dass die meisten Antibiotika gegen die Zellwandsynthese und deshalb gegen die Vermehrung von Bakterien gerichtet sind. Gemeinsam versuchen die lebendige Bakterien-Zellen ihren Stoffwechsel vernünftig zu regulieren. Anders ausgedrückt wachsen sie nicht besonders schnell. Es ist ein Grund dafür, dass auch der Antibiotika den Angriffspunkt fehlt. Außerdem beobachteten die Biotechnologen gewisse Bedingungen, die die Antibiotika in der 50-fachen tödlichen Konzentration durchschleuderten. Erstaunlicherweise passierte es dabei nichts.

Die Forscher versuchten bestimmt, etwas dagegen zu unternehmen, denn solche Aufsehen erregende Angaben fesselten ihre Aufmerksamkeit und regten Biologen und Mediziner zu neuen Untersuchungen an, die vor allem mit den Erkrankungen verbunden waren, die die Schutzmechanismen der Betroffenen erheblich herabsetzen drohten. Das Wesen des Problems bestand darin, dass diese Kranken keine Antibiotika mehr vertragen konnten. Umgekehrt wurden sie nun für eine pilzartige Ansteckung anfällig, die anscheinend eine merkwürdige Behandlung von heilenden Bakterienarten verlangte. Da dieser neue Forschungsrichtung noch in den Kinderschuhen gesteckt worden war, probierten damals die Zellbiologen und Mediziner es nur enorm gewissenhaft zu machen. Denn dieses unerforschte Gebiet musste wie jene anderen die ganze Kette von der Tierversuchen bis zu klinischen Untersuchungen auf Menschen durchgeführt werden.

Eigentlich erinnerte das Thema an ein fortreißender Wettbewerb zwischen Menschen und Mikroben, der schließlich entscheiden sollte, wessen Strategie einsichtiger werden könnte. Wenn für die Kleinen die Gesetze der natürlichen Anpassungsfähigkeit einen Vorrang zu kriegen verspricht, versuchten die Großen wieder, für ihre spitzfindigen Hypothesen etwas Eigenartiges herauszusuchen. Im Laufe der Evolution wurde ein Vertreter der Sippe homo sapiens sich daran gewöhnen, etwas seiner Vernunft Würdiges zu ersinnen.
Etwas Gleiches passierte bei dessen unversöhnlichen Kampf gegen die verhängnisvollen Mikroben, die ständig die menschliche Existenz zu verderben versuchten. Denn die kleineren waren bereit, in diesem „Ringen" ein hervorragendes Kommunikationssystem auszunutzen, sollten die Menschen ihre Beste zu machen, um das System zu zerstören vermögen. Einfach gesagt, konnte der Siegesweg durch eine Einmischung in die Übereinkunft stattfinden, die den tödlichen Konsequenzen für den Pathogenen gerechnet wurde.

Aber was sollten menschliche Erwägungen von der Sicht der kleinsten vorstellen? Es war sicher unmöglich zu vermuten, dass die kleinen keine richtige Abschätzung den riesigen gegenüber zu schaffen wussten. Auf diesen Grund diskutierten sie oft mehrere Probleme, die nach ihrer Sicht ganz aktuell Sein sollten.

Übrigens waren Clero und seine Verwandte und Freunde aus dem steigernden Gebiet des dicken Darms die vortrefflichen Beispiele solcher Art, die jeder äußerlichen Erscheinung eine benötigte Schlussfolgerung geben mussten. Mit anderen Worten wäre es für sie untypisch, wenn sie einfach vorbei gehen konnten, wenn eine hervorrufende Ungerechtigkeit in ihrer Nähe passierte. Wie gesagt gab ihnen der „gastfreundliche" Wirt alle erwünschten Bedingungen, damit sie keinen Mangel an etwas Lebensnotwendiges zu erfahren vermochten. Im Gegenteil wäre es für sie selbstverständlich, dass „ihr würdiger Herrscher" eine außergewöhnliche Persönlichkeit sein sollte. Man sollte nicht genial werden, um zu ahnen, dass ihr Machthaber unermüdlich um ihren Wohl kümmerte. Sonst wäre es unmöglich zu erklären, dass Er ständig seinen Nahrungsstil zu vervollkommnen suchte. Na ja, solche Gelegenheit sprang in die Augen: Er musste unbedingt seine Lebensmittel in den Einklang mit mehr-

eren alltäglichen klugen Faktoren bringen, damit dessen Absichten gut seinen kleinen „Einwohner“ anpassten.
Zweifellos erforschte er wissenschaftlich verschiedene Bereiche der Mikrobiologie, um eine gemeinsame Sprache mit Clero und dessen Verbündeten herauszufinden. Natürlich machte die Forschung der Riesigen letzte Zeit eine Menge entscheidender Fortschritte. Trotzdem wäre es besonders schwer, den eigenen Beitrag des Herrschers zu überschätzen. Anders gesagt, betrachtete Er sich wie ein Wohltäter in einer engen Verbindung mit Mikroben, die dessen Darm die jüngste Zeit besiedelten. Man konnte sich nicht beirren, dass die heilkräftige und reiche an den sogenannten Ballaststoffen Nahrung nicht zufällig entstehen konnte.
Ja, diese gigantische Wesen waren immer imstande, Clero mitsamt Freunde und Verwandte mit merkwürdigen Wörtern in Erstaunen zu versetzen. Was für ein komisches Wort sollte dieser Begriff Ballaststoffe bedeuten. Für Crero war es wie etwas Wertlose anzuhören. Doch es stimmte keineswegs mit der Wirklichkeit überein. Denn es war eher das Wertvollste, was die Gesellschaft der Riesen irgendwann erfunden habe. Umgekehrt war er der beste Rohstoff, aus dem allein die Nachbarn Bakterien Cleros eine grenzlose Vielfalt der unersetzlichen Nuklein- und Aminosäuren, Vitaminen und ungesättigten Fettsäuren wie Omega-3 (und Omega-6) zu synthetisieren pflegten. Es war unbedingt eine Entdeckung des Jahrhunderts gewesen, die eine glückliche Freundschaft des Herrschers mir dessen ergebenen Diener aus dem genannten Gebiet des Darmes irgendwann geschlossen worden war. Alles Sonstiges gehörte eher zum inhaltlosen Gerede.

Und der Verfasser brüstete sich mit seinen Zöglingen, die ihn niemals nasführen ließen. Denn er sah in diesen seltenen menschlichen Eigenschaften etwas Zuvorkommendes, was vielleicht nur für ferne Zukunft charakteristisch sein könnte.

Nach allen schon ausgesagten Denkarten dürften wir kaum, einen interessanten Umstand nicht erwähnen, der eher aus der Welt der theoretischen Biologie stammte.

So zog der Evolutionsbiologe William Hamilton unterschiedliche Aspekte des Benehmens der Teilnehmer in Betracht und fand heraus, dass genetische und umweltgebundene Bedingungen manchmal in Konflikt geraten könnten. Gute Vorsätze führen nicht eindeutig zu erwarteten Ergebnissen. Zu echten Verdiensten Hamilton zählte auch die Erforschung mehreren Varianten, die in biologischen Prozessen zum Altruismus oder Egoismus führen könnten. Obwohl seine Theorie in vielen Situationen sehr hilfreich war, verhielten sich Einzelwesen in schwer vorstellbarer Art und Weise, nicht zuletzt wegen biochemischen Vorgängen, die bei ihnen stattfanden. So bestimmte z.B. unter selbstlosen Bakterien Pseudomonas aeruginosa der Eisenmangel die Ausscheidung des schon erwähnten Pyoverdins. Das letzte grüne Protein verband sich unverzüglich mit den Eisenionen in der Umgebung und macht sie verfügbar entweder für die Bakterien selbst oder für die Nachbarn. Wenn diese Bakterien sich schnell mutieren ließen, sparen sie damit die aufwendige Siderophoren-Produktion und leben vielmehr auf Kosten der anderen. Kurz gesagt wäre es nicht einfach, im Voraus zu sagen, welche Tendenz in einer konkreten Situation die Oberhand gewinnt.

Aber woher sollte der soziale Instinkt der Tiere überhaupt vorkommen? Eine bedeutende Angelegenheit, die schon dem großen Charles Darwin keine Ruhe ließ, betraf den Widerspruch zwischen seiner Überzeugung, dass die Evolution durch den Sieg der Anpassungsfähigsten fortgehen mussten und mehrere Enttäuschungen stattfinden konnten. Die Letzten entstanden plötzlich jedes Mal, wenn er mit den Fakten zusammenstieß, die kaum seiner Theorie passten.

So stellte es sich heraus, dass das Vermögen, einen deutlichen Überfluss des Nachwuchs gegenüber Wettstreiter zu bekommen, nicht immer gefragt worden war. Im Gegenteil verhielten sich gewisse Einzelarten so gewogen, als ob sie das fremde Wohlergehen mehr als ihr eigenes zu schätzen wussten. Schon damals spalteten solche soziale Tieren Darwinisten und Sozialbiologen. Woher sollten überhaupt die sozialen Lebensformen entstanden? Natürlich durften wir dabei die menschlichen gemeinschaftlichen Verhältnisse auf keinen Fall mit den tierischen vermischen, die nichts mit der Vernunft verknüpft waren. Heute unterscheidet man bis zu sechs soziale Stufe, indem nur die letzte als eine echt soziale bezeichnet wurde. Diese Stufe ist als die höchste in der Evolution sozialer Tiere anzusehen und wurden als die folgenden Merkmale charakterisiert:

1. Kooperative Brutfürsorge: Mehrere Individuen versorgen gemeinsam den Nachwuchs.
2. Reproduktive Arbeitsteilung: Die Kolonien Mitglieder sind in eine fertile, reproduktive Kaste (Arbeiterinnen und gegebenenfalls Arbeiter) aufgeteilt.
3. Überlappung der Generationen: Verschiedene Generationen leben zusammen, der Nachwuchs hilft bei der Brutpflege und bei der Aufrechterhaltung der Kolonie.

Wie es bei Ameisen gab

Der Aufbau des Ameisenhinterleibs wurde eher kompliziert geworden, indem das erste Segment als Mittelelement in die Brust einbezogen war, so dass der eigentliche Hinterleib mit dem zweiten Segment begann. Dieses Zweite befand sich schließlich in einem eigenen, deutlich abgesetzten Abschnitt in Gestalt eines Knotens. Die Brust und der Hinterleib wurden durch zwei Knoten getrennt.

Neben einer oder mehreren Fortpflanzungspaaren (bestehend aus König und Königin) gibt es sterile männliche und weibliche Tiere, die als Brutpfleger, Nestbauer, Nahrungsbeschaffer oder Nestwächter (Soldaten) dienen.
Die Bezeichnung Soldaten scheint häufig nicht präzis zu sein, denn sie sind keineswegs besonders angriffslustig und die Hauptpflicht bei der Abwehr von Angreifern liegt auf den Arbeiterinnen. Diese unermüdlichen Einzelwesen verkleinern ständig große oder harte Nahrung. Auffällig kann bei vielen Ameisenarten den Fühlern oder den Vorderbeinen-Größenunterschied werden, so dass die kleinsten sich leicht auf dem Kopf der großen zur Gänze Platz finden. Der schon genannte Hinterleib spielt eine wichtige Rolle nicht nur bei Fortpflanzung, sondern als eine Befestigung des Körpers, indem der Kropf, Darm und Keimdrüsen eine Einheit zusammensetzen. Der Tropf der Arbeiterinnen dient nicht allein den Bedürfnissen des Tieres selbst, sondern wie ein „sozialer Magen“ den Bedürfnissen des ganzes Volkes. Einigen parasitischen Arten fehlen

die Arbeiterinnen gänzlich. Da die Wirte unter dem Einfluss des Parasiten ihre eigene Königen töten, sind diese Gemeinschaften nur von kurzer Dauer. Weibchen mit voll funktionsfähigen Geschlechtsorganen sind nur die Königinnen, auf denen letzten Endes die Erhaltung der Art ruht. Die Königin legt die Eier, während die gesamte Brutpflege von den Arbeiterinnen übernommen wird.

Von großer Bedeutung für den Fortbestand eines Volkes ist, dass die Königin wesentlich länger lebt als die Arbeiterinnen. Z.B. lebt bei der Roten Wald-ameisen die Königin 15-20 Jahren, die Arbeiterinnen hingegen nur etwa drei Jahre. Von den Arbeiterinnen unterscheidet sich die Königin durch den Besitz von Flügeln, die nach der Begattung an einer bestimmten, vorgebildeten Stelle abgebrochen werden. Naturgemäß wirkt sich der Besitz von Flügeln auf die Gestalt der Brust aus, die wesentlich kräftiger und breiter entwickelt wird. Die Zahl der vielen Arten umfasst mehrere hunderttausende Tiere, unter ihnen eine große Zahl (oft mehrere hunderte) Weibchen. Das genannte polygynes Volk der Roten Waldameise kann bis zu zwei Millionen Tiere zählen. Die abgeschwächten durch die Begattung Weibchen werden oft von Pilzen und Bakterien befallen oder von Feinden verzehrt. Zur Schwarmzeit verlassen die geflügelten Geschlechtstiere das Nest, und in der Luft finden sie sich an Türmen, Bergspitzen oder anderen hervorragenden Punkten mit den Geschlechtstieren anderer Nester zusammen. Es stellt sich manchmal so heraus, dass die Zahl der Tiere so riesig wird, dass von weitem der Eindruck einer dicken Rauchwolke entsteht und die Feuerwehr alarmiert wird.

Die Ameisen haben ähnlich wie die Katzen ein großes Reinlichkeits- und Putzbedürfnis, und es putzt sich nicht nur jedes Tier so weit wie möglich selbst, sondern die Tiere belecken sich wechselzeitig, wozu sie durch verschiedene Ausscheidungen auf der Körperoberfläche angeregt werden.
Dieser so verschiedenartige Stoffaustausch ist für den Zusammenhalt und den Weiterbestand des Volkes sehr wichtig. Denn bei Arten, deren Arbeiterinnen keine Nahrung austauschen, ist die soziale Koordination nur schwach entwickelt. Darüber hinaus können die Ameisen auch noch auf anderen Wege in engen Kontakt zueinander treten. Bei der verschiedenen Gelegenheiten erweckt eine Arbeiterin die Aufmerksamkeit anderer dadurch, dass sie diese mit den Fühl-

ern oder den Vorderbeinen betrommelt, mit dem Kopf stößt oder mit den Oberkiefern packt und zerrt. Eine spezifische Information wird dabei allerdings nicht übertragen. Es lässt sich jedoch beobachten, dass es verschiedene Alarmstufen gibt. Die niedrigste Stufe weist auf eine kleine Nahrungsquelle hin, die höchste auf eine akute Gefahr. Große Bedeutung für das soziale Leben haben auch bestimmte andere starke Reize, wie zahlreiche nicht ausreichend versorgte Eier oder Larven, Zerstörungen am Nest und andere, die eine Vielzahl von Tieren zu gleichem Einsatz alarmiert.

Wenn eine „Außendienstameise" bei ihrer Wanderung auf eine zufällige Beute stößt, die zu groß ist und sich gegen die Angriffe der Ameise heftig wehrt und deshalb nicht allein bewältigt werden kann, werden durch diese hastigen Verteidigungsbewegungen bald weitere Ameisen angelockt, die sich gemeinsam auf die Beute stürzen und versuchen, sie zu töten und zu zerstückeln beziehungsweise als Ganzes Ei zum Einsatz gebracht werden. Es gibt eigentlich für ein Tier entsprechender Größe nur zwei Möglichkeiten, den Ameisen erfolgreich Widerstand zu leisten: Entweder verhält sich das angegriffene Tier absolut ruhig, dann verlieren die Ameisen das Interesse. Oder es hat, wie viele Käfer, eine so hart gepanzerte Körperdecke, dass es für die Ameisen unangreifbar geworden ist.

Beim Eindringen eines Feindes ins Nest alarmieren die Wächter in kürzester Zeit ihre Stockgenossen, die sich gemeinsam auf den Feind stürzen und ihn zu vertreiben suchen. Obwohl sich die Tiere eines Volkes am Geruch erkennen, kommt es durchaus vor, dass sie sich im Eifer des Gefechtes gegeneinander wenden und Verletzungen beibringen. Für Angriff und Verteidigung verfügen die Ameisen über drei Waffen: Die kräftige Oberkiefer, den Giftstachel und die Giftdrüse. Ameisensäure, die den Namen ja dem Vorkommen bei Ameisen verdankt, wird nur von stachellosen Arten erzeugt. Sie beißen sich mit den Kiefern in den Feind fest, krümmen ihren Hinterleib nach vorn und spritzen das Gift in die Wunde. Grundsätzlich habe die Ameisensäure auf die Haut und das Nervensystem der Insekten eine zerstörende Wirkung. Ist der Feind nicht in unmittelbarer Nähe, sondern für Stachel und Kiefer unerreichbar, dann richten die Ameisen oft in großer Zahl ihren Hinterleib gegen den Gegner und feuern das Gift als kleine Fontänen ab. In dieser Weise verteidigen sie sich auch gegen andere feindliche Einflüsse, z.B. gegen das Feuer, als ob sie damit das Feuer zu löschen beabsichtigen.

Merkwürdigerweise können mehrere Ameisenarten in den eindrucksvollen, zum Teil meterhohen Bauten errichten. Obwohl man weltweit über dreißigtausend Vertreter dieser Art zuzählt, sind in Europa nur etwa über zweihundert bekannt, die trotzdem ganz unterschiedlich auszusehen vermögen. Stammgeschichtlich wird ihr Vorkommen immer noch schwer erklärlich gewesen.

Aufgrund der oft verblüffenden Leistungen sah man früher in den Ameisen mehr oder weniger vernunftbegabte Wesen, dem Menschen vergleichbar. Das sind sie natürlich nicht. Gleichzeitig lässt es sich nicht leugnen, dass die Ameisen beachtliche psychische Fähigkeiten besitzen, unter denen besonders das Gedächtnis entwickelt ist. Zentrum dafür ist das Gehirn, vor allem die pilzförmigen Körperchen, die bei den Arbeiterinnen entsprechend ihrer Bedeutung für das Volk am stärksten und bei den Männchen am schwächsten ausgebildet sind.

Ein Problem, das auch in unserer Zeit noch nicht endgültig geklärt ist, bleibt die Frage, wie es zur Ausbildung der einzelnen Kasten kommt. Z.B. bei der schon genannten Roten Waldameise wurde es bekannt geworden, dass viele Faktoren zusammenspielen sollten. Unbefruchtete Eier, die sowohl von der Königin als auch von Arbeiterinnen stammen können, werden im Allgemeinen zu Männchen. Es gibt allerdings Arten, bei denen gelegentlich oder auch häufig nachträglich eine Regulation des Chromosomensatzes eintritt, so dass aus unbefruchteten Eiern weibliche Tiere entstehen können. Im Frühjahr werden unter dem Einfluss der niedrigen Temperaturen plasmareiche Eier abgelegt. Da die Eiablage eher, also bei tieferen Temperaturen, einsetzt als der Mechanismus der Spermienpumpe, bleiben die ersten Eier unbefruchtet und entwickeln sich zu Männchen. Die später abgelegten Eier werden befruchtet, und es entstehen aus ihnen weibliche Tiere. Werden diese Larven, so wie auch die Männchen bestimmten Larven, mit Labialdrüsensekret gefüttert, entwickeln sie sich zu Königinnen. Werden sie nur mit Kropfinhalt gefüttert, dann entstehen Arbeiterinnen.

Als vortreffliche soziale Tiere stehen Ameisen mit mehreren anderen Tierarten in Verbindung. So gibt es die Räuber, die sich von den Ameisen und ihrer Brut ernähren und von den Ameisen feindlich verfolgt werden. Viele halten sich in der Nähe des Nestes auf, in das sie regelmäßig Exkursionen ausführen. Sie sind dabei aber so flink, dass sie von den Ameisen nicht gefasst werden können. Zu diesen Räubern gehören viele Spinnen, manche Käfer, verschiedene Wanzen und auch manche Grabwespen. Andere Räuber halten sich ständig im Ameisennest auf und versuchen, der Aufmerksamkeit der Ameisen durch ameisenähnliche Gestalt oder durch ein unangreifbares Äußeres zu entgehen. Eine große Reihe von Tieren, z.B. manche Springschwänze, Milben, Schaben, Schwebfliegenlarven und Käfer, leben in den Nestern als harmlose Einmieter. Diese Synökien belästigen die Ameisen nicht oder nur wenig und zehren von Vorräten, Abfällen, Exkrementen oder Leichen. Die Ameisen ihrerseits ignorieren die Gegenwart dieser Tiere, die sie kaum zu stören vermögen. Eine andere Gruppe von Tieren, die sogenannten Symphilien, wird von den Ameisen regelrecht gesucht, und sie kann sich ohne Gefahr im Nest aufhalten. Sie erlangen die „Freundschaft" der Ameisen dadurch, dass sie diesen ihre ölige Körperdecke oder auch wohlschmeckende Trichome (Haare) zum Abnagen bieten. Symphilien sind also die Gäste der Ameisen, die sich jedoch im Gegensatz zu Synokien an Brut und/oder Imagines vergreifen und diese als Nahrung nutzen. Im Gegensatz zu den Synechtren nutzen die Symphilien allerdings die Mechanismen der Freund-Feind-Erkennung und werden vielfach von den Ameisen gepflegt und gefüttert.

Die langjährigen Forschungen an versteinerten Fossilien wie z.B. Bernsteinproben aus der Kreidezeit (das heißt vor ungefähr 145 Millionen Jahren), zeigten unstreitig, die Anwesenheit schon damals dieser Gattung. Von einer besseren Bestätigung des Alters dieser Tierchen konnte man kaum träumen.

Nun ist die höchste Zeit zu erfahren, wie ein nützlicher Schmarotzer seine Beute verjüngen konnte. So wurde es vor kurzem bekannt geworden, dass die Ameisen-Kolonien der Sippe Temnothorax nylanderi eine geheimnisvolle Eigenheit zu verbergen vermochten. Deren Arbeiter waren zuvor für ihre Mannigfaltigkeit bekannt, die bemerkenswert nicht dank ihrer Fähigkeit entstand, sich der Umwelt anzupassen. Im Gegenteil passierte es eher durch den Abwesenheit der Kanalisation während der Larve Entwicklung. Die Letzte passierte überwiegend unter solchen äußeren Bedingungen, wenn die Feuchtigkeit und Temperatur sehr veränderlich sein sollten. Einige zwischenartliche Individuen, die morphologische Merkmale von Königinnen und Arbeiter teilen, entstehen viel öfter. Zugleich kann die Morphologie dieser Ameisen von den Parasiten Anomotaenia brevis stark verändert werden, die imstande sind, die Zahl der zwischenartlichen Individuen erheblich zu vergrößern. Außerdem ändert sich die Farbe: Individuen, die mit den Schmarotzer infiziert waren, sehen viel blässer aus. Obwohl diese Merkmale für einen Laie ziemlich trivial klingen könnten, sind sie gar nicht ohne Neugier erregenden Besonderheiten erstatten. Der Leser darf nicht solche Sache außer Acht lassen, z.B. die Tatsache, dass die Arbeiter unwillkürlich in den Ameisenhaufen das Essen mitbringen, das von dem Schädling angegriffen worden war. Bandwurme Anomotaenia brevis, die sich gemein im Darm der kleinen befinden, beginnen sofort, ihre zerstörerische Wirkung an den Tag zu bringen. Komischerweise profitieren davon die „armen“, die im Prinzip das Mitleid verdienten. Als eine unerwartete Folge erleben eine groß-artige Verlängerung ihres Lebens. Darüber hinaus bewahren sie ein verjüngtes äußere Erscheinung, was bei den Gelehrten, die sie untersuchen, einen offenen Neid auslösen. Auf diesen Grund hören sie mit ihrer Arbeit für das allgemeine Wohl auf. Dieser Müßiggang findet auf dem Hintergrund des allbetreffenden Aufschwungs, wenn die gesamte Gemeinschaft ihre Beste macht, damit sie zufrieden zu stellen. Jeder nimmt es für etwas Selbstverständliches, ihnen bei all-en Schwierigkeiten und sogar bei der Bewegungsnot zu helfen. Manchmal ziehen sie die allgemeine Aufmerksamkeit auf sich mehr als die Königin selbst!

Die Forscher versuchten aufzuklären, wie lang die Ameisen zu leben vermochten, die unaufgeforderten Gäste zu beherbergen pflegten. Durchschnittlich lebt ein Ameise der Sippe Temnothorax nylanderi in der Kolonie einige Monate. Die Schmarotzer scherten ihnen eine unglaubliche Lebensdauer der Königin. Das heißt ungefähr 20 Jahre. Wenn dazu eine glückliche Seligkeit kommt, sieht alles wunderschön aus. Das Körperchen des Insekten verlängert im Laufe von mehreren Jahren dessen weiche Konsistenz mit einem gelblichen

Schattierung, was typisch für die jungen Individuen sein sollte. Aber nicht nur das: Sie beginnen ein angenehmes Aroma auszuströmen, das den Wünsch verstärkt, um sie zu kümmern.

Auf dieser Stelle konnte man mit dieser Geschichte Schluss machen. Allerdings scheint die Scharfsichtigkeit des Schmarotzers noch tiefer zu sein. So dass sie sich später im Vogelleib ansiedeln. Der kluge Parasit braucht den Vogel dafür, um in ihm die Eier zu legen. Darauf befinden sich die Eier mit dem Kot des Vogels im Boden und die Ameise bringen sie in deren Haufen. Und alles wiederholt sich erneut. Wissenschaftlich gesehen erhöht der Schmarotzer die Wahrscheinlichkeit des Geratens von angesteckten Ameise in Futter des Vogelinkubators. Als ein Träger der Infektion dient ein Virus, der letzten Endes für den betroffenen Ameise sehr heilsam sein sollte. Die letzte kleine Bemerkung sollte einigermaßen die allgemeinverhassten Viren rechtfertigen. Die Natur zeigt sich gegen keine ihre Schöpfungen gestimmt zu werden!

Aus der Welt der Überlebenskünstler wurde es vor kurzem bekannt geworden, dass unser Planet eine Reihe extremophile Tiere zu verheimlicht suchte.

Zumeist zauberhaften Tieren der Welt zählen auch die kleinen wirbellosen Schöpfungen namens Bärtierchen, auch Wasserbären genannt. Sie bilden einen Tierstamm innerhalb der Häutungstiere. Die Mehrheit von ihnen sind weniger als einen Millimeter groß. Diese achtbeinigen Tierchen erinnern durch ihr Aussehen und ihre tapsig wirkende Fortbewegungsweise etwas an Bären, wenn man sie unter dem Mikroskop zu beobachten versucht. Sie bewegen sich langsam, als ob ihr Körper ihnen zu schwer zu sein scheint.

Zu den auffallenden Kuriositäten dieser Sippe gehört ihre Kryptobiose, das heißt ein todesähnlicher Zustand, in dem sie fähig sind, äußerst gefährliche Umweltbedingungen zu überleben. Sonst sind sie in der Lage, sich vom Inhalt der pflanzlichen Zellen zu ernähren oder sich räuberisch zu verhalten, indem sie sehr kleinen Tierarten wie Fadenwürmchen anzugreifen und auszusaugen vermögen. Wie es am Beispiel der Ameisen gezeigt wurde, pflanzen sich auch diese Bären geschlechtlich fort. Doch auch ähnlich den Letzten können sie sich parthenogenetisch vermehren. Mit anderen Worten gar ohne Beteiligung von Männchen. Dabei entwickeln sich die Eier der Weibchen ohne Befruchtung. Die eingehenden Studien in mehreren Forschungszentren der Welt waren dazu gerichtet, die Widerstandsfähigkeit dieser kleinen unter solchen harten Umständen zu überprüfen, die für alle sonstigen Lebewesen der Erde als unvereinbar mit dem Leben beurteilt werden sollten. Um solche mutigen Schlussfolgerungen zu ziehen, schossen die Forscher gefrorene Proben mit Bären aus den Gaswaffen nach eine Sandzielscheibe mit der Geschwindigkeit über 700 Meter pro Sekunde. Zu ihrer Bestürzung überlebten alle beteiligten Tierchen wohl diese Überbelastung.

Faktisch verfolgten diese Untersuchungen praktische und konkrete Ziele. Gelehrte wollten aufklären, welche kosmische Projekte es möglich wäre, mithilfe solcher Bärtierchen zu verwirklichen. Etwas mehr Geeignetes als sie wäre es unrealistisch vorzustellen. Diese märchenhaften Schöpfungen zeigen sich eher als Weltrekordler unseres Zeitalters. Sie können zehn Jahre ohne Wasser existieren, Temperaturen in der Nähe von Null Grad Kelvin (-273,16 °C) ertragen sowie völlig gelassen die Temperaturen des kochenden Wasser durchhalten. Unter extrem ungünstigen Bedingungen bringen sie alle Lebensfunktionen zum Stehen, damit sie darauf aufzuerstehen bereit waren. Diese Krümchen sind imstande, hoch in Bergen, tief unter Wasser, in Vulkankrater, im Ozeanboden und im Weltall leben und sich wohlbefinden.

Und noch eine Frage ließ die Gelehrten nicht in Ruhe und zwar: Wie weit konnte sich Fürsorge um anderen verbreiten.

Der Eigendünkel gehörte unbedingt nicht zu besten Eigenschaften der besonnen Organismen. Trotzdem war Clero seit langem davon überzeugt, dass seine nahen und fernen Verwandten und Gesellen eine der vervollkommnetsten Lebewesen des Universums aufwiesen. Natürlich konnte er davon tausende Beispiele nennen. Im Grunde begann diese Reihe mit dem berühmten Bakterium Myxococcus xannthus, das in absolut perfekten gesellschaftlichen Beziehungen lebte und über eine erstaunliche Kommunikationsfähigkeit verfügte. Diese Eigenschaft, die seine Eltern zum göttlichen Geschenk zählten, war eine der zauberhaften Erscheinungen unseres Zeitalters. Zu Stolz erregenden Sachen seiner Verbündeten sollte er auch deren Fähigkeit zur selbstlosen Mutationen zählen, die einigermaßen manchmal die vorige vollständig zerstören ließe. Dieser erhabene Akt ähnelte Clero an den Heldentaten der Mythologie.

Diese historische Geschichte kam Clero jedes Mal in den Sinn, wenn sein Cousin Brago ihm darüber erzählte. Es gab darin sicher etwas Magisches, was plötzlich reelle und gedichtete Begebenheiten zusammenschmelzen sollte. Dieser Brago brachte Clero ja ins Erstaunen. Wer noch konnte so kategorisch behaupten, dass wir, kleinste Wesen gleichzeitig eines der größten bekannten bakteriellen Genome besitzen. Diese Eigenschaft rüstete unsere Gattung unter anderem mit einer unendlichen Zahl der biologisch aktiven Substanzen, die man mit den riesigen chemischen Fabriken vergleichen könnte. Eigentlich hörte es wie eine zuverlässige Aussicht für die Entdeckung neuen Arzneien gegen aktuelle und künftige Erkrankungen. Doch allein verriet die Größe der Genome nicht die ganze Erhabenheit der Erscheinung. Nur als das Individuum zu begreifen vermöge, dass die Rede vom Zusammenhang der funktionalen Beziehungen der Nahrung, Darmzellen und des Nerven Systems gibt, wäre es möglich ein heiliges Gebäude zu sehen.
Trotz dessen umfangreiche Kenntnisse war Clero nicht in der Lage, darauf zu bestehen, dass er perfekt über seinen biologischen Ursprung verfügte. Oder doch? Auf jeden Fall war es ihm eigentümlich, fantastische Hypothesen vorzuschlagen. Nach der Erzählung seiner Eltern gehörte seine Sippe zu Darm Escherichia coli (kurz E. coli) Bakterien, die Wissenschaftler schwülstig zu den Enterobakterien zählten.
E. coli kamen beim Menschen natürlicherweise im Verdauungstrakt vor. Unter bestimmten Bedingungen könnten E. coli-Stämme jedoch schwere Infektionen auslösen. So waren sie weltweit die häufigsten Erreger für Harnwegs- und Magen-/Darminfekte, Wund- und Atemwegsinfektionen, seltener Blutstrominfektionen (Sepsis). E. coli-Bakterien zählen zu den häufigsten Erregern von unheilbaren Erkrankungen. Letzte Zeit wurde diese Reihe mit dem Vermögen ergänzt, Antibiotikaresistente Variante in Gang zu setzen, die weltweit für die Angst sorgen mussten.

Einigermaßen erinnerten diese Bakterienarten an Cleros Äußeren. Wie er waren sie stäbchenförmig und gewöhnlich 1 bis 5 µm lang mit dem Durchmesser von etwa 0,5–1,0 µm. Die meisten von ihnen könnten sich mit Flagellen aktiv bewegen, obwohl es auch solche gab, die sich nicht aktiv bewegten.
Zugleich verheimlichte Clero eine Besonderheit, die ihn von seinen Verwandten stark unterscheiden sollte. Sie bestand darin, dass er sich im Laufe seines nächstfolgenden Versuchs mit dem Bakterium der Gattung Myxococcus xanthus gekreuzt habe. Es war selbstverständlich eine mutige Entscheidung, die dennoch gut motiviert worden war: Die Vertreter solcher Bakterienart lebten in sozialen Verbänden, verfügten über eine erstaunliche Kommunikationsfähigkeit und konnte harte Zeiten dank einer faszinierenden Strategie überstehen. Solche fabelhafte Umwandlung veränderte enorm sein Äußere, indem sogar seine Eltern ihn kaum zu erkennen vermochten. Grob gesagt verlor es teilweise seine stabartige Form und sah eher wie einem Fässchen aus. Diese Selbstkasteiung brachte ihm aber neue Eigenschaften, die die äußeren Gebrechen wohl ausgleichen sollten.

Eine davon war übrigens mit dem einzigartigen Vermöge verbunden, gewisse kleinen DNA- und RNA-Abschnitte herzustellen, die eine große Bedeutung beim Schutz der Bakterien gegen Viren und anderen Feinde haben könnte. Der Schaffung solchen Strukturen waren Bakterien auch für ihre Gegengift der Antibiotika gegenüber dankbar. Sonst drohte ihnen allen ein unausbleibliches Ende. Die nächste Entdeckung Clero konnte verstehen lassen, wie konkret die genannten Abschnitte zu leisten wussten. So stellte es sich heraus, dass diese Bakterien bei deren Abwesenheit viel weniger (oder überhaupt keine) Penicillinabbauende Enzyme produzieren konnten. Noch schlimmer sah die Situation aus, wenn als eine Folge der besagten Abwesenheit tödliche Tumore entstehen sollten. Manchmal fühlte er die Entstehung solcher fremden Neubildungen, die seinen kleinen Körper zu vernichten suchten. In diesen Fällen entwickelte er letztendlich eine spitzsinnige Gewandtheit, die den inneren Feind zugrunde richten sollte. Fernerhin kapierte er, dass er etwas Gleiches auch bei den sonstigen Schwierigkeiten ausnutzen konnte.

Grundsätzlich war seine neue Fähigkeit mit den winzigen ringförmigen DNA-Abschnitten verknüpft, die man als Plasmide erkannte. Zu deren typischen Eigenschaften zählte das Vermögen, sich unabhängig zu vermehren, damit die bedrohlichen Gifte oder Krankheitserreger rechtzeitig beseitigt werden könnten. Jetzt wurde Clero vollkommen klar geworden, dass er mithilfe dieser Plasmiden nicht sich allein, sondern alle anderen Bakterien vor Antibiotika und Tumorzellen schützen sollte.

Bemerkenswert reagierte dessen Wirt darauf sehr aufmerksam. Wie sollte er sich sonst verhalten? In der Tat war der Autor stolz auf seinen Günstling, der ständig etwas Unvorstellbares zu schöpfen vermag. Auch der geistige Verkehr mit ihm war nur dank dessen Gelassenheit möglich. Apropos war eine Begeisterung des Verfassers gegenüber Bakterien nicht zuletzt wegen Clero zustande gekommen. Diese Vorliebe bestimmte seine gute Laune als er durch die Medien erkannte, dass das Bakterium Myxococcus xanthus zu der Mikrobe des Jahres 2020 gewählt worden war. Zu Besonderheiten dieser Bakterienart gehörten die erstaunlichen Qualitäten, die man mit folgenden Beiworten beschreiben konnte: Sie lebten in engen sozialen Verbänden, verfügten über eine fabelhafte Kommunikationsfähigkeit und konnten harte Zeiten mit einer faszinierenden Strategie überstehen. Und diese lobverdienten Wörter gehörten ebenso Clero selbst.
Die Hauptsache war, dass alle Vertreter dieser Familie ein beneidenswertes Selbstbewusstsein besaßen, das man zu adligen Eigenschaften zählen sollte.

Vor kurzem lenkte Brago Cleros Aufmerksamkeit auf sich mit der rhetorischen Frage, dass unser Weltall von ihnen, Mikroben vollständig beherrscht worden war. Was konnte sich unter solcher herausfordernden Aussage verdecken? Unbedingt etwas Rätselhaftes, was die Gestalt dieses Verwandten immer umwickeln sollte. Für einen Mittelmäßigen, zu denen sich Clero zählte, wäre es eine übermäßige Aufgabe.

Allerdings wie konnte es vonstattengehen, dass die kleinsten Schöpfungen der Natur zu den Mächtigsten aufwuchsen. Sollte jemand Großartiges hinter ihnen stehen? Clero begann unwillkürlich, sich zu beschämen:

„Was für eine Nichtigkeit ich bin, wenn meine nahen Angehörigen wie Brago etwas Grandioses aufs Geratewohl vorstellen könnten".
Als eine Bestätigung seiner Selbstgeißelung bildete sich Clero seinen nächsten Vetter namens Nestes, der unter den Bakterien des Colon ascendens wie ein Pop Star geschätzt worden war. Neste stellte ihm wie selbstverständlich die günstigsten Umweltbedingungen dar, die zur Enthüllung aller Begabungen der Persönlichkeit führen könnten.
„Dieses segensreiche Gebiet, wo uns gelungen, geboren zu werden und zu leben", sagte er, „befindet sich in einer der sagenhaften Umgebung der Welt. Denn die Nahrungsströme nach oben sorgen für die Nähe der elektrischen Kraft, die uns eine unendliche Quelle der fast kostenlosen Energie beschenkt".

Solche rätselhafte Äußerung blieb für das Gehör Clero dauerhaft absolut unverständlich. Nur dank Brago kam es Clero vor kurzem in den Sinn, was man unter Begriffen „elektrische Kraft" oder „fast kostenlose Energie" kapieren sollte. Es handelte sich zweifellos um die Nähe des weitverzweigten Systems von Nervenzellen. Nun schloss sich der Ring der Überlegungen Clero und dieser Neste erschien vor ihm in vollem Glanz.

Dabei stellte es sich heraus, dass die Darmbakterien des genannten aufsteigenden Bereichs des Verdauung, wo Clero und seinen Verwandten und Freunden zu leben gelang, verhältnismäßig kleine Strukturen aufgewiesen haben. Mit anderen Worten sind sie imstande, mit wenigen biologischen Substanzen auskommen zu vermögen. Solche natürliche „Sparsamkeit" spricht in der Tat davon, dass diese winzigen Bildungen bereit sind, mehrere Funktionen gleichzeitig zu erfüllen. Die ähnliche Art und Weise würden wahrscheinlich auch für den Herrscher eigentümlich.

Der geistige Anhalt, der Clero im Verstand dank seinen einsichtigen Angehörigen heraussuchen konnte, war schwer zu überschätzen. Jetzt war er von „einer ansteckenden Erkrankung" infiziert, deren Symptome er zunächst nicht deutlich definieren konnte. Von diesem Augenblick an fühlte er einen dringend nötigen Bedarf, allen sichtbaren Aufkommen eine wägbare Erklärung zu finden. Der Anfang dieser neuen Qualität deckte er auf, als ihm den deutlichen

Unterschied in Verhaltensweise von Mikroben merkwürdig schien. Er war damals mit der zufälligen Beobachtung beschäftigt, wie die Vertreter seiner Sippe sich in Haufen sammelten. Ihm war es momentan nicht klar, wel-che Kraft sie dazu zwang. Alles erläuterte sich in wenigen Sekunden, indem das gebildete kugelförmige Aggregat über die „armen" Keime Escherichia coli herfiel. Dieses kurze Schauspiel gefiel ihm so innig, dass er seine Erforschung möglichst bald weiterführen wollte. So gelang es ihm in einigen Tagen sogar die Szene des aufrichtigen Kannibalismus zu verfolgen.

„Wie konnte es zustande kommen", dachte sich der überraschende Betrachter, „dass die Lebewesen, die ich zu meinem Stamm zählte, einerseits sich ohne Zögerung zu opfern bereit sind, und andererseits ihre gleichartigen grausam fressen. Welches Vorgehen von diesen beiden ist für sie typisch?"
Auf jeden Fall wurde seine Laune enorm verdüstert.
Und noch eine neue Fähigkeit konnte Clero in jüngster Zeit bei sich entdecken, die eng mit gemeinsamer Tätigkeit mit seinen Artgenossen verbunden worden war. Dabei stellte es sich heraus, dass er auch einen verborgenen Sinn besaß, über die Hoffnungen der anderen zu ahnen. Clero konnte sich darüber nicht Rechenschaft ablegen, wie es passieren konnte. Allerdings konnte er nicht daran zweifeln. Eher gab es eine Vielfalt der eigenartigen chemischen Substanzen, die dafür zuständig sein sollten.
„Wir, die Darmbakterien aus dem günstigsten Gebiet der Welt", kapierte sich Clero durch Anschauung, „wissen im Voraus den Moment, wann eine Vereinigung unersetzlich sein sollte. Nur solche spontane Kooperation zeigt uns den Rettungsweg. Der Grund dafür ist mit den Eigenschaften des vergrößerten Systems verknüpft. Praktisch gesehen wird solch Aggregat imstande sein, sich ein haarförmiges Anhängsel, den Pilus, aufzubauen. Und nicht nur das, sondern auch ihn zu verlängern oder zu verkürzen, anlässlich des Bedarfs, sich auf große Strecke zu bewegen oder umgekehrt, sich absolut unbeweglich zu machen. Die letzte Qualität darf man auf keinen Fall als Übermaß halten. Im Gegenteil wird es unter einigen Umständen vorteilhaft, zum Beispiel, wenn solche Unbeweglichkeit für die Anreicherung der kostbaren Nährstoffe durch die vorbeifließenden Ströme sorgen. Eine Auswahl der Strategie sollte man auch zur Einsicht der Artgenossen Clero zählen.

Eine vergängliche Begegnung mit seinen Freunden namens Ferches während des gemeinsamen Aufenthalts in der Bakterienversammlung war ausreichend für Clero, damit das Prinzip des Gesundheitsbewahrung ergriffen werden konnte. Es schien dem Vertreter der Darmbakterienfamilie selbstverständlich zu sein, dass die Erbschatzgröße, die im Falle seiner Art einen erheblichen Wert erreicht habe, ganz genug sein sollte, um die unbekannten Schutzmechanismen zu entwickeln und die gesamte Biozönose zu retten.

Ungeachtet dessen, dass Gerch von Anfang an Clero sehr sympathisch war, versteckte sich hinter seinem Äußeren noch eine Eigenart, die Clero sehr hochschätzte: Er sprach nie in Rätzeln oder mit Anspielungen. Im Gegenteil nutzte er in seiner Sprache genau das, was er meinte. So erzählte er einfach wie sich unsere Artgenossen im Darm wohltätig verhalten. Außerdem stellte er seinem Freund die feinen Mechanismen der Adaption unserer Genossen zu Umweltbedingungen. Von seiner Erklärung konnte Clero problemlos weiterleiten wie aus den lebensnotwendigen Funktionen die offensichtigen Arzneien oder sogar die Substanzen des Immunsystems produziert werden konnten. Von dieser Denkweise an schien Clero unkompliziert die konkreten biochemischen Prozesse vorzustellen, die möglicherweise darin stattfanden. Die andere Seite des Geschehens betraf die Angelegenheit der Sprache, wo Clero schon mehrere „Buchstaben des Alphabets“ erkennen konnte. In der Tat waren diese zahlreichen Signalzeichen auffallend genug, damit der Kluge vorbeizugehen vermochte. Diese geistige Übung machte Clero ausreichend fit für den nächsten Schritt. Der Letzte bestand darin, den Mumm zu sammeln und den Modellen noch nichtexistierenden Lebewesen konstruieren zu versuchen.
„Es war eine Glückseligkeit pur“, erinnerte sich der Überzeugende einige Zeit danach, als er eine klare Bestätigung seiner Aufwallung bekam, „die mir das künftige Leben erhellen sollte“.

Allmählich verwandelt sich Clero in einen „patriotischen Vertreter“ seiner eigenen Sippe. Obwohl Eigenlob sich zu negativen Verhaltensarten zählte, schämte er nicht solcher Beschuldigung. Denn seine Mitlebewesen unterschieden sich drastisch von den Darmbakterien aus anderen Gebieten dieses Fachs.

Warum sollte er etwas aus falscher Bescheidenheit verheimlichen lassen. Nein, so einfältig war er sicher nicht.
„Ich bin ein überzeugender Idealist“, kam es plötzlich Clero im Sinn, „weil ich mich vollkommen auf einem Gedanken zu konzentrieren suche. Gleichzeitig sind meine nahen und weitentfernten Verwandten geistreich genug, und zwar so, dass sie große Weisheiten besaßen.
„Unsere Signalsprache, die auf den Zwischenzellen Zeichenübertragung gegründet wurde, ist vervollkommnend organisiert und wir können daran nicht zweifeln. Selbstverständlich wäre ich ja nicht in der Lage, über eine kosmische Reise zwischen gigantisch entfernten voneinander Welten nachzudenken. Doch habe ich von meinen jungen Zeiten bestürzt, dass es irgendwelcher Ersatz solcher fantastischen Mission vorhanden sein sollte, der sie ganz realistisch machte. Nach meiner Vorstellung konnte es ein riesiges Netzwerk sein, das wie eine geistige Verbindung fungierte. In der Tat kann ein Gedanke sehr schnell solche schwervorstellbare Strecke überwinden. Diese bahnbrechende Denkweise sorgte dafür, dass es im Erbschatz Clero ungewöhnliche biochemischen und genetischen Vorgänge zu funktionieren begonnen, die in wenigen Minuten zu parapsychologischen Folgen führen sollten. Alltäglich gesehen konnte man eine echte Ähnlichkeit mit der kosmischen Telepathie Verspüren, die auch auf dem planetaren Niveau existieren konnte. Ob es von Erbschatz-Abzweigungen oder anderen kleinen Strukturen verursacht worden war, oder ob darin andere Mechanismen herrschten, wusste der Kluge im Augenblick nicht. Aber er brauchte diese Kenntnisse kaum, um seine Idee zu verteidigen. Sie war hinlänglich und wunderbar von selbst.

Welche Grundlage konnte große Tiere von Bakterien unterscheiden und was passierte während dieser tiefsinnigen Gedankenfolge Cleros bei uns, Menschen? Eher konnte man diese Verlegenheitkurz mit folgenden Worten ausdrücken: Alle Räumen unseres Planeten, sei es im Boden, in Gewässern oder auf und in unseren Körpern, wurden überall mit Mikroben besetzt. Sogar der „Keller“ Erde, kilometertief in ihrer Kruste, beherbergte mikrobielle Bewohner. Man war gewöhnlich zu beschäftigt, damit er ständig über diese winzigen Organismen nachzudenken vermag. Doch dieser Umstand verringerte deren riesige Bedeutung für unser Schicksal auf keinen Fall. Im Gegenteil würde unser

Leben ohne sie zweifellos nicht mehr so märchenhaft funktionieren, wie wir es zu genießen suchen. Denn Mikroorganismen spielen eine entscheidende Rolle für die Ökosysteme und auch für unsere Gesundheit.

Ein Beispiel für die Ausnutzung negativer Konnotationen liefert das fachsprachliche Bakterium, das gewöhnlich mit Genus Wechsel häufig als die Bakterie erscheint. Bakterien sind in der Biologie stäbchenförmige Einzeller, die in der Natur vielerlei lebenswichtige Aufgaben erfüllen. Sie erregen keineswegs nur Krankheiten, sondern sind auch im gesunden menschlichen Körper, z.B. in der Mund- und Darmflora, unentbehrlich. Zahllose und wertvolle Nahrungsmittel, z.B. Milchprodukte wie Käse usw., kämen ohne Bakterien nicht zustande. In weiten Kreisen der Sprachgemeinschaft ist aber das Wort emotional negativ besetzt, vielleicht nur noch übertroffen von den Ausdrücken des Bazillus und Virus, was sprachlich bewusst wird. Ernst nicht zu unterschätzen ist dabei der Umstand, dass menschliche Verhältnisse (im Unterschied zu mikrobiellen) weit viel stärker gefühlsmäßig verfärbt sind. Ob dabei bei den Kleinen etwas Ähnliches der religiösen Empfindungen der Menschen gibt, bleibt aber strittig. Eine Gegenüberstellung der kosmischen Maßstäben im Begreifen, dass ein menschliches Wesen selbst für die Mikroben mit tausenden Galaxien vergleichbar wird. Mit dieser angemessenen Vorstellung wird es sehr wichtig, ob man über seine eigene Gefühle oder über eine Empathie verfügt. Bei den vernünftigen Einzelligen entsteht solche Unterscheidung nie, indem die Fähigkeit, sich in Einstellung anderer einzufühlen vorherrscht. Solche würdige Verhaltensweise wurde für die sozialen mikrobiellen Gemeinschaften so selbstverständlich, dass sie keine andere vorzustellen vermochten.

Allein die Genanalyse gab Aufschluss über soziale Gene, war zuerst vor einem Jahrzehnt vorgeschlagen worden war. Eine fortreißende Forschungsrichtung hat ein internationales Team unter der Leitung von Professor Eshel Ben-Jacob von der Universität Tel Aviv unternommen. Sein Ziel war es, das Genom von Paenibacillus vortex zu entschlüsselt und dabei gezielt nach Genen zu suchen, die das Sozialverhalten des Bakteriums zu steuern vermochten. Dieses Paenibacillus vortex war eine besondere Art des modelartigen Bakteriums, dessen Entdeckung auch mit dem Namen Ben Jacob verbunden worden war.

Es stellte ein sozialer Mikroorganismus vor, der nicht nur ungewöhnlich mitteilbar wurde, sondern auch eigenartige Kolonien mit komplexer und dynamischer Architektur errichten konnte. Auf diesen Grund konnte man ihn in Gemeinschaften mit anderen Mikroben finden, z.B. in der Nähe von Pflanzenwurzeln im Boden, deren Umgebung für ihn verlockend zu sein schien.

Ausgehend von der Anzahl der Gene, die einerseits der Verarbeitung von Umweltinformationen dienten und andererseits der Kommunikation mit der Außenwelt, entwickelten die Forscher eine Skala zur Bewertung des „sozialen IQ" von Mikroben. Diese Skala nutzten sie, um die sozialen Fähigkeiten von 500 Bakterienarten zu vergleichen. Dabei stellte es sich das Folgende heraus.

Diese Gattung habe den höchsten sozialen IQ aller 500 sequenzierten Bakterienarten. Ihre Werte lagen um mehr als die dreifache Standardabweichung über denen des Durchschnitts. Zum Vergleich:
Zu den Menschen mit einem IQ der dreifachen Standardabweichung über Durchschnitt gehören Genies wie Albert Einstein, Stephen Hawking oder Richard Dawkins. Alltägliche Krankheitserreger wie beispielsweise das Tuberkelbazillus erwiesen sich dagegen als nur mittelmäßig sozial begabt:
Ihr sozialer IQ erreichte gerade einmal den Durchschnitt.

Die Ergebnisse zeigten, dass längst nicht alle Bakterien die einfachen, solitären Organismen sind, als die sie gerne betrachtet werden. Im Verband können sie als hochsoziale, fortgeschrittene Lebewesen agieren. Nach der Überzeugung von Ben-Jacob selbst, konnten Bakterien im Unterschied zur verbreiteten Meinung unsere schlimmsten Feinde, sondern auch unsere besten Freunde sein. Um ihre Fähigkeiten besser ausnutzen zu können und pathogene Bakterien auszutricksen, müssten wir zuerst ihre soziale Intelligenz erkennen.

In den genannten sozialen Fähigkeiten der Einzeller sahen mehrere Kollegen Ben-Jacobs eine Chance, mit den Mikroben wie mit vernünftigen Organismen umzugehen. Außerdem ließ die genannte hervorragende Studie drei grundlegende Schlussfolgerungen ziehen:

Zu einem zeigte sie, wie „schlau“ Bakterien wirklich sein können eine schlaue Sichtweise, die sich gerade erst in der Wissenschaftlergemeinde durchzusetzen beginnt. Als die zweite demonstrierte sie eingehend, wie Bakterien zusammenarbeiten, um zu kommunizieren und zu wachsen. Und als die dritte weisen die Erkenntnisse auf einige potenziell vielversprechende Anwendungen in Medizin und Landwirtschaft hin. Dank der sozialen Fähigkeiten des Bakterienstamms konnte er von Forscher weltweit genutzt werden, um die soziale Intelligenz der Bakterien weiter zu untersuchen. Wenn man kapiert, wie einsichtig sie wirklich sind, wird er nicht mehr weit davon entfernt, sie als biotechnologische Fabriken zu nutzen und sie optimal in der Landwirtschaft ein zu setzen.

Nun war ein besonderes Wurzel-Mikrobiom an der Reihe. Diese Begier erregende Gemeinschaft (auch Rhisosphere-Mikrobiom genannt) erweist eine zuvor unbekannte Zusammenexistenz der Mikroben, die eng mit den Pflanzenwurzeln verbunden sind. Sie besitzt eine Vielfalt an Kohlenhydraten, Eiweiße und andere Nährkomponenten, was für das Wohlbefinden der Kleinsten sorgen sollte. Eine günstige Zusammenstellung von Bakterien, Pilzen und Archaeen macht diese Gemeinde für lange Zeit stark und widerstandfähig. Gemeinsam wirken sie wohltuend auf die Pflanzen ein. Außerdem vernichten sie bewusst gefährliche Bakterien, Pilze und Viren, die eine unerwünschte Infektion auslösen könnten.

Die nächste Frage, die mehrere Mediziner seit Jahrzehnten beschäftigte hörte ziemlich unerwartet an: Kann die Verfettung ansteckend sein?
Die Welt Gesundheitsorganisation (WHO) warnte schon längst vor, dass die Verfettung zur größten Pandemie des 21 Jahrhunderts werden könnte.
Doch schon heute traf die Zahl von Menschen mit diesem Leiden solche mit Dystrophie (zu ersten Mal in der Geschichte der Menschheit) über. Den ersten Platz bleibt, wie bei allen anderen großen Errungenschaften der Welt bei den USA, wo die Zahl der dicken fast die Hälfte der Bevölkerung erreichte. Dabei quält sich jeder Dritte durch den Havarie Zustand mehreren Organen und Systemen. In diesen „Rennen“ sind europäische Länder immer näher zu deren großen westlichen Bruder. Aber auch in den Entwicklungsstaaten wächst diese

unangenehme Tendenz immer schneller. Die ärztlichen Vereine sehen die Ursache dieser unerwünschten Tatsache vor allem in einer falschen Ernährung, wo der Verzehr von tierischen Fetten und Kohlenhydraten zu viel sein sollte. Sie schließen den Einfluss der vererbten Faktoren sowie die hormonale Probleme nicht aus. Die jüngste Zeit neigen viele Fachleute dazu, darin eine Viruserkrankung zu verdächtigen. Denn einige Merkmale geben den wägbaren Anlass dazu.
Erst entstand diese unerwartete Hypothese in Indien, wo der Tierarzt S. Ginciya bei Hühnern eine Erkrankung beobachtete, die in Massen an starker Vergrößerung der Leber und Nieren starben. Diese innere Organe unterschieden sich von den ungewöhnlichen Fettablagerungen, so dass sie deutlich weiß verfärbt wurden. Der Arzt entdeckte außerdem die Anwesenheit in den Tierleichen des Adenovirus SMAM-1. Die folgende Untersuchungen ließen beweisen, dass es insgesamt fünf Viren gab, die zu ähnlichen Ergebnissen führen konnten. Sein Kollege N.V. Dhurandhar, der seit langem mit der Verfettung bei den Menschen beschäftigt war, wollte sofort überprüfen, ob der gleiche Infekt in humanen Subjekten ähnliche Wirkung auslösen könnte. Zu seinem Erstaunen entdeckte auch Dhurandhar diesen Erreger bei der Blutanalysen seiner korpulenten Patienten. So stellte es sich heraus, dass über 20% von ihnen die Antikörper zu SMAM-1 besaßen. Diese Gelegenheit sorgte dafür, dass er die Entscheidung traf, sich die Gruppe einer leitenden Fachmann USA im Bereich der Behandlung adipösen Patienten Dr. Richard Atkinson anzuschließen.

Zusammen begannen sie im Jahre 1997 die Erforschung des Adenovirus AD36, der üblicherweise Atemwege schaden sollten und für Grippeviren typisch waren. Nach der Erfahrung von Dhurandhar nutzen sie in ihren Laborversuchen Hühner, die nach der Infizierung mit AD36 sehr bald dicker geworden waren. Der gleiche Effekt fand mit den Mäusen statt. Der nächste Schritt bezog auf übergewichtige Menschen, über 30% von denen Antikörper zu diesem Virus in Blut haben. So wurde es bewiesen, dass der Virus die Entstehung der neuen Fettzellen anregte. Darauf betätigten sich die beiden damit, die weiteren Viren aufzudecken, die die Verfettung zu veranlassen vermochten sowie die verlässige Vakzine dagegen zu erfinden. Eine riesige Bedeutung solcher wissenschaftlichen Richtung konnten man wegen der aktuellen Sachlage bestätig-

en, weil die Zahl der fettleibigen Menschen weltweit inzwischen fast eine Milliarde erreich habe. Unglücklicherweise mischte sich vor kurzem eine mächtige Ethikkommission der WHO ein, die in den Studien an Menschen einen Verstoß gegen menschliche Rechte feststellte. Nach ihrer Auffassung gab es etwas Amoralisches, wenn ein human being sogar zugunsten der ganzen Menschheit mit Viren experimentiert werden sollte. Zugleich erkannte viele renommierte Mediziner, dass die Liste der Viren, die mit der Fettansammlung verknüpft worden waren, sich enorm vergrößerte. Merkwürdig dabei war der Umstand, dass die Mehrheit der Superkleinsten zur Gattung Adenoviren gehörten. Sie alle wurden hoch ansteckend und waren von Individuum zu anderen mittels Luft-Tröpfchen Dispersionen übertragen. Die ersten Konsequenzen solcher Ansteckung waren die Entzündungen der höheren Atmungswege oder der Augen-Konjunktiva. Eine verräterische Funktion der genannten Viren besteht darin, dass sie unter anderem die Esslust stark steigern lässt. Darüber hinaus passiert es bei der vollen Apathie zur physischen Aktivität und Sportübungen. So verliert der Betroffene alle Bewegungstriebe außer Ernährungszweck.
Eine nachdrückliche Fortsetzung der Bekanntmachung mit Ad-36 zeigte, dass er ein bestimmtes Eiweiß (E4orf1) produzierte, das sich auf ein Rezeptor einwirkt, der für die Glucose-Aneignung verantwortlich sein sollte. Die Änderungen in dessen Funktion beeinflussen das Insulinniveau. Schließlich kann es zu Hyperglykämie führen, wenn der Glucose-Gehalt ausschlug. Ihrerseits fördern die Schwankungen der Glucose-Konzentration im Blut eine Entwicklung die Fettleibigkeit von Patienten. Außerdem verstärkt der Virus die Erzeugung der Schlüsselenzyme, die die Fettbildung begünstigen.

Wie schon erwähnt wurde besaßen menschliche Adenoviren (HAdV) gewisse Merkmale, die sie von tierischen Varianten unterscheiden sollten. Aus diesen Grund zählt man sie zur Gattung Mastadenoviren. Sieben der 45 Arten können bei Menschen Erkrankungen auslösen. Erst im Jahre 1953 waren sie von Wallace P. Rowe als Krankheitserreger nachgewiesen und aus menschlichen Rachenmandeln (Adenoiden) isoliert. In einer Kultur der adenoiden Gewebe (das heißt in Abwesenheit der Immunzellen) verursachten sie nekrotische (tödliche) Veränderungen. Wissenschaftlich nennt man sie unbehüllte doppelsträngigen, linearen DNA-Viren (dsDNA). Zu ihren Eigenschafften gehört eine hohe Stabilität gegenüber chemischen und physikalischen Einwirkungen. So dulden sie extreme pH-Werte und alkoholische Desinfektionsmittel. Hingegen inaktivieren sie ein zehnminütiges Erwärmen auf 56 °C vollständig.

Ein Exkurs in die Geschichte

Seit der Erfindung des Mikroskops durch van Leeuwenhoek wurde es klargeworden, dass neben unserer sichtbaren Welt ein riesiges Universum existiert, das in keinen Heiligen Texten irgendwann erwähnt worden war.
Nun kennt jeder Grundschüler etwas über die Krankheitserreger Amöben (zum Beispiel Amöbenruhr), Einzeller der Klasse der Wurzelfüßer, über kleinsten Lebewesen Bakterien, die bei meisten Menschen eine Angst von der Ansteckungsgefahr hervorrufen oder über Hefen, die ganz im Gegenteil mit gewissen angenehmen Gedanken von Bäckerei oder Brauerei verbunden sind. Andererseits sind Hefe einzellige Pilze, die auch bestimmte schwere Erkrankungen verursachen können. Die Kunst und Technik der Mikroskopie wurden seit letzten Jahrzehnten so beträchtlich fortgeschritten, dass wir übers Leben im obengenannten Universum viel mehr zu wissen vermögen. So wurde es bekannt geworden, dass es nicht nur zwischen den Vertreter einer Art, sondern auch zwischen unterschiedlichen Gattungen Mikroorganismen eine Kommunikation oder sogar Mitwirkung gibt, die für das Überleben der einzelnen Formen und der ganzen Gemeinschaft unentbehrlich sein sollte. Es wurde dabei vorgestellt worden, diese Gemeinschaft wie ein neuronales Netz zu betrachten.

Wenn man diese winzigen Maßstäbe mit unserer Welt vergleichen wollte, konnte eine Petrischale mit mehreren Milliarden Bakterien ein anpassendes Modell der globalen Weltbevölkerung darstellen. Einzelne Bakteriengattungen unterscheiden sich voneinander enorm, indem einige von ihnen leuchten oder sogar bläulich schimmern, was bei den dichterisch gelaunten Beobachtern etwa an die neonbeleuchteten Straßen erinnert. In anderen Teilen dieser „Welt“ könnten sie auch gewisse theatralische Szene anschauen, wo die Bewohner anscheinend einen heimlichen Befehl des Machthabers bekamen und begannen, sofort die bizarren Fortsätze auszubilden, um sich zu einer Art Floß zu verflochten. Noch vor einigen Jahrzehnten sahen Mikrobiologen hinter den Dachgläsern die Wirkungen einzelnen Organismen, die ihnen ziemlich selbstsüchtig und eigennützig schienen. Nun erkannten die Forscher darin ein heftiges gesellschaftliches Leben, wo nicht nur „Friedensabkommen“, sondern echte Kriege vonstattengehen können. Doch die Zusammenarbeit bleibt immer präsent. Momentan ist aber noch nicht klar, ob dabei genetische oder umweltbedingte Faktoren die führende Rolle spielen. Klar ist nur, dass alle ihre Verhaltensweise auf einem hoch entwickelten Niveau stattfinden. Es gibt sicher eine tiefe Verständigung zwischen einzelnen Lebewesen, die mithilfe einer nicht einfachen Sprache realisierbar wird. Wenn wir hochmütig unsere Sprache abzuschätzen suchen, kapieren die Sachkundigen aus dem Bereich der Mikrobiologie, dass auch die Sprache der Bakterien hochintelligent sein sollte. Sie nutzen wahrscheinlich die so genannte chemische Sprache, im Sinne, dass sie einen breiten Satz von chemischen Verbindungen besitzen. Jede davon dient für eine konkrete Botschaft, die eindeutig bei allen Mitgliedern der „Gesellschaft“ verstanden werden sollte. So können sie ihre Verbündete aussuchen sowie Fremden von Feinden unterscheiden. Sie unternehmen eine Abwehr oder einen Angriff auf den feindlichen Nachbar. Soziale Verhältnisse unter die Kleinsten sind auf keinen Fall nur bildlich zu kapieren. Sie teilen tatsächlich ihre Funktionen zwischen unterschiedlichen Mitgliedern der Gemeinschaft. Diese Aufgaben gehen weit über die einfachen physiologischen Vorgänge und können auch die Überlebensfrage der gesamten Population betreffen. So passiert es, wie es schon erwähnt worden war, bei der Gefahr der Hungernot, wenn eine Reihe der „Heldentaten“ ausgelöst werden konnte, in dem die geistigen Forscher einen Akt der fast religiösen Selbstopferung zu sehen wussten.

Linguistiker schrieben der Sprache der Bakterien sogar alle notwendigen Bestandteile der menschlichen Sprache zu, einschließlich Syntax und Zeichensetzung. Sicher brauchen solche kühnen Äußerungen eine Menge des Beweismaterials, den man sich heute noch nicht leisten kann. Unter Biologen und Chemiker gibt es noch viele Zweifler, die angeblich selbst nicht imstande waren, etwas Ähnliches zu beobachten. Vielleicht pflegten sie ihre bakteriellen Kulturen in dauerhaften Mischbecher, was sich stark von den natürlichen Lebensbedingungen der Bakterien unterscheidet. Das heißt, die Bakterien sollen bei diesen Experimenten unter enormem Stress leiden. Viel bequemer befinden sich Bakterien in großen Kolonien, wo sich eine Lebensgemeinschaft mehrerer Gattungen verwirklicht. Solche bakteriellen Gemeinden entstehen überwiegend auf unterschiedliche Oberflächen, sei es menschliche Haut oder tierischer Balg, deren inneren Oberflächen oder Oberflächen von Rohren, Wasserbehälter oder Schiffsrümpfen. Andere Lieblingsstelle wird mit verschiedenen Krümmungen und Windungen sowie Kavernen verbunden. Richtige Beispiele dafür Magen-Darm-Trakt oder ein Loch im Zahn. Dort fühlen sich wohl Milliarden Bakterienzellen. Denn die wichtigsten Parameter (Temperatur, Feuchtigkeit und Nahrungsüberschuss) entsprechen perfekt ihren Lebensbedürfnissen und Vermehrung. Die gesamte Bakterienzahl, die die führenden Fachmänner der Welt auf dem Niveau des Hundert Trillionen abschätzen, trifft die Gesamtzahl aller Zellen menschlichen Organismus ca. hundertmal über.

Physiologisch bedeutet es, dass bei einer feindlichen Natur der kleinsten Wesen sie eine riesige Chance haben sollten, ihren mächtigen Wirt zu töten. Weil es aber grundsätzlich nicht passiert, sollen wir eine vernünftige Schlussfolgerung ziehen, dass sie uns gegenüber im Großen und Ganzen freundlich sind. Nicht stichhaltig zeigt sich auch der Gedanke, dass unsere Abwehrkräfte vermeintlich extrem leistungsfähig sind, um diese Überfluss an Bakterien zu bekämpfen. Denn sonst sollten diese Kräfte alle Bakterien oder ihren Hauptanteil erfolgreich vernichten. In der Tat passiert es aber nicht. Aus diesem Grund wäre es sinnvoll zu vermuten, dass unsere kleinen Begleiter sich in Laufe der sehr langen Evolution so mutieren ließen, dass sie sich mit unserem Organismus in Einklang bringen ließen. Praktisch gesehen bedeutete es z.B., dass sie sich unserer beliebten Nahrung so anpassen sollten, dass die Endprodukte bakterieller Verdauung in gesundheitsfördernden biochemischen Verbindungen verwandelt werden.

Heute können wir sicher behaupten, dass diese komplizierte Aufgabe von unseren kleinsten Freunden erfolgreich erfüllt worden war. So fanden Biochemiker heraus, dass unter allen Substanzen, die unsere Darmbakterien synthetisierten, sogar bestimmte heilmittelähnliche Stoffe vorhanden waren, die für mehrere innere Organe unseres Körpers sowie für die Haut heilkräftig sein sollten. Wenn man einen physiologischen Vergleich zwischen unseren eigenen

Zellen und deren der Bakterien gemacht habe, stellte es sich erstaunlicherweise heraus, dass die Ersten nicht immer die Besten waren. Bakterien brauchten unbedingt ein ausgewogenes Nahrungsmittel, inklusiv Vitamine und Mineralien, um alle uns benötigten Bestandteile unserer Körperzellen zu produzieren.

Unter solchen günstigen Bedingungen schaffen sie ihre tagtäglichen organischen Materialien wie bei den Fließbandverfahren. Wenn den Forscher solche eigenartige Tätigkeit dieser kleinen Lebewesen bekannt worden wurde, versanken sie in Nachdenken. Es bedeutete, dass wir Menschen, anstatt diese winzigen Bewohner zu bekämpfen, für einen Paradigmenwechsel sorgen sollten. Das heißt, wir müssen unsere Lebensweise dem Essen gegenüber radikal ändern, indem wir vor allem das Leben der fleißigen und klugen „Darmbevölkerung“ erleichtern und optimieren lassen. Das Gleiche stimmt wahrscheinlich auch für die Arzneimittel. Da die wichtigste Funktion des Darmes die Verdauung des Lebensmittels ist, sollen wir sorgfältig um alles kümmern, was uns mit der Speise in Mund kommt.

Ein vernünftiger Essenstil war schon längst ein Thema der heftigen Diskussionen. Seit langem wussten Menschen, dass unser Schonkost Eiweiße, Fette und Kohlenhydrate enthalten sollte. Später wurde diese Triade mit den Vitaminen und Mikroelementen ergänzt. Es war aber immer noch nicht klar, ob alle diese Komponenten ausreichend wären, um sich wohl und glücklich zu fühlen. Im vorigen Jahrhundert erinnerten sich einige Ernährungsforscher daran, dass ein berühmter russischer Biologe und Medizinnobelpreisträger Ilja Metschnikow schon vor hundert Jahren eine Theorie der Alterung entwickelt hatte, die als die Ursache dieses Prozesses Entzündungsvorgänge in Betracht zu ziehen versuchte. Diese Entzündungen sollten nach seiner Auffassung durch Infektionen hervorrufen werden. Nach einem Bulgarienbesuch, wo unter Bauern viele hoch betagte lebten (die zugleich alle Joghurt tranken, also Sauermilch, die mit Lactobacillus bulgaricus gegärt worden war), stellte er das Joghurt als ein Gegengift vor. Es war bemerkenswert, dass er vom Kindheit an so kränklich war, dass die Ärzte ihm kein langes Leben versprechen ließen. Nach diesem Besuch begann er selbst, täglich das Joghurt zu trinken, was nach seiner Sicht für die Verlängerung seines irdischen Wegs bis zu 71 Jahre sorgte. Met-

schnikow untersuchte diese Bakterien selbst und kam zum Schluss, dass diese heilsamen Bakterien, die er Probiotik (aus dem Lateinisch „fürs Leben“) nannte, imstande sind, das Altern und damit den Tod herauszuzögern. Er erklärte diesen Mechanismus im Sinne, dass das Probiotik die schädlichen Bakterien verdrängen sollte, was der Lebensverlängerung diente. Und jetzt nach über hundert Jahren wollten seine Anhänger, seine wissenschaftlichen Ideen mit modernen Methoden überprüfen lassen. Eine moderne Ernährungsforschung fand überzeugend heraus, dass die lebendigen Zellen sowie die ganzen Organismen während deren Wachstum, Entwicklung und Vermehrung gewisse nahrhaften Substanzen benötigen und ihr Mangel sowohl auf einem zellulären als auch auf körperlichen Niveau zu schweren pathologischen Änderungen führen könnte. Wenn man diese Begleiterscheinung mit der Weltübervölkerung vergleicht, stellte es sich heraus, dass den großen Fehlschlägen bei der Welternährung eine globale Katastrophe zu verursachen droht.
Mit anderen Worten, wenn man den Mangel an notwendigen Essensbestandteilen mit dem Überfluss an kalorienreichen Produkten auszugleichen versucht, sollte die Gesundheit der Bevölkerung erhebliche Schaden erleben. Auf diesen Grund spricht man heutzutage immer öfter über die funktionelle Ernährung. Man kann dabei bemerken, dass diese Nahrungsart äußerlich sehr ähnlich den traditionellen Formen sein sollte, nur mit einem Unterschied, dass die Erste einen deutlichen physiologischen Vorteil habe und zwar, sie verringert das Risiko der chronischen Erkrankungen. Es bedeutet, dass die traditionelle Nahrung viel mehr Kalorien und Nährstoffen mitbringen kann, als es aktuell benötigt wird. Eine funktionelle Speise beinhaltet ihre gesundheitsfördernden Zutaten und verlangt keine zusätzliche Ergänzungen oder Medikamenten. Das Prinzip der Funktionalität vermutet eine aufklärungsbringende Kenntnis der wissenschaftlichen Grundlagen, die das Nutzen aller Nahrungskomponenten bestätigen sollte. Ein bewusstvoller Gebrauch aller Inhaltsstoffe bringt mehrere neuronale Verbindungen in Gang, die für die entsprechenden physiologischen Reaktionen notwendig sind. Außerdem erhöht er die Funktionalität selbst sowie vermindert das Risiko der Erkrankung. Eine Funktionalitätszugabe bedeutet eine Ergänzung der Nahrung mit den zusätzlichen Zutaten, die für die neuen Fähigkeiten der Speise sorgen sollten. So war es vor hundert Jahren die Süßigkeit, gewöhnlich Zucker, die einerseits für den angenehmen Geschmack

und andererseits für die Erhöhung des Nährwerts zuständig. Es entsprach vollständig dem Leitgedanken der gesunden Ernährung. Deshalb verkaufte man die Süßigkeiten wohlgemeint in Apotheke. Jahrzehnte später pflegte die Lebensmittelindustrie diese Süßigkeitsfunktionalität mit angeblich gesundheitsfördernden künstlichen Stoffen zu ersetzen, die keine gefährlichen Eigenschaften des Zuckers besaßen.

Am Ende des vorigen Jahrhunderts kümmerten sich schon viele Fachleute der Lebensmittelproduktion um den Fettstoffwechsel sowie um die Darmgesundheit, wo das Hauptproblem eine Cholesterinsenkung war. Um diese Aufgabe zu erfüllen, wendeten sie sich an Metschnikows Probiotik, das heißt lebendige Bakterien, die nicht nur den Darm vor schädlichen Mikroben zu schützen versprochen, sondern effizient die eigenen Körperkräfte sowie Darmgeweben bei der Verdauung und Muskelzusammenziehen anregen sollten. Gleichzeitig schlug man einen neuen Begriff „Präbiotika“, den man für nicht verdaubare Lebensmittelbestandteile gebrauchte, die ihren Wirt günstig beeinflussen. Als Präbiotika wendet man häufig bestimmte Kohlenhydrate an, die durch eine gezielte Gärung das Wachstum und/oder die Aktivität einer oder mehrerer Bakterienarten im Darm anregen und somit die Gesundheit des Wirts verbessern.

Viele Verbraucher sahen tatsächliche Vorteile dieser Neuigkeit an ihrem eigenen Körper und durch die Besserung ihrer Stimmung. Eine objektive Bestätigung erwies sich bei der Cholesterinspiegelsenkung im Blut, was einen wesentlichen Betrag zur Verbeugung der tödlichen Herz- und Kreislauferkrankungen liefern sollte. Vor allem stieg den Verbrauch von Hafer- und Gerstenerzeugnissen und Pflanzenöl sowie β-Glukanzutaten aus diesen beiden Getreide. So wurden cholesterinsenkende Bestandteile der Lebensmittel zu einer wichtigen Funktionalität geworden. Arterielle Krankheiten, vor allem die der Kranzgefäße des Herzens, erweisen ein großes Problem der Gegenwart, der sogenannten Wohlfahrtgesellschaft. Schon im 19. Jh. war Cholesterin in Arteriosklerosenplättchen herausgefunden. Sie sollten unbedingt einen bemerkenswerten Einfluss auf die Herzfunktionen haben. Es war aber allein eine ärztliche Vermutung, die nur im 20. Jh. zu beweisen gelang. Sie nahmen einen festen Platz als die Todesursache Nummer eins bei Frauen und Männern.

Heute weiß jede Krankenschwester Bescheid, dass der Blutcholesterinspiegel ein deutliches Kennzeichen des Vorkommens der Krankheit ist. Eine unmittelbare Verknüpfung zwischen Blutcholesterin und Cholesterin und sättigen Fettsäuren in Speisen war erstmal im Jahre 1950 herausgefunden. Es war eine wichtige Entdeckung, die das Verständnis der gesunden Ernährung stark veränderte. Ein cholesterinreiches Essen verlor immer wieder an Wert und auch die Hühnereier, wo man einen hohen Cholesteringehalt bestimmte, war viel weniger beliebt bei der Bevölkerung. In westlichen Ländern verzehrten Menschen auch die Butter ungern. Sie bevorzugten stattdessen die Margarine mit einem hohen Gehalt an mehrfach nicht sättigen Fettsäuren, die gesundheitsfreundlich gestuft worden war. Ähnlicherweise wuchs der Konsum der Haferflocken, deren Fasern den Cholesterinblutspiegel zu senken vermögen. Nach heutiger Sicht der Wissenschaft ist der gesunde Darmzustand eine der wichtigsten Voraussetzungen des Wohlfühlens. Leider ist es weit nicht immer der Fall. Viel häufiger leiden mehrere Menschen an Verdauungsstörungen, die infolge nichtrichtiger Ernährung entstehen sollten. In solchen Fällen bekommen pathogene Bakterien eine Vorrangstellung, um sich intensiv zu vermehren.

Man kann sich dagegen medizinisch behandeln lassen. Sonst bleibt die funktionelle Speise die einzelne Möglichkeit, den kranken Darm zu heilen. In Traditionen vieler Völker besitzt die Gärungskost eine wertvolle Stelle.
Es handelt sich dabei um Sauermilcherzeugnissen, Sauerkraut, -gurken und verschiedenen Arten von Soja und anderen natürlichen Produkten der Gärung. Wissenschaftliche Studien zeigten, dass alle diese Erzeugnisse in der Lage sind, ihre Funktionalität dem Cholesterin sowie den darmschädlichen Bakterien gegenüber an den Tag zu legen. Im Großen und Ganzen entfalten sich eine darmheilende Wirkung und die Substanzen der funktionellen Nahrung zusammen. Der Schutz der Darmschleimhaut als eine reelle Funktionalität wird nicht durch einzelne Molekülen, sondern durch lebendige Bakterien und Produkte deren Stoffwechsel bestimmt. Die folgende Entwicklung der probiotischen Funktionalität sollte aufgrund einer Mitwirkung den unterschiedlichen bakteriellen Stämmen stattfinden. Es gibt dabei ziemlich harte Bedingungen, die diese Bakterienarten zu erdulden fähig sein sollten. So müssen sie in Magensäure

sowie unter hohen Konzentrationen der Speisebrei lebensfähig bleiben, Alkalinität der Galle ertragen, auf der Darmoberfläche festhalten und deren pathogene Bakterien erfolgreich bekämpfen. Um einen richtigen Bewerber herauszusuchen, der alle diese Forderungen erfüllen konnte, sollten Forscher eine große Bakterienauswahl sorgfältig untersuchen lassen. In einem tiefen Sinne war es ein Versuch, eine komplexe lebendige Funktionalität vom Joghurt nach anderen Lebensmitteln zu übertragen. Probiotische Bakterien selbst sollen dabei Verdauungsleistung erhöhen, Abwehrkräfte des Darms verbessern, die Widerstandsfähigkeit des ganzen Organismus gegenüber allen Krankheiten anregen, Schleimhautschränke steigern lassen, akute Entzündungen lindern und allergische Reaktionen zur Kost abschwächen. Es bedeutet, dass die Probiotika nicht allein eine vorbeugende Funktionalität, sondern auch heilend gegen mehrere Krankheiten wirken sollten. Können wir diese Pharmaneuigkeit als ein Allheilmittel vorstellen? Momentan noch nicht, denn heute erfüllen sie weit nicht alle ihre Vorbestimmungen. Es gibt eine Menge Gegner der Probiotika, die überhaupt daran zweifeln, dass sie gesundheitsfördernd wirken könnte.

Unter Beweis stellten sie mehrere Beispiele nicht völlig gelungenen Fällen, die bestimmt selbst nicht einwandfrei sein sollten. Unzweifelhaft bleibt aber eine hohe Aktivität der Probiotika gegen bösartige Mikroorganismen des Darms sowie gegen den Erreger des schädlichen Magengeschwürs, Helicobacter pylori, der unter ungünstigen Bedingungen den Magenkrebs verursachen lässt, und einigen schweren Virenerkrankungen. Unbedingt helfen sie auch in Bekämpfung des übermäßigen Bakterienwachstums in Dünndarm, was nicht selten bei den alten Patienten der Fall ist. Besonders zutreffend für das Verständnis der biologischen Wirkung der Probiotika ist die Tatsache, dass der Magen-Darm-Trakt ein extrem kompliziertes System sei, wo eine unzählige Vielfalt von mechanischen, biochemischen und neuronalen Prozessen vonstattengehen. Jede Änderung, die entweder durch Krankheiten oder nicht richtige Ernährung entstehen, rufen eine Kettenreaktion, die alle Abschnitte des Systems mehr oder weniger stören könnten, was zu schweren gesundheitlichen Problemen zu führen vermögen. Die Aufgabe der Probiotika besteht vor allem darin, die Ursachen der Änderungen sowie deren Folgen auszurotten und das System wieder in Ordnung zu bringen. Alterungsprozesse, die bei jedem von

uns jahrelang passieren, vermehren diese Änderungen drastisch. Dieser Umstand erhöht großartig die Rolle der Gesundheitsnormalisierung und der Vorbeugung der Erkrankungen. Eine gut organisierte funktionelle Ernährung wird sicher ein Bestandteil des individuellen Programms, das wir alle imstande sind, erfolgreich zu realisieren. Die Volksweisheit verband immer die Unbekömmlichkeit mit dem Magen und Darm. Die moderne Medizin bestätigte dieses wichtige Verhältnis, indem sie eine regelmäßige Magen- und Darmspiegelung sich zu lassen empfehlt. Für ein Individuum verschafft diese Maßnahme die Chance, die Wirkung des oben genannten Programms wissenschaftlich auf die Probe zu stellen. Wenn diese Prüfung gelingt, trägt die Person ihre eigene Errungenschaft in die Bestätigung der Wohltat von Probiotika bei. So werden für diese Person kein Geschwätz, dass die Probiotika die Schleimhautschränke von gefährlichen Bakterien durch unterschiedliche Mechanismen schützt, dass sie die eigenen Kräfte der Person zu mobilisieren zwingt und den ganzen Organismus widerstandsfähig macht.
Seit letzten Jahrzehnten änderte sich enorm auch der Gesichtspunkt, wie man mit den Bakterien umgehen sollte. Zuvor beschäftigten sich die Fachkräfte der Lebensmittelbranche vor allem mit der Frage der vollständigen Vernichtung aller bakteriellen Kulturen. Eine kleine Ansteckung wirkte auf menschliches Bewusstsein wie eine Einschüchterung, die man kaum dulden dürfte. Deswegen war eine Entkeimung durch die Pasteurisierung und Sterilisierung das zuverlässigste Verfahren dieses Fachgebiets. Eine neue Einstellung der Probiotika zeigte eine entgegengesetzte Beziehung den Bakterien gegenüber, wenn die kleinsten Wesen als enge Freunde der Menschen und deren Gesundheit verstanden werden sollten. Darüber hinaus sorgte man nun dafür, die wohltätige Arbeit der Mikroorganismen zu fördern, statt sie zu schaden. Lebendige Bakterien wurden schon in die Produktionskette verwickelt, indem man die günstigsten Lebensbedingungen zu schaffen suchte. Ein Lebensmitteltechnologe sollte nun wie einem Schachgroßmeister überlegen und eine Vielschrittkombination auszudenken probieren. Infolgedessen wird das ganze Verfahren so veranstalten werden, dass die probiotischen Bakterien ausschließlich gesundheitsfreundliche Erzeugnisse produzieren lassen.
Die Grundlage der traditionellen Herstellung meisten Sauermilchprodukten bestand darin, solche Stämme auszulesen, die sich wohl in komplizierten Pro-

zessen der Verfertigung von Joghurt, Kefir oder Quark befanden. Im Unterschied zu diesen Stämmen waren die probiotischen Bakterien ausreichend zu den Darmbedingungen angepasst, wo sie besonders aktiv lebten und wuchsen. Das Wachstum der probiotischen Kulturen in industriellen Apparaten war mit erheblichen ungünstigen Beeinflussungen verbunden. Solche Begleiterscheinung zwang die Technologen, spezielle Vorgänge und Apparate für die probiotischen Erzeugnisse zu entwickeln, die eine hohe Überlebensrate für die Bakterien zu gewährleisten vermögen.

Es wurde auch herausgefunden, dass eine probiotische Wirkung nicht nur Bakterien, sondern auch bestimmten sogenannten Ballaststoffen eigentümlich ist. Die Letzten sind gewöhnlich unverdauliche Bestandteile der Kost, häufig Polysaccharide, also Kohlenhydrate, die vorwiegend in pflanzlichen Lebensmitteln vorkommen. Sie befinden sich unter anderem in Getreide, Obst, Gemüse und Hülsenfrüchten. Sie beeinflussen wohl die Verstopfung, Fettleibigkeit, Diabetes und andere Erkrankungen. Allgemein für alle diese Substanzen ist ihre Standfestigkeit zu allen Enzymen des Verdauungstraktes. Widerstandsfähige Stärke (Stärke, die die Verdauung widersteht und deshalb in der Lage sind, Dickdarm zu erreichen) ist eine Hauptquelle der Kohlenhydrate für die Mikroflora des Dickdarms. Außerdem wurden durch ihre Wirkung auf Dickdarmbakterien die Entstehung von Butyrate, also Buttersäureester, nachgewiesen, die für ihre darmkrebsvorbeugenden Eigenschaften bekannt waren. In diesem Sinne besaßen die genannten Kohlenhydrate (Stärke und andere) eine darmkrebsvorbeugende Funktionalität. Diese vielversprechende Arbeit entwickelte sich letztes Jahrzehnt intensiv in Richtung neuer ähnlich wirkenden Produkten. So war es bekannt geworden, dass Kohlenhydrate mit der Zahl der Monomeren zwischen drei und fünfzehn, die miteinander verbunden sind, einen noch stärkeren Einfluss auf die Produktion von Butyraten bei Dickdarmbakterien nehmen. Unter anderen gehören dazu auch Inulin (das aus Topinambur-Knollen hergestellt wird) und Fruchtkohlenhydrate. Alle diese Substanzen gehören zur Klasse Präbiotika, weil sie die Darmbakterien zu veranlagen fähig sind, gesundheitsfördernde (einschließlich krebsvorbeugende) Stoffe zu produzieren. Praktisch gesehen normalisieren sie auch den Stuhlgang und schützen die Darmschleimhaut von schädlicher Mikroflora.

Eine nächste Vertiefung ins Königreich der Mikroben sollte die entscheidenden Antworten auf alle verworrenen Fragen vorbereiten. Doch die Zeit der täglichen Entdeckungen, die wir heute erfahren, wird voll von Überraschungen. Die kleinsten spielen dabei eine Hauptrolle, indem sie sich wie Anpassungskünstler präsentieren lassen. Und den erfolgreichen Gelehrten geling es, immer wieder dabei zu sein. Einer davon war sicher Professor James Shapiro aus Chicago, der sich mit den Geheimnissen der Bakterien so vertrau-lich machte, dass die letzten ihm anscheinend alle Einzelheiten deren Lebens-stil offenmachten. Einigermassen fehlte Shapiro auch eine Art Schauspielerei nicht. So machte es ihm unbedingt Spaß gewisse anschaulichen Experimente zu zeigten, die seine Zuschauer in Entzücken bringen konnten. Diesmal wählte er dessen Lieblingsstamm des Bakteriums, mit dem er seine Zauberei perfekt zu machen vermag. Ob die kleinen bereit waren, alle dessen Wünsche zu erfüllen oder es ihnen unvorstellbar werden sollte, blieb aber unbewusst. Der erfahrene Wissenschaftler begleitete sein Show mit der Erläuterung, die unser Geschlecht mit Trillionen Mikroben gegenüberstellen sollte. Plötzlich entstand auf einem großen Bildschirm etwas Fabelhaftes, was unter dem Okular seines Mikroskops momentan passierte. Und mehrere Leute, die in einem großen Festsaal der Universität versammelt haben, waren begeistert davon, was ihren Augen vorgestellt wurde.

„Natürlich schließt die wohlwollende Tätigkeit der Mikrobe“, setzte der Redner seine Vorlesung fort, „deren Wetteifer mit den Gegnern nicht aus. Die Natur schafft diese einsichtige Konkurrenz, um die beidseitige Gesundheit der Arten aufrechtzuerhalten. Es ist ein Grund dafür, dass viele Bakterienarten sich nicht nur verständigungsfähig, sondern auch aggressiv benehmen können. Bemerkenswert verhalten sie sich auch in solchen Fällen „hochintelligent“, indem sie keiner Weise mit den groben Waffen den Feind zu besiegen suchen. Ganz im Gegenteil verwenden sie solche „Verfahren“, die die modernen Forscher eher mit dem Handeln der Computerhacker vergleichen können. Wie gesagt, kommunizieren sich die Stammmitglieder der Mikrobengemeinschaft mithilfe bestimmter chemischen Substanzen. Ihre Gegner wirken dabei sehr präzis und effizient, indem sie einen Stoff ausscheiden, der das Kommunikationsmittel einigermaßen so verändert, dass es falsche Meldungen übertragen lässt. Diese angeblich unwesentliche Änderung erzeugt bei dem fremden Stamm solches Durcheinander, dass die einzelnen Wesen handlungsunfähig scheinen. Diese Ähnlichkeit mit den Cyberkriegen ist auch ziemlich sinnvoll. Denn das ganze Internet weist im Großen und Ganzen eine freundliche und gutgelaunte Gemeinschaft auf, was aber einige lokalen Auseinandersetzungen zwischen Mitgliedern dulden lässt. Für die Pharmakologen schien diese Kenntnis nicht nur interessant, sondern ideenerregend“. Mit solchem optimistischen Tonzeichen beendete Professor seine Vorlesung.

Nicht nur Biologen und Mediziner, sondern breite Kreise des ausgebildeten Publikums störte die Frage: Konnte die Antibiotika eine Renaissance erleben? Obwohl die Antibiotikaära einen Durchbruch in der Behandlung der tödlichen Krankheiten bezeichnete, brachte sie, wie es schon in diesem Buch diskutiert wurde, gewisse Probleme und Krisen mit, die wichtigsten von denen eine genetische Anpassung der bakteriellen Krankheiterreger zur Antibiotika, eine schädliche Wirkung der Antibiotika auf körpereigene wohltuenden Bakterien und auf das Abwehrsystem des Wirts waren. Nach der Logik, die im Universum der Mikroben herrschte, sollte man eine neue Einstellung im Kampf gegen gefährliche Bakterien entwickelt, die ganz andere Stoffe zum Einsatz bringen lässt. Die Grundlinien für die Erfindung solcher Stoffe gaben uns wieder die klugen Bakterien ein. Erstens, indem sie in Biofilmen, also in gut geschützten von Umwelt Kolonien, zu leben bevorzugen. Zweitens, indem sie eine Strategie gefunden haben, sich mit anderen Stammen und Arten gut zu verständigen. Und Drittens, indem sie die Botenstoffe entwickelten, die sich in die Kommunikation der Feinde einmischten, um sie zu entstellen und den Gegner hart abzuschwächen. Lag vielleicht da der Hund begraben? Steht die Welt vor der Entdeckung einer neuen Klasse der antibakteriellen Arzneien, die sich prinzipiell von Antibiotika unterscheidet?

Hoffentlich sollen diese Medikamente für Menschen und die gesundheitsfördernden Bakterien absolut harmlos werden.

Aber wann und wie sollte diese gigantische Besiedelung des menschlichen Organismus überhaupt stattfinden. Die Mehrheit der Mikrobiologen ist der Überzeugung, dass ein Baby im Mutterleib noch keimfrei bleibt. Aber schon die ersten Lebensstunden eines Neugeborenen spielen eine wichtige Rolle in der mikrobiellen Besiedlung seines kleinen Leibes. Nach ihrer Meinung verändern sich vor der Geburt auch die Mikroflora der Muttervagina, indem dort die gesunde Lactobakterien das Übergewicht über anderen Arten haben sollten. Diese probiotischen Mikroben beeinflussen positiv die Gesundheit des noch schwachen Organismus des Säuglings. Weitere Mikroben Arten bekommt er durch Stillen und aus der Luft hinzu. Die wissenschaftlichen Studien letzten Jahren ließen es vermuten, dass es im Darm des Kleinen schon wenige Tagen nach der Geburt des Kindes solche bakteriellen Stämme gibt, die gegen zahlreiche schweren Erkrankung das Baby schützen können. Sogar das schon erwähnte Helicobacter pylori, das Magengeschwür verursacht, das später zu einem Magenkrebs führen kann, nicht nur bei vielen Baby vorhanden sei, sondern selbst gegen einige Krankheiten den Schutz leistet, z.B. gegen das Asthma. Wie schon oben bemerkt worden war, trifft die Gesamtzahl der Mikroben im menschlichen Organismus die gesamte Zahl seiner eigenen Zellen zehn bis hundertmal über. Das heißt, eine rein quantitative Einsicht besagt, dass ein Mensch stark davon beeinflusst werden soll. Manche Biologen stellen deswegen vor, ein menschliches Wesen als ein Superorganismus, also eine Menschen-Mikroben Biozönose, zu verstehen. Sicher sollte diese Lebensgemeinschaft viel leistungsfähiger und gesunder sein als die Beteiligten allein. Es ist auch nicht ausgeschlossen, dass die Kleinsten auch die kognitiven Fähigkeiten des Menschen gut beeinflussen können.

Die allgemeine Aufmerksamkeit, die letzte Zeit weltweit zu probiotischen Kulturen angezogen worden war, betraf unter anderen auch die Produktion von bestimmten neurochemischen Substanzen, die für unterschiedliche physiologischen Reaktionen verantwortlich sein sollten. Mit ihrem Einfluss auf zahlreiche Erkrankungen verbinden Fachleute ihre Hoffnungen auf eine vollständige Heilung oder mindestens auf eine Verlangsamung der unheilbaren Leiden, die das Leben auf Monate oder sogar Jahre verlängern könnte. In mehreren Studien wurde es nachgewiesen, dass die Probiotika tatsächlich die Hormonproduktion bei dem Wirtorganismus so zu hemmen oder anzuregen fähig sind, dass viele auffällige Symptome der Krankheit sich beseitigen oder erheblich schwächen lassen. Natürlich bleibt immer noch die präzise Untersuchung aller beteiligten Reaktionen eine schwerwiegende Aufgabe, was manchmal die Forschung nicht weiter als Hypothesenstellung durchführen lässt. Doch in einigen Fällen zeigt der Nachweis eines einzelnen Stoffes die Richtigkeit einer vorhersagenden Hypothese. So wurde, z.B. die Rolle von probiotischen Kulturen in Herstellung der Botenstoffe in neuronalen Signalkaskaden entdeckt, die eine Reihe von neuen Substanzen für konkrete Zwecke ganz realistisch machen konnte. Im Grunde waren solche Tierversuche und klinische Forschungen in diesem Bereich schon längst fast zum Alltag geworden. Der Unterschied bestand darin, dass in diesen Studien ein Hormon als eine zugelassene Arznei verabreichen worden war, obgleich in Forschungen mit den Probiotika die vermuteten Botenstoffe isoliert und nachgewiesen werden sollten. Allerdings kann man kaum behaupten, dass diese Arbeiten ein völlig neues Gebiet erweisen.

Schon Ende der 20er Jahren des letzten Jahrhunderts wurde es herausgefunden, dass eine entgegengesetzte Wirkung von Hormonen auf die körpereigenen Bakterien zu deren starken Vermehrung führte, was bei den pathogenen Arten sogar den Tod des Patienten verursachen könnte. Es war noch ein Beweis dafür, dass das menschliche Wesen eine Gemeinschaft mit den Mikroben, die es bewohnen, aufweisen sollte. Leider bemerkte es keine damals wie auch mehrere Jahrzehnte darauf. Der Mensch war dieser Erkenntnis noch nicht gewachsen. Darüber hinaus herrschte es ein zweifelloses Vorurteil, dass mit der Vernichtung aller Mikroben, die den menschlichen Organismus bewohnten, die Gesundheit des Individuums unbesiegbar wird. Natürlich trug die Entdeckung Antibiotika einen großen Anteil zu solcher Überzeugung bei. Nun änderte sich alles drastisch, indem man eher gute Freunde als Feinde unter den Kleinsten zu suchen pflegt. Ein unzweifelhafter Vorteil der probiotischen Mikroorganismen besteht auch darin, dass man sie im Unterschied zu anderen, deren angegebene Harmlosigkeit eher fraglich scheint, problemlos in unterschiedlichen klinischen Experimenten anwenden kann. Außerdem sind sie sehr stabil, um unversehrt das ganze Verdauungssystem durchzugehen und ihre physiologische Wirkung auf unterschiedliche Zellen und Geweben zu bekunden. Die meist erstaunlichen Ergebnisse wurden dabei unter einigen Personen mit psychischen Störungen beobachtet, deren allgemeiner Zustand und Laune nach der Einnahme probiotischer Kulturen auffällig verbessert worden. In manchen

Fällen ähnelte die Effizienz dieser harmlosen Substanze den Antidepressiva, die aber eine Vielfalt von unerwünschten Nebenwirkungen auslösen sollten.

Außerdem waren diese probiotischen Stoffe imstande, Angstzustände auf zu lösen. Eine häufige Begleiterscheinung der psychischen Erkrankungen war mit den Magen-Darm-Trakt-Störungen verbunden. Ein deutlich positiver Einfluss der Probiotika auf dieses System leistete zugleich einen wesentlichen Beitrag zum psychischen Wohlfühlen der Patienten. Man konnte diese Ergebnis wie eine zusätzliche Bestätigung der Hypothese des zweiten Gehirns, das im Magen-Darm-Trakt vorhanden ist, aufnehmen. Unser Organismus ist in der Tat ein hoch komplexes System, wo alle Prozesse, nicht selten auch solche, über die das Individuum keine Ahnung haben könnte, für die Gesundheit gleichwichtig sind. Es ist nicht ausgeschlossen, dass auch psychische Entstellungen von bestimmten körperlichen Leiden ausgelöst werden können. Für vielen Weltbewohner ist es noch unvorstellbar, wie ein Joghurt oder Sauerkraut, die probiotische Bakterien beinhalten, auf ihr ZNS wohlwollend auswirken können. Allerdings findet solcher Einfluss wirklich statt, was die modernen Geräte wie Positron-Emissions- oder eine funktionelle Magnetresonanztomographie präzis beweisen sollten. Nicht weniger erstaunlich klingt aber die Behauptung, dass viele Lebensmittel, die seit Tausendjahren von mehreren Völkern verzehrt worden waren, gerade diese probiotischen Mikroben enthalten.

Gewöhnlich war die Vorbereitung dieser Produkte mit den Gärvorgängen verbunden. Diese örtlichen Bakterien und Pilzen zeigten sich besonders gesundheitsfördernd, denn sie entsprochen meistens den gleichen Kulturen, die das Magen-Darm-System der hiesigen Bevölkerung besiedelten. Die Tatsache, dass die Völkerkundler, die solche alten Traditionen beobachteten, bemerkten zwei ungewöhnliche Merkmale. Zuerst war häufig die Zahl hochbetagten Menschen sehr groß und zweitens - waren die psychischen Erkrankungen unter der Bevölkerung enorm niedrig. Ob es zwischen dem Ernährungsstil und diesen Merkmalen irgendwelche Abhängigkeit existierte, dachten diese Forscher wahrscheinlich nicht. Für uns soll es aber von großer Bedeutung sein, denn die Probiotika, die im Eingeweide dieser Menschen immer präsent waren, spielte zweifellos eine heilende Rolle, die für uns üblicherweise Arzneien spielen können. Aber, wie es schon erwähnt wurde, erfüllen auch zahlreihe Lebensmittel die arzneilichen Aufgaben, die wir nicht nur verstehen, sondern bei der Einnahme anderer Medikamente in Betracht ziehen sollten. Im Grunde genommen beschäftigen sich heutzutage mehrere Mikrobiologen damit, solche (für sie neue) Ernährungsweise der alten Kulturen zu erforschen, um daraus potenzielle Probiotika zu isolieren und zu analysieren. Selbstverständlich ist das Endziel dieser Untersuchungen, neue probiotische Nahrung und Arzneien auf den Markt zu bringen. Doch die Vielfalt der Probiotika ist so zahlreich, dass deren Forschung mit dem riesigen Aufwand verknüpft werden könnte. Gleichzeitig bleibt das Risiko hoch, besonders wertvolle mikrobiellen Kulturen außer Acht zu lassen. Deswegen versuchen immer noch Wissenschaftler, die effektiven Methoden der Voraussage von Mikroben Eigenschaften zu entwickeln, die ihnen viel Zeit und Arbeit zu sparen ermöglicht. Vermutlich gibt es aber auf der Erde probiotische Kulturen, die gegen alle schwersten Erkrankungen behilflich sein könnten. Nun sind wir in der Lage zu kapieren, wie kompliziert es wäre, diese nützlichen Mikroben herauszufinden, zu reinigen (eine noch sehr mühevolle Sache) und bis zu Tierversuchen oder sogar klinischen Studien zu bringen. Diese Stadien dauern manchmal Jahrzehnte, die den Millionen kranken Menschen weltweit fehlen.

Wie uns schon bekannt ist, verwirklichen sich die meisten biochemischen Reaktionen an Rezeptoren, d.h. bestimmten Eiweißstoffen, die eine eigenartige Neigung zu konkreten Substanzen haben. In diesem Sinne zeigen die probiotischen Mikroben keine Ausnahme. Sie produzieren chemische Stoffe, die ausschließlich ihre eigene Rezeptoren herauszufinden pflegen, um sich daran zu binden. In solche Art und Weise erregen sie ein genaues Verhalten des Rezeptors, das entweder eine neuronale Signalkaskade oder eine Gefahrwarnung für das Immunsystem auslöst. Es ist nicht schwer vorzustellen, dass wenn das probiotische Kleinwesen den Rezeptor so beeinflussen kann, soll auch der Rezeptor ähnlicher Weise auf das Kleinste auswirken. Das heißt, es gibt eine beidseitige Wechselbeziehung zwischen dem chemischen Stoff und Rezeptor oder verallgemeinert zwischen dem Bakterium und dem Wirt. Aber wenn wir diese Wechselwirkung nur auf die Beziehung zwischen diesen Beiden beschränken, wird es sicher ein Irrtum. Denn diese neuroaktiven und immunsystemalarmierenden Substanzen sind auch bei Pflanzen, Insekte, Vögeln und Fischen weitverbreitet. Vielleicht waren doch die Einzelligen die ersten Wesen auf der Erde, von denen diese Substanzen und Reaktionen übernommen werden sollten. Auf jeden Fall sind die schon gut uns bekannte GABA (γ-Aminobuttersäure), Glutamat oder Histamin, das, wie wir wissen, bei allergischen Krankheiten eine große Rolle spielt, in vielen Bakterien vorhanden.

Im Laufe der Studien letzten Jahrzehnten wurde es klar geworden, dass die Nervenzellen selbst große Geheimnisse zu verbergen pflegten. Die ganze Komplexität solcher Arbeit stellte sich aus der Beteiligung unterschiedlicher körpereigenen und bakteriellen Substanzen zusammen, was sehr häufig extrem schwer abzugrenzen wird. Noch schwieriger scheint es, eine gute Schlussfolgerung zu ziehen, ob der Körper irgendwelche Substanz selbstständig oder durch den Einfluss von Mikroben produziert habe. Eine andere Besonderheit der Neurohormone und -botenstoffe ist ihre sehr kleinen Konzentrationen, die trotzdem eine starke Wirkung zeigen können. Solche ungünstigen Umstände zwingen die Forscher, die probiotischen Kulturen erst im Reagenzglas zu untersuchen, was den Bedingungen im tierischen oder menschlichen Organismus kaum entsprechen könnte. Jedoch wurde gerade durch solche Studien nachgewiesen, dass unterschiedliche Bakterien- und Hefezellen (die gewöhnlich zu einzelligen Pilzen gehören) mehrere neurochemische Stoffe produzieren.
Gleichzeitig zeigten diese Studien, dass diese Produktion stark von der Zusammensetzung des Milieus abhängig ist. Ein Mikrobenzüchten im Reagenzglas zeichnet sich dadurch aus, dass es eine Menge spezieller Nährstoffe braucht, die für das gesunde Wachstum sorgen sollten. Für die Reinheit des Versuchs ist es aber ein störender Faktor, denn wir wissen nicht genau, wie diese Nährstoffe auf die Produktion von neurochemischen Stoffen tatsächlich wirken. Nichtsdestotrotz ist es die einzige Möglichkeit, den Prozess einigermaßen zu kapieren. Mit solcher Erfahrung können Biochemiker weiter mit lebenden Magen- und Darmkulturen (also auch im Reagenzglas) arbeiten. Dafür verwendet man die tierischen Gewebe in Ab- und Anwesenheit der probiotischen Kulturen. Diese Versuchsreihe lässt den Gelehrten aufklären, welche positive Wirkungen probiotische Mikroben tatsächlich auf den Magen-Darm-Geweben zu leisten fähig sind sowie welche Stoffe oder Signalkaskaden dafür

verantwortlich sein sollten. Unbedingt gibt es noch einen langen Weg bis alle verworrenen Prozesse in lebenden Geweben klargestellt werden, aber jeder Schritt, den die Forscher machen, leistet einen wesentlichen Beitrag für die menschliche Gesundheit.

Eine authentische Gelegenheit kann man durch die Frage verständlich machen: Ist ein Abscheu erregendes Gefühl nützlich?
Wir Menschen betrachten manchmal die nicht sauberen Schleime mit dem Ekel der Schlosseinwohner. Wenn wir uns aber leicht herabwürdigen lassen, um einfach vorzustellen, dass es in diesen unangenehm aussehenden Schichten gigantische Welten existieren, wo Trillionen Lebewesen mit ihren Gewohnheiten und Neigungen agieren, werden wir nicht nur gutherziger, sondern auch kluger gewesen. Denn zahlreiche Funktionen unseres Körpers, die sinnvoll zwischen verschiedenen Organen verteilt werden, üben unterschiedliche Bakterienstämme aus, die uns wegen unserer (aus ihrer Sicht) endlosen Größe überhaupt nicht sehen können. Zugleich kann man dieser unzähligen Menge der Mikroben die Beschaffenheit eines Superorganismus zuschreiben. Funktionell wäre es ein gut anpassendes Modell. Wenn wir nun denkbar die ganze „Bevölkerung" unseres Darms wie das Superwesen vorstellen, wird unsere Abhängigkeit von den Kleinsten absolut anschaulich. Bemerkenswert ähneln sich die Bedingungen in obengenannten Biofilmen diesen, die für mehrere Zellen des Immunsystems besonders günstig sind. So funktionieren solche Immunzellen viel leistungsfähiger in feuchten und warmen Geweben der dünnen Schleimhaut, die auch für die bessere Verständigung und Zusammenwirkung unterschiedlicher Zellen sorgen. In dieser Kooperation besteht die Kraft der Abwehrzellen den Infekten gegenüber.

Allmählich kamen wir näher zum Titel „Darm und Hirn", der eine neue Ära in der Humanbiologie bedeuten sollte. Eine Reihe von Studien, die im Institut Louis Pasteur auf Ratten geführt worden war, zeigte eindeutig, dass es eine Art Immunzellen gab, die eine Ver-bindung zwischen Darmbakterien und dem Gehirn verwirklichten. Für die Fachleuten und auch für die Laien war es ein Warnzeichen vor der weiteren langfristigen Anwendung Antibiotika als das Medikament der ersten Wahl. Besonders wichtig war dieser Umstand für die Patienten mit psychischen Erkrankungen, deren symptomatische Angaben davon verschlechtert werden konnten. Heute kann man behaupten, dass die Verbindung zwischen Gehirn und Darm für jeden Mensch von großen Bedeutung sein sollte. Diese lebenswichtige Beziehung findet über Nervenzellen, Hormone, Verdauungsstoffe und verschiedenen Immunzellen statt.

In Ratten setzten die Forscher ein Mikrobiom ins Werk, indem sie mithilfe mehreren Antibiotika deren Schütz Kräfte beiseiteließen. Dieser spitzsinnige Kniff sorgte dafür, dass die Versuchstiere im Vergleich mit ihren Kontroll-Teilnehmer deutlich weniger neugebildete Nervenzellen in der Hippocampus-Region des Gehirns besaßen. Als eine unerwünschte Folge dieser Tatsache verschlechterte sich enorm deren Gedächtnis, was die Wissenschaftler im Voraus zu vermuten vermochten. Der Gedankenflug der Gelehrten war kaum anzuhalten. So versuchten sie, die betroffenen Einzelwesen auszukurieren. Nun waren ihre Experimente auf die Auswahl der „guten" Bakterien im Darm gerichtet. Das Entdeckungsglück schien wie eine himmlische Vorsehung zu sein: Der „Mikroben Wechsel" brachte eine „heilige Genesung" für alle Versuchstiere. Die Hippocampuszellen wurden in der Lage sein, sich wiederherzustellen. Ihr Gedächtnis war so stark bekräftigt, als ob mit ihnen zuvor gar nichts passierte. Außerdem war auch die Hypothese über die entscheidende Rolle der gewissen Immunzellen im Heilungsprozess bestätigt.

Natürlich wäre es einfältig zu glauben, dass man die Ergebnisse der Studien sofort auf Menschen übertragen durfte. Nein es standen noch Monate und Jahre den Mediziner bevor, die durch behutsame Erforschungen auf einigen Freiwilligen bis zu klinischen Prüfungen vonstattengehen sollten. Denn die tierischen Modellvarianten ließen jene verbotene für Menschen Substanzen und Konzentrationen probieren, um die Sache prinzipiell zu verstehen. Eine humane Einstellung fordert eine vollständige Sicherheit, damit jede Gefahr ausgeschlossen werden musste.

Jetzt schlagen wir eine neuartige Vorstellung aus der Welt der kleinen. Dafür kehren wir zurück zu unseren Mikroben, denn ihre vielseitige Aktivität, die sie sehr einsichtig zwischen verschiedenen Mitglieder der Gemeinde

zu verteilen erfolgen, lässt den Forscher von einem Mikrobensuperorganismus reden.
Sie erwägen sich dabei in solcher Art und Weise, dass bei großen Tieren (inklusiv Menschen) es Zellen unterschiedlicher Arten geben, die ganz verschiedene Funktionen vollziehen. Bei diesem Superorganismus, der in großen Kolonien existiert, weisen diese großzügigen Funktionen verschiedene Mikroben Arten auf. Wahrscheinlich sollte man auch die Mikroben Bevölkerung des Darms als einem Superorganismus vorstellen, denn alle Arten dieser riesigen Ansammlung unterhalten miteinander enge Beziehungen (von denen übrigens unsere Gesundheit stark beeinflusst wird). Allerdings darf man nicht behaupten, dass eine weit entwickelte Kommunikation eine eigenartige Besonderheit der Mikroben ist. Sehr ähnliche Fertigkeit zeigen auch bestimmte Zellen vieler großen Tieren (auch Menschen). So empfinden sich mehrere Zellen des Immunsystems besonders wohl unter feuchten und warmen Bedingungen der Schleimhaut, die grundsätzlich allen Merkmalen der Biofilme entsprechen.

Diese wichtigsten für alle tierischen Zellen setzen eine breite Palette unterschiedlicher Formen und Bestimmungen. Darüber hinaus verständigen sie perfekt miteinander mithilfe einer Vielfalt der chemischen Botenstoffe, die deren Kooperation im Kampf gegen die zahlreichen Feinde effizient begünstigen lassen. Unter anderen kontrollieren sie auch die Anzahl der „Bevölkerung", indem beim Bedarf eine große „Armee" auf den „Krieg" gesendet wird.
Ein Wunderland der Mikroben erstaunt dessen Erforscher ständig mit neuen Überraschungen. So wurde bei einigen Studien gezeigt, dass deren hoch besiedelte Kolonien sogar bestimmte Elemente des Rechtssystems besitzen, dass nach den Prinzipien der Gerechtigkeit fungieren. So passiert es, wenn ein Eindringling zufällig die Grenzen der Gemeinschaft übersteigt, um sich dort stark zu vermehren. Diese unerwünschte Aktion führt üblicherweise zu einer Art Epidemie bei ansässigen Mikroben. Die selbstsüchtigen Ankömmlinge sorgen dabei nur für die eigene Familie, indem sie die allgemeine Kommunikation der Kolonie zu zerstören suchen. Nach einer Zeitspanne reagiert „die Rechtspflege" intensiv dagegen. Die Verbrecher werden verurteilt und hart bestraft, nachdem die vergangenen Bedingungen samt Kommunikation wiederaufge-

nommen werden. Wissenschaftler wissen noch nicht, wie es genau passiert, doch das Ergebnis der Situation lag an den Tag.

Zweifellos waren solche in günstigen Umständen, die sich zum Schwimmen besser eigneten. Lassen wir uns nun die Möglichkeit des Quarum Sensing näher erkennen. Als Quorum sensing wird die Fähigkeit von Einzellern bezeichnet, über chemische Kommunikation mittels hoch spezifischer Signalmoleküle die Zelldichte der Population der eigenen Art und die Komplexität der Gemeinschaft messen zu können. Nun verwundert es nicht, dass manche Organismen versuchen, diese ausgefeilten Kommunikationssysteme bei anderen Arten zum eigenen Nutzen zu stören. Ein solcher Saboteur ist beispielsweise Bacillus subtilis. Das Bakterium stellt ein Molekül her, das bei anderen Mikroorganismen gebräuchliche Autoinduktoren verändert und dadurch unwirksam macht. Und die Rotalge Delisea pulchra, die an der Südküste Australiens weit verbreitet ist, produziert so genannte Furanone. Diese Substanzen ähneln diese Autoinduktoren und überschwemmen die Rezeptoren des ganzen Systems derart, dass die Kommunikation zusammenbricht. Eigentlich imprägnieren die Algen ihre Oberflächen mit diesen Molekülen. Damit wehren sie Mikrobenangriffe völlig ab. Derartige Gegenmaßnahmen scheinen unter Mikroben besonders beliebt zu sein. Jetzt kann man darüber nachdenken, neue antibakteriellen Wirkstoffe zu entwickeln, die das Chaos in die Kommunikation vielen schädlichen Mikroben reinzubringen vermögen, ohne sie abzutöten.

Die Situation mit den bedrohlichen Mikroben verschlechterte sich freilich dadurch, dass die letzten fein ausgedachte Verfahren zum Einsatz brachten, die bei deren „gutartigen Kollegen" eine Aufregung bereiten sollte. Um auf festen Oberflächen voranzukommen, praktizieren manche Mikroorganismen eine bewusste Arbeitsteilung. Z.B. entscheidet Pseudomonas aeruginosa in den Lungen von Patienten mit zystischer Fibrose (Mukoviszidose) durch einer Quorum Sensing, wann sogenannte Virulenzfaktoren freigesetzt werden sollen:
Moleküle, die dem Erreger halfen, ins Gewebe einzudringen oder die Verteidigungsmaßnahmen des befallenen Organismus seinerseits abzuwehren. Dieses Verfahren trat erst dann in Aktion, wenn die Kolonie eine Mindestgröße erreicht. So verhindern die Bakterien, dass das Immunsystem des Opfers zu früh

alarmiert wurde. Erst wenn die eigene Truppe schlagkräftig genug waren, startete sich die Invasion. Etwas Ähnliches passiert mit dem schon genanntenten Bodenbakterium Myxococcus xanthus, wenn ihm der Hungertod drohte. Das soziale Gefühl forderte von ihm rechtzeitig zu erkennen, wenn die Konzentration eines Autoinduktors ein kritisches Niveau erreichte. Dann handelte es sich wie gesagt um eine Art der Selbstlosigkeit, indem ein Teil der „Bevölkerung" für die Fortsetzung der Gattung gerettet wird.

Auf Grund ihrer ausgeprägten Kooperationsfähigkeit wirkten einzellige Lebewesen nicht selten wie ein mikrobieller Superorganismus. Ähnlich wie gewisse Tiere spezialisierten Zellen ausbilden, die sich zu Muskeln oder Nerven zusammenschließen, fand auch in Mikroben-Kolonien oft eine strenge Arbeitsteilung statt. Wenn ein Forscher diese Biofilme ansah, entdeckte er unterschiedliche Formen, die sonst den höheren Organismen eigentümlich waren.

Die oben beschriebene koloniale Findigkeit sollte von einer durchgedachten Strategie der kleinsten zeugen. Komischerweise passierte etwas Ähnliches auch wenn Kolonien aus nur einer einzigen Art bestanden. So könnten ihre Biofilme hochkomplex aufgebaut werden. Denn die Zellen gliedern sich in den einzelnen Regionen häufig auf zu ganz unterschiedlichen „Gewebetypen". Sie schwammem wie ein einzelnes Bakterium Proteus mirabilis mithilfe ihrer wenigen, peitschenartigen Flagellen mühelos durch Flüssigkeiten. Auf einer Oberfläche blieb es jedoch befestigt. Eine ganze Proteus-Kolonie hingegen kann über chemische Kommunikation eine kollektive Verwandlung in Gang setzen. Dabei bildet ein Teil der Mikroben Tausende von Flagellen aus, wodurch sie sich auch auf festem Boden gut vorwärtsbewegen könnten. Diese Zellen haben eine Art Tastsinn, über den sie den Kontakt zu ihresgleichen suchten. So entstand eine Art Floß, das es der Kolonie ermöglichte, sich über eine Oberfläche auszubreiten. Falls nötig, können die modifizierten Individuen später auch wieder zu nörgeln.

Das Auftreten gefährlichen Beisteher brachte den Forscher Licht ins Rätsel der Evolutionsbiologie: Warum das Kooperationsprinzip trotz der ständigen Bedrohung durch Schmarotzer nicht ausstarb. Allmählich stellte es sich heraus, dass die mutierten Bakterien den Grund ihres eigenen Untergangs in sich trugen. Da sie die eigenen Gene so eifrig in die nächste Generation übertragen, breiteten sich ihre Helfer in der Gemeinschaft schnell aus und verdrängen die echt altruistischeren Individuen weg. „Die Epidemie der Betrüger“ ließ die Population bald zusammenbrechen. Manchmal starb die Kolonie sogar ganz. Davon profitierte kaum jemand. Deshalb entstand bei den Mikroben der Bedarf, die neuartigen Methoden zu entwickelt, damit sie den überzogenen Egoismus einzudämmen und die Kooperation zu fördern pflegten. Wie sie diese geneigte Maßnahme durchzuführen wussten, blieb allerdings bis heute rätselhaft. Auch sonst scheint es im Kommunikationsbereich viel zu entdecken.

Nicht zufällig war schon genannter Physiker Eshel Ben-Jacob ans Projekt beteiligt. Nach dessen Überzeugung eröffneten die ersten Ergebnisse eher die Spitze des Eisbergs. Seiner Ansicht nach stellte die Mikrobenkommunikation sogar noch mehr als nur einen komplizierten Austausch chemischer Signale dar. Viel wahrscheinlicher war es eine Art Sprache. Demnach fungierten die chemischen Mikrobensignale als klare „Wörter“, die je nach Zusammenhang auch unterschiedliche Bedeutungen annehmen könnten.

Bakterien besaßen nach Ben-Jacob Informationen über ihre eigene Vorgeschichte sowie über die gegenwärtigen Umgebungsbedingungen und könnten daher zu verschiedenen Zeiten auf ein und dasselbe Signal unterschiedlich reagieren. Bildhaft ausgedrückt, gab es ein erstaunlich reichhaltiges Verhaltensrepertoire. Immer mehr Forscher schließen sich jetzt (leider schon verstorbenem) Ben-Jacobs an. Der begabte Wissenschaftler zweifelte keinen Augenblick daran, dass Mikroben über eine soziale Intelligenz verfügen, wie man sie früher nur höher entwickelten Tieren zubilligte. Vielleicht reichten die Wurzeln unseres eigenen Sozialverhaltens, das heißt die Fähigkeit, miteinander zu reden, Teams zu bilden und Betrüger zu ächten, zu diesen Einzelligen zurück.

Der Unterschied zwischen Pro- und Eukaryoten besteht „nur“ darin, dass die Letzten ein oder mehrere Zellkerne besaßen. Sonst, und der Verfasser erkannte es in der Gestalt Clero und dessen Angehörigen und Freunden, wäre es nicht einfach zu entscheiden, wer einsichtiger sein sollte.

Wie ein Superorganismus entstand

Es begann vielleicht schon am 17. September 1683, als der niederländische Tuchhändler namens Antoni van Leeuwenhoek etwas Zahnbelag unter ein selbst gebautes Mikroskop legte. Tage danach schrieb er in seinem Tagebuch:
„Ich sah mit großem Erstaunen, dass in dem besagten Material viele sehr kleine lebende „Animalcules“ waren, die sich sehr hübsch bewegten“.
Van Leeuwenhoek hatte neuartige Linsen aus Glas hergestellt. Mit ihrer Hilfe konnte er Lebewesen erkennen, die nie ein Mensch zuvor gesehen hatte. Und er erkannte bereits, dass sie unterschiedlichen Arten angehören:
„Die größte Sorte zeigte eine starke und flinke Bewegung und schoss wie ein Hecht durchs Wasser. Andere traten in so großer Zahl auf, dass das ganze Wasser lebendig erschien“.

Statt Zahnbelag auf einen Tropfen Wasser zu geben, hätte der Tuchhändler auch etwas Material von seiner Haut abschaben können. Denn die kleinen „Tierchen“, wie er sie nannte, wimmeln überall auf uns Menschen. Wir sind ihr Zuhause. Es war die Geburt der Mikrobiologie gewesen. Die Fachleute aus diesem Gebiet von heute wissen wohl: Die meisten der kleinen Bewohner sind keine Tierchen, sondern Bakterien. Letztlich beherbergt der Mensch bei sich mehr Bakterien als er Körperzellen hat. Diese kleinsten begleiten uns überall. Allein im Darm leben etwa 100 Milliarden von ihnen in jedem von uns. Auch ihr gesamtes Gewicht (rund 2 Kilo) sieht gediegen aus. Menschliche Hautoberfläche wurde dick mit den unterschiedlichen Bakterienarten bedeckt, obwohl die Zahl und Ansammlungen weit nicht gleichartig verteilt. Selbstverständlich ist es unmöglich abzuschätzen, welche Stämme gesundheitsfördernd und welche schädlich sein könnten. Im Grunde ähneln die Verhältnisse zwischen den Kleinen, die unsere Haut besiedelt haben, einigermaßen an geopolitische Beziehungen, wo ein breites Spektrum beobachtet werden sollte, von offenfreundlichen bis zu kriegerischen. Außerdem sind auch die tückischen und heuchlerischen Arten nicht ausgeschlossen. Sie bekommen ihre Lebensunterhalt von Körper-Ausscheidungen, die sie ihrerseits stark beeinflussen können. Dabei liefern die Schweiß-, und Talgdrüsen besonders kalorienreche Ernährung, die das Fett, unersetzliche Aminosäure, Vitamine und Mineralien enthalten.

Es wäre bestimmt nicht schwer vorzustellen, dass man ein ausführliches Kartogramm humaner Haut bekommen könnte, das wie einem eigenartigen „Digitalpass“ zu dienen vermochte. Für eine präzise Identifizierung sollte er jeden Fingerabdruck übertreffen.
Die nächste Frage besteht darin, ob es möglich wäre, solch dicht bevölkertes Universum mit modernen Hygienmethoden wegzuwaschen. Die Antwort sollte nicht eindeutig sein. Eher wäre ein Mensch in der Lage, die Zusammensetzung der Mikroben-Arten etwas zu ändern, was später wieder hergestellt wird. Ob diese Reinheit gesund wird, bleibt aber umstritten.

Heute versteht sich körperlich ein ausgebildeter Bewohner unseres Planeten wie ein Holobiont, das heißt eine Ansammlung des Wirts und der Vielfalt anderen Lebewesen in oder rundherum ihn, was gemeinsam eine abgesonderte ökologische Einheit zusammensetzt. Die letzte These spricht aber der Absonderheit wider. Die Bestandteile des Holobionts sind individuelle Organismen oder Bionte, während die vereinte Genome von allen Bionten ein Hologenom darstellen. Der Begriff war im Jahre 1991 vom Dr. Lynn Margulis vorgeschlagen. Man spricht heute von Wirts-, Fremd-, Mikrobiome und anderen Mitglieder, jeder von denen einen gewissen Beitrag in die gemeinsame Funktion leistet. Im Unterschied zu alter Auffassung zieht man jetzt alle großen und kleinen Lebewesen in Betracht, die mit dem menschlichen Individuum in Verbindung stehen. Denn unser Wohlbefinden hängt unmittelbar von unseren inneren und äußeren Begleiter ab. Im Allgemeinen schützen uns Bakterien und andere Mikrobe von Krankheiten und schaffen ein gesundes Mikroklima, das auf eine glückliche Zukunft hoffen lässt.

Eine nächste Erzählung sollte zeigen, wie ein schweres Leiden, Magengeschwür, durch ein Bakterium ausgelöst werden und häufig zum bösartigen Tumor führen könnte. Dieses gramnegatives, mikroaerophiles Stäbchenbakterium besaß in der Tat alle benötigten Eigenschaften, um sich im ätzenden Milieu der Salzsäure gemütlich zu fühlen. Die Spitzfindigkeit des Stäbchen bestand darin, dass es sich in einen Ammoniakmantel verpackte, der alkalisch sein sollte. Im Jahre 2005 wurden zwei australische Physiologen Barry Marshall und John Robin Warren für die Entdeckung des Bakteriums mit der Medizinnobelpreis ausgezeichnet. Die Mehrheit ihrer Kollegen war überzeugend dagegen, indem sie als Ursache der Krankheit Stressfaktoren und einen falschen Ernährungsstil mit scharfen und heißen Lebensmittel zu sehen bevorzugten. Nach deren Sicht konnte keine Bakterien in hochkonzentrierter Salzsäure des Magens überleben. Doch der obengenannte Schutzmechanismus des Bakteriums war unbedingt richtig.

Heute kapiert jedermann mit gesunden Menschenverstand, dass wir unser Verhältnis zur mikrobiellen Welt unverzüglich ändern müssen. Vor anderthalb Jahrzehnt prognostizierte WHO durch zunehmende Bakterien-Resistenzen eine globale Infektionskrankheiten-Krise. Immer mehr und immer bessere Antibiotika sollten deshalb zur Verfügung gestellt werden, um das Problem zu lösen. Doch so primitiv ließen sich die Probleme mit den Mikroben nicht beseitigen. Umgekehrt schafften seither die stark vergrößerte Menge Antibiotika neue Probleme. Neben ihren direkten Nebenwirkungen fördern sie die Entstehung von chronischen Darmentzündungen, führen mittels eines Mast-Beschleunigers zu Übergewicht, indem sie wesentliche Teile unseres Abwehrsystems zerstören. Zugleich steigert sich das Risiko der pilzbedingten Unterleibsleiden oder der Entstehung von Verstopfungen, Allergien, Reizdarm, chronischentzündlichen Darmerkrankungen, multipler Sklerose oder Autoimmun-Erkrankungen. Die schlimmste Konsequenz ist die Entstehung von immer bedrohlicheren Resistenzen und schließlich das Therapieversagen von Antibiotika dann, wenn sie wirklich mal hilfreich sein könnten. Und noch eine unerwartete Folge des Antibiotika-Überschusses entstand vor kurzem in medizinischen Zeitschriften. So wurde es aufgedeckt, dass neben der Störung des Zusammenlebens zahlreicher Lebewesen auch die Funktionen von Mitochondrien enorm geschädigt worden waren.

Die Auskunft: Ein unentbehrliches Bestandteil des Zellinneres Mitochondrien verfügen über ihre eigene DNA, die mtDNA genannt wurde. Dieses autonome Organell teilt sich unabhängig vom Zellzyklus der Zelle. Seine Hauptaufgabe ist die Herstellung und Ansammlung der Energie in Form des Adenosintriphosphats (ATP), dessen Molekül drei Phosphatgruppen beinhaltet. Bei ihrer gestuften Absonderung befreit sich eine Menge chemischer Energie, die sofort in der Atmungskette benutzt wird. Wenn diese „einsichtigen" Organellen von Antibiotika geschwächt werden, quält sich das ganze Holobiont.

Wenn Millionen von Menschen, irgendwelche heimlichen Beeinflussungen der Werbungsbranche bekommen, die systematisch einflößt, täglich gesunde Keime aus dem Darm zu gebrauchen, nennt sie unsere „liebe Probiotika". Unsere Ohren begeistern sich davon, was für den Geist und die Psyche heilend wirken sollte. Die Situation ändert sich drastisch, wenn der Zuschauer oder Zuhörer zu begreifen bereit wird, diese Sache realistisch zu verstehen. Z.B., dass ihm selbst bevorsteht, mit einem Schluck Milliarden verschiedenen Bakterien einzunehmen. Den Ekel solcher Empfindung könnte man mit dem Vorschlag vergleichen, das fremde Erbrochene in seinen Mund wiederzukriegen. Welches Vergnügen sollte man davon erleben die genannte „Probiotika" aus dem „human intestinus" (Deutsch – menschlicher Darm) in süßem Joghurt zu genießen. Nach der Werbung musste dieses Getränk zur erheblichen Steigerung der Abwehr des Organismus des Betroffenen führen.

Kurz gesagt können sich unsere Verhältnisse mit den Bakterien weit abwandeln, von einem abscheulichen Feindseligkeit bis zur unbegrenzter Liebe. Wie schon oben ausführlich erläutert worden war wird jeder Mensch physiologisch gesehen mit einem keimfreien, sterilen Darm geboren. Doch bald nach der Geburt beginnt die mikrobielle Besiedlung dessen Inneren. Und zwar am besten mit Bakterien von Mutter, Vater und aus der direkten Lebensumwelt. Entsprechend der individuellen Ausprägung der familiären Darmflora und in Folge genetischer Eigenarten entwickelt jeder Mensch (etwa ab dem ersten Lebensjahr) eine völlig individuelle, lebenslang nur ihm eigene Darmflora. Die Darmflora ist für unser Leben unverzichtbar. So stellt sie für uns wichtige Vitamine her, verwandelt unsere Nahrung in nützliche Zucker und Polysaccharide, fördert die Darm-Durchblutung und Beweglichkeit (die sogenannte Peristaltik), vernichtet fremde Mikroorganismen, die uns über die Nahrung erreichen (berüchtigte Kolonisierungs-Resistenz), lässt unser Abwehrsystem heranreifen oder trainiert lebenslang unsere Immunzellen.

Allgemein ist es nie überflüssig, sich über die schädliche Wirkung der Antibiotika auf der Darmflora bei dem Arzt oder Apotheker zu erkundigen. Denn der völlige Wiederaufbau einer durch Antibiotika geschädigten Darmflora dauert manchmal Wochen und Monate. Bei wiederholten Antibiotika-Therapien kann die Erholung dann sogar völlig ausbleiben. Mit dem nachhaltigen Verlust der individuellen Darmflora wird heute die Entstehung von einer Vielzahl chronischer Magen-Darm-Erkrankungen in Zusammenhang gebracht werden. Die sehr eingeschränkte Verwendung von Antibiotika hat schließlich noch einen guten anderen Grund: Es entstehen seltener Resistenzen. Und damit bleibt, wie oben erwähnt, die Wirksamkeit für die Fälle erhalten, in denen diese Mittel medizinisch lebensrettend sind.

Der Sinn der alten Äußerung konnte man von neuem erfassen. Der englische Philosoph Francis Bacon sagte einmal: „Wissen ist Macht". Dieser kleine Satz wurde im Deutschen zu einem geflügelten Wort gewesen, obwohl der Denker vor mehr als vier Jahrhunderten lebte. Heutzutage erwarb es einen neuen Klang, weil jede unpräzise Handlung zu unvorhersagbaren Konsequenzen für einen Mensch oder für Millionen Menschen oder anderen Lebewesen bringen könnte. Etwas Ähnliches gilt auch für die Gelegenheiten unseres Alltags. Um eine klare Wichtigkeit dieser Aussagen zu beweisen, können wir uns an folgende Beispiele wenden.

Die Ernährungsstudien zeigten schon längst, dass die Anwesenheit Bakterien der Art Oxalibacter formigenes im Darm das Risiko, Steine in Nieren zu bilden, stark verringert. Das Rätsel der klugen Bakterien bestand darin, dass sie imstande waren, die Oxalsäure zu spalten, die einen großen Bestandteil der Nierensteine zusammensetzten.
Sie können auch darüber entscheiden, ob ein Mensch krank wird oder nicht. So ist seit Jahren bekannt, dass Menschen, die eine hohe Zahl Bakterien der genannten Art Oxalibacter beherbergten, ein geringeres Risiko haben, Nieren-

steine zu bilden. Denn Nierensteine bestehen häufig zu einem Teil aus Oxalsäure und die wird von diesem Bakterium gespalten.

Letzte Zeit leistete die Forschung einen erheblichen Beitrag zum Verständnis des Einflusses von Mikrobiom auf Schuppenflechte, die auf Altgriechisch Psoriasis (Krätze) genannt worden war. Schuppenflechte zählt sich zu nichtansteckende chronische Autoimmunkrankheit, die sich vor allem als entzündliche Hautkrankheit (Dermatose) präsentieren lassen. Nicht selten greift sie auch andere Organe an, vor allem Gelenke und zugehörige Bänder wie eine Form Arthritis. In Augen schadet es die Gefäßhaut des Augapfels, das Gefäßsystem des Herzes oder Geschlechtsorganen. Als besonders unerwünschten Varianten spricht man von möglichen Diabetes mellitus und Schlaganfall.

Die Aufmerksamkeitsdefizit-/Hyperaktivitätsstörung (ADHS) gehört zur Gruppe der Verhaltens- und emotionalen Störungen mit Beginn in der Kindheit und Jugend. Sie äußert sich durch Probleme mit Aufmerksamkeit, Impulsivität und Selbstregulation; manchmal kommt zusätzlich starke körperliche Unruhe (Hyperaktivität) hinzu.
Der Einfluss von Mikrobiom offenbarte sich auch mit dem Tourette-Syndrom. Das heißt eine neurologische Erkrankung, die unerwünschte, unwillkürliche Muskelbewegungen und Geräusche verursacht, die als Tics bekannt sind.
Forscher untersuchen inzwischen auch den Einfluss des Mikrobioms auf den genannten Schuppenflechte, ADHS, das Tourette-Syndrom und Diabetes.
Auch zwischen übergewichtigen und dünnen Menschen haben sie deutliche Unterschiede in der Darmflora gefunden. Prinzipiell bedeutete es, dass eine oft zufällige Symbiose der kleinsten Lebewesen für die unterschiedlichen Krankheiten verantwortlich sein konnten.

Eine Besonderheit, die den Verfasser Ruhe entzog, betraf die Tatsache, dass das Selbstbewusstsein der kleinen unbegrenzt zunahm. Zugleich war es eine Widerspiegelung der Prozesse, die in dem Geist des kleinen stattfanden. So sollte Clero zuerst eingestehen, dass er dank der Anspielungen seiner engen Freunde und Verwandten eine mächtige Fähigkeit erwarb, die ihm möglicherweise die „höhe Instanz“ bescheren sollte. Was war es allein das Können wert, ausgeklügelte Antibiotika, die immer komplizierter aufgebaut worden waren, zu zerstören. Eigentlich konnte Clero solche Denkweise grob als eine ferne Strategie bezeichnen. Wie anders sollte es genannt werden, wenn seine Artgenossen diese tödlichen Chemikalien durch eine primitive Verschließung ihren Poren nicht reinzulassen wussten. Kurz gesagt, bleibt das Antibiotikum wieder draußen. Noch kluger schien dem Einzelligen der Handgriff zu sein, mithilfe eines Enzyms deren große Moleküle zu spalten. Und wie eine Spitze der Erfindungsgabe verstand er das hohe Vermögen seiner Verbündeten, die gelangte in der Zelle Gift hinauszublasen. Es sah ganz fantastisch aus und ließ in der Tat stolz werden.

Das nächste „Wunder“ Cleros bestand darin, dass er eine „Kunst“ aneignete, jeden Augenblick zu ahnen, wie zahlreich momentan die gesamte bakterielle Gemeinschaft wird und ob die Nährressourcen ausreichend für alle werden könnten. Natürlich war die Rede dabei von einer Beschaffenheit, die er vor kurzem bei sich entdeckte Dieses „sechste Gefühl“ ließ Clero mitsamt Gemeinde viel Vorgänge aufeinander abzustimmen, die unwirksam wären, wenn sie von einzelnen Zellen durchgeführt würden. Vielleicht waren sogar die Cleros Freunde noch nicht imstande, das Ausmaß dieser Erscheinung abzuschätzen, das von der Bildung der Biofilme und bis zu gigantischen Ökosystemen der Korallenriffe verbreitet sollte. Doch die einsichtigen kleinen erkannten sofort die Anwesenheit des Stammes Pseudomonas aeruginosa, dieses Stäbchenbakteriums und einen Erreger von Lungenentzündung. Ihr sozialer Geist verlangte von ihnen eine dringende Einmischung sowie die vollständige Ausrottung der schädlichen Individuen. Denn das Wohlbefinden des Wirtes war für sie eine vorrangige Gelegenheit gewesen.
Aber woher sollte diese beneidenswerte Qualität der Kleinsten vorkommen? Ewig war es unbedingt nicht. Doch Clero selbst nahm sich schon früh beim Gedanken, dass er einen Bedarf habe, für anderen zu sorgen. Um dieses Gefühl zu befriedigen, brauchte er enge Beziehungen mit seinen Artgenossen, mit denen er ständig in Verbindung stehen sollte. Selbstverständlich hatten ihre Verhältnisse nichts Gemeinsames mit den gleichen Vorgängen bei den großen Tieren, deren Sprache auf Hören und sonstigen Sinnorganen gegründete worden war.

Zugleich entwickelten sie einen wertvollen Ersatz, das auf einem biochemischen System beruht wurde. Das System ließ außerdem die Hauptregeln der Sprache beibehalten. Ehrlich gesagt waren sie ausreichend, um das Leben der Gemeinde bestmöglich zu gestalten. Als ein erstes Objekt der Forschung wählten Clero mit den „Kollegen" ein Bakterium namens Bacillus subtilis. Von Anfang an stellte es sich heraus, dass die Signale, die von Zelle zu Zelle weitergegeben worden waren, regulieren präzis die Aktivität gewisser Enzyme, die für die Biofilmbildung verantwortlich waren. Die nächste Schlussfolgerung des Begabten betraf die Tatsache, dass einige seine Signale nicht allein für seine Verbündeten, sondern für weitere Gruppen der Bakterien verständlich waren, indem er eine Antwort von ihnen zu bekommen vermochte. Darauf begriff er, dass seine Artgenossen, die weit und breit miteinander Signale wechseln, viel größere Chance zu überleben bekommen als irgendwelche Einzelwesen.

Ungeachtet dessen, dass es bei seinen Freunden so brauch war, die schädlichen Bakterien einer Spionage zu verdächtigen, gefiel ihm den Argwohn nicht besonders.
„Warum durften diese Pathogene nicht, sich wie andere vor dem Tode bewahren? Es stimmte, dass sie für den Wirt eine große Gefahr beweisen sollten. Diese Tatsache schloss doch nicht ihr Recht aus, einen Rettungspfad herauszusuchen".
Allerdings sollte der Kluge sich stets Rechenschaft darüber ablegen, dass er kritisch zu sich verhalten musste. Sonst drohte ihm eine seelische Erkrankung, die für alle Angeber typisch war. Sie bestand darin, dass der Betroffene keine Kraft mehr besaß, unparteiisch zu wirken. In diesem Augenblick beschämte sich der kleine energisch. Später erinnerte er an solches Gefühl, das ihm viel Zeit und Inspiration sparen ließ. Die letzte Bedingung war eher unersetzlich für ein schöpferisches Individuum, das in der Gestalt Cleros bestimmt präsent sein sollte.
Um eine Bilanz der jüngsten Erörterungen zu ziehen, dachte jetzt Clero darüber nach, ob er im Laufe der letzten Wochen grobe Fehler begehen konnte.
„Nein, diese Fehlschläge vermieden mich", sagte er sich erleichternd, „glücklicherweise für den kleinen Lebensabschnitt. Nichtsdestotrotz darf ich auch fernerhin nicht, die Kräfte verzehren lassen". Mit diesem aktiven Gedanken

begann er erneut, innerlich die Maßnahme überlegen, die seine Sippe dringend brauchte.

Als ein schnelles Resultat bekam er eine neue Vorstellung über die aktuelle Lage seiner Verbündeten. Also sah alles grundsätzlich nicht schlimm aus: Sie alle genossen weiter die gemütlichen Verhältnisse in glückseligen Gebieten des Herrschers Darms, wo sie die besten Chancen für das Schaffen bekamen. Zahlenmäßig waren sie vom Gebieter auch nicht nachgeteilt geworden. Mehrere Millionen fanden ihre Unterkunft dort, wo sie ihre beste gesellschaftlichen Qualitäten bekunden konnten.

Die geistige Entwicklung des begabten einzelligen setzte sich unbedingt fort. Er selbst begriff diesen natürlichen Werdegang wie eine Wechselwirkung der Gedanken zwischeneinander. So kam er unerwartet zum Schluss, dass die immaterielle Vorstellungen ihr eigenes Leben genießen sollten, das nicht verbindlich mit irgendwelchen Träger verknüpft werden sollte. Dieser Gedankenblitz brachte Clero solche Freude, dass er einige Minuten in einem Zustand der allgemeinen Erschöpfung und Abgestumpftheit verblieb. Darauf wurde diese komische Lage durch eine vorige Sicherheit ersetzt.

Nein, so einfach sah es zweifellos nicht aus. Erst schien ihm die sichtbare Welt stark verändert zu sein. Dann vermutete er, dass die Änderungen Wahrscheinlich nicht die ganze Welt betraf, sondern sein Bewusstsein allein. Vielleich war es in der Tat so gewesen. Doch nun erfuhr er eine neue Idee, die seine Weltanschauung auf ein höheres Niveau zu bringen vermochte. In seiner tiefen Wahrnehmung empfand er wieder seine großartige Kolonie, die unbekümmert weiter ihre Glückseligkeit zu genießen fortsetzte. Sie waren alle ohne Ausnahme selbstlos und eindringlich. Ja, gewiss, die waren die Eigenschaften, die er bei ihnen besonders hochschätzte. In den nächsten Augenblick kapierte er aber etwas Unsagbares, was er nicht sofort fähig war, in klare Worte einzukleiden. Darüber hinaus versetzte ihn dieses Gefühl in solch großes Erstaunen, dass er nur Minuten danach wieder zu sich kam.

Die genannte Tatsache betraf das Vermögen des Individuums in zahlreichen Gemeinschaften, die mit ihrer Kolonie vergleichbar sein sollte, dessen Un-

abhängigkeit beizubehalten. Mit anderen Worten war die Rede von der intellektuellen Kraft, sich nicht in ein Herdentier umzuwandeln.
War es für einen Einzelligen überhaupt möglich, solche rebellische Ideen zu propagieren. Auf jeden Fall war Clero selbst davon überzeugt.

Und der frappierende Verfasser reagierte unverzüglich darauf. Als er infolge des festgelegten Verbindungskontaktes mit dessen klugen Günstling erfahren konnte, war er davon erschrocken. In Prinzip bedeutete dieser Fortschritt die unbegrenzten Aussichte des Kleinen, alle menschliche Fähigkeiten anzueignen. Obwohl sein Gesichtskreis absolut fantastisch war, blieben seine Weissagungen unbegreiflich. Gleichzeitig erregten sie bei dem großen eine Reihe von Assoziationen, die ihn künftig nicht mehr freiließen. So war er jetzt imstande, eine Vielfalt von Geschichten aus der Belletristik und Dokumentarfilmen erneut zu sehen, die gerade mit dem Thema verbunden worden war. Die nach Macht gierigen Diktatoren hantierten gewandt ihre einfältigen Bevölkerung und stellten fürsorglichen Väter aus sich dar. Nach deren bezaubernde Selbstbildnis versuchten sie ihre Beste zu schaffen, damit ihre Untertanen total glücklich und wohlhabend leben konnten. Die Wirklichkeit zeigte doch etwas ganz Gegenteiliges, indem der dringliche Bedarf an alle benötigten Gebrauchswaren immer vorhanden war. Und das Bildnis der Bevölkerung sah sehr kläglich aus: Sie glaubten schweigend an die Machthaber und waren bereit, für ihn ihr Leben zu riskieren. Wie es Clero meisterhaft ausdrückte, erinnerten sie sich an Herdentiere, die ständig einen Viehhirt brauchten. In diesen Minuten sah der Verfasser Filmszene aus dem „The great dictator“ von Charlie Chaplin, die er vor einem halben Jahrhundert genoss. Etwas Besseres konnte man sicher nicht machen.

Allerdings verlangten augenblicklich die düsteren Gedanken, die ihm der „Genie“ aus der Gattung Einzelliger eingeflossen habe, irgendwas Beruhigendes. Deswegen wechselte er die Richtung seiner Erwägungen und konzentrierte sich auf der „Humanbiologie“.

Also war ein „human being“ außer dessen Intellekt ein Träger von Tausenden Bakterienarten, die entweder selbst für ihre gemeine Kräfte bekannt waren oder fähig waren, sich so ungünstig (von der menschlichen Sicht) zu mutieren, dass sie für den Wirt tödlich sein sollten. Gewiss war der gelehrte Naturwissenschaftler keinesfalls ein Anhänger der genannten Erreger. Zugleich war es leider weit über seine Macht, etwas Wesentliches dagegen zu unternehmen.

Sozialverhalten der Fledermäuse

Wie gesagt beschäftigten sich viele Biowissenschaftler damit, eine Analogie in sozialen Verhältnissen bei Mikroben und großen Tieren (einschließlich Menschen herauszusuchen oder sie gegenüberzustellen. Letzte Zeit war ihre Aufmerksamkeit zu seltener Art der fliegenden Säugetiere herangezogen, die deutliche positiven gesellschaftlichen Eigenschaften veranschaulichten. Einige davon hießen Fledermäuse, die weit auf unserem Planeten verbreiten sollten. Eine beharrliche Erforschung ließ es bestätigen, dass deren Fürsorge für die Familie und Artgenossen so uneigennützig und offenherzig war, dass die beteiligten Mitarbeiter neidisch ihnen gegenüber werden sollten. Im Folgenden widmen wir diesen ungewöhnlichen Bewohner der Erde eine kurze Erzählung, die mit der Neugier erregenden Anatomie diesen Säugen Arten beginnen werden sollte.
Eine erlesene Anatomie des Fledermausleibes war „vom Himmel" so tad-ellos geschafft, dass sie von Naturforschern mit Begeisterung wahrgenommen war. So ließen ihre anklammernden Krallen an Finger-Phalanx der Flügeln leicht und ohne Mühe stundelang in deren anspruchslosen Quartieren anzu- häufen, die gewöhnlich von anstelle der vorigen Bewohner besetzt werden könnte. Wenn die Rede von Menschen sein sollte, nutzten diese Kleinen Plätze hinter den Höfen und Hütten einer Siedlung, verlegene Brücke, Ablagestellen oder Wracken einer Baukonstruktion. Sie hingen häufig Kopf nach unten ohne Befürchtung, hinunterzufallen und sich zu töten oder verletzen. Umgekehrt gab ihnen die Natur die Fähigkeit, sogar nach deren Tod auf gleichem hängenden Zustand weiter zu bleiben.

Wie gesagt sind Fledermäuse hochsoziale Tiere, die die meiste Zeit des Jahres in Gruppen zusammenleben. In ihren Quartieren suchen sie meist engen Körperkontakt mit anderen Tieren, wodurch sich Fledermauspulke (Schlafverband) bilden. Dies hat den Vorteil, dass die einzelnen Tiere wenig Energie für die Körperaufwärmung aufwenden müssen und verbrauchen. Sowohl in den Wochenstuben als auch in den Winterquartieren kommt es zudem zu einer klaren Durchmischung verschiedener Arten. Dabei findet man meistens zwei oder drei verschiedene Arten in einem Quartier, wobei die einzelnen Arten sowohl in eigenen Clustern beieinander hängen als auch eine echte Durchmischung vorkommt. Bemerkenswert können in einer Kolonie mehrere Millionen Tiere leben. So beherbergt die Bracken-Höhle bei Austin in Texas etwa 20 Millionen Tiere der Guano-Fledermaus Tadarida Basiliensis. Ein gravierender Nachteil der Koloniebildung ist die Übertragbarkeit von Krankheiten wie z. B. „White-Nose-Syndrom" (WNS).

Weißnasenkrankheit ist eine Pilzerkrankung, die Fledermäuse in ihrem Winterschlaf befällt. Die weiße Nase bezieht sich auf das Wachstum des weißen Pilzes rund um das Maul der Fledermaus. Es ist jedoch nur das am besten sichtbare Symptom dieser Infektion. Die Forschung hat ergeben, dass Weißnasenkrankheit die Fledermäuse im Winterschlaf für physiologische Störungen anfällig macht, ihre Körpertemperatur erhöht und zur Folge hat, dass sie ihre Fettreserven verlieren.
Der 2006 zum ersten Mal im Staat New York entdeckte Pilz Pseudogymnoascus destructans (Pd) hat sich seither wie ein Lauffeuer verbreitet und findet sich nun in 33 US-Staaten sowie sieben kanadischen Provinzen. Die tückische Krankheit besiedelt gewaltsam die Haut der „armen" Fledermaus, indem der tödliche Verlauf erbarmungslos den ganzen Leib des Säugetierchens frisst. Die wenigen Augenzeuge der Katastrophe nannten sie wie eine „beispiellos" und „schlimmste der bisher bekannten Bedrohung für Fledermäuse". Im Jahre 2017 waren schon 15 Fledermausarten betroffen, darunter drei gefährdete Arten.

Erstaunlicherweise galt bis dahin der Pilz Pd wie ein alter und harmloser Be wohner Europas. Dessen genetische Studien haben gezeigt, dass der Pilz Pd seit langer Zeit in Europa beheimatet war, ohne irgendwelchen Schaden zu verursachen. Den Hypothesen zufolge konnte er durch zufällige Änderungen im Erbgefüge zu einer neuen schrecklichen Art werden, die wie eine Pandemie in Nordamerika zu wüten pflegte. Bis heute bleibt es aber strittig, ob der neue

Erreger während der transatlantischen Übertragung entstand oder wegen eines anderen Leidens der Fledermäuse, das sie enorm geschwächt habe, so dass der Pilz sich mehrfach verstärkt wurde.

Eine allumfassende Fürsorge des einzelnen um ganze Gemeinschaft wurde durch die Abwesenheit der Rangunterordnung innerhalb von Fledermauskolonien bestätigt. Zu wohltätigem Benehmen der männlichen Wesen sollten wir wahrscheinlich ihre Bemühungen zählen, die fremden Nebenbuhler aus den Paarungsrevieren zu vertreiben.
Wie bei vielen anderen sozialen Tieren gibt es auch bei Fledermäusen ein klares Schwarmverhalten, bei dem die Aktionen einzelner zu einer Beteiligung anderer Tiere führen. So folgt im Regelfall nach dem Abflug eines Tieres auch ein Start weiterer, und auch das Putzen einzelner Tiere führt dazu, dass andere damit beginnen. Beim Putzen gibt es allerdings bei den meisten Arten keine gegenseitige Fellpflege. Stattdessen konzentriert sich jedes Tier auf sich selbst. Nur die Jungtiere werden in den ersten Lebenstagen noch vom Muttertier geputzt. Bei verschiedenen Arten, vor allem bei Hufeisennasen, wurde ein gegenseitiges Belecken des Gesichts beobachtet. Allerdings geht man üblich davon aus, dass es sich dabei nicht um Reinigungsverhalten, sondern um Kommunikationsgesten handelt.

Doch ein lyrisches Intermezzo in den Gedanken des Verfassers war bestimmt nicht vorgeplant. Im Sinne, dass es gerade die höchste Zeit war, zurück zum geistreichen Bakterium zurückzukehren. Und so machte der Alte tatsächlich.
Die jüngste Entdeckung Clero, mit der er vor kurzem seinen gigantischen Herrscher benachrichtigte, war sicher auch für ihn selbst sehr nützlich. Jetzt konnte er in seinem winzigen Leib unermessliche Räume konzentrieren, was für andere Mikroben sowie große Tierarten unvorstellbar wäre. Nach seiner kurzen Sicht zeugte diese rätselhafte Erscheinung davon, dass die Räume nicht nur bis zu Unendlichkeit erweitern, sondern auch bis zu einem Punkt verengen können. Das Begreifen dieses märchenhaften Ereignis brachte Clero in Begeisterung. Mit einfachen Worten bedeutete es die Realität der Tatsache, dass er jetzt

in der Lage war, in sich milliardenfach größere Volumen als sein eigener Körper zu verschlingen.

Was sollten diese Erörterungen Cleros für das Universum bedeuten? Grob gesagt stand das Letzte vor einer planetarischen Revolution, die alle reelle Maßstäbe umstülpen musste. Die folgende Verarbeitung dieser Idee konnte die Vollkommenheit seines Auslegen näherbringen. So stellte es sich heraus, dass der genannte, sich am Ende befindliche Punkt, auch eine phantasmagorisch große Menge an Information zu sammeln erlaubte. Diese unerhörte Konzentration konnte nach der Meinung des „kleinen Giganten" alle noch nicht da gewesene Begebenheiten in ferner Zukunft im Voraus wissen.

Auch bei der Verwirklichung solcher erhabenen Grundgedanke blieb das Genie so bescheiden wie zuvor: Er dachte in erster Linie über seinen Gebieter, der von dessen letzte Entdeckung am meisten profitieren konnte. Im Verstand des noch kleinen Wesen tauchte die Gestalt des Herrschers auf, zu dem die ganze Welt gehören sollte. Offenherzig eingestehen war es der tiefste Traum des „größten" Einzelligen gewesen.
Von diesem Moment an verwandelte sich in Cleros Gedanken das Bild des riesigen Machthabers in eine Gottheit, die das Universum zu regieren wusste.
Eine Gottheit erweist sich als eine übernatürliche Erscheinung, die eher traumhaft aufzutauchen vermöge. Sie besitzt eine unvorstellbare Kraft, die vielfach die Energie aller Lebewesen der Erde übersteigen musste. Trotzdem interagiert sie zeitlos mit allen lebendigen Organismen bejaend oder ablehnend, indem sie sich nach einem neuen Niveau des Bewusstseins zu bringen weißt, jenseits des Hauptanliegens des trivialen Lebens. Die Religionen können sich durch die Eigenart ausgezeichnet, wie hoch sie die Gottheit verehren. Die monotheistischen Abarten nehmen ausschließlich eine Gottheit, während ihre polytheistischen Arten mehrere Gottheiten entgegenzunehmen bereit sind.

Weisheit der biblischen Propheten

Eine Hiobsbotschaft bedeutet so viel wie eine Unglücksnachricht. Der Ursprung dieses geflügelten Wortes stammt aus dem Alten Testament der Bibel.

Hiob war ein Prophet. Er hatte zehn Kinder mit seiner Frau, war wohlhabend und lebte mit einem festen Glauben an den biblischen Gott, wie es im Alten Testament heißt.
Eine gegenwärtige Wahrnehmung der Botschaften, die über drei Jahrtausende Jahre zählen, lassen uns etwas Außergewöhnliches vermuten, was damals in der Tat passieren konnte. Wenn wir aufmerksam zur Erzählung Ijobs zuhören, werden wir im Gedankenkarussell gefangen. So sagte er:
„Eines Tages geschah es, dass die Gottessöhne kamen, um vor Jahwe hinzutreten. In ihrer Mitte erschien auch der Satan. Da sprach Jahwe zum Satan: „Hast du auch auf meinen Knecht Ijob achtgehabt? Denn es gibt niemand auf Erden, wie ihn. Er ist untadelig und rechtschaffen, fürchtet Gott und meidet das Böse."
Der Satan erwiderte Jahwe:
„Ist denn Ijob umsonst so gottesfürchtig? Hast du nicht selbst einen Zaun errichtet um ihn, sein Haus und all sein Eigentum ringsum? Das Werk seiner Hände hast du gesegnet, und sein Besitz dehnt sich im Lande aus. Doch strecke einmal deine Hand aus und rühre an all seinen Besitz. Wahrhaftig, er wird dir ins Angesicht fluchen!"
Da sprach Jahwe zum Satan:
„Siehe, alles, was er besitzt, ist in deine Hand gegeben. Nur gegen ihn selbst darfst du deine Hand nicht ausstrecken."
Und der Satan ging vom Angesichte Jahwes fort.

Eines Tages hielten seine Söhne und Töchter das Mahl im Hause ihres ältesten Bruders und tranken Wein. Da kam ein Böse zu Ijob und sprach:
„Die Rinder waren beim Pflügen, und die Eselinnen weideten nebenan. Da fielen die Sabäer (1) ein und raubte sie. Sie erschlugen die Knechte mit der Schärfe des Schwertes. Nur ich allein konnte entkommen, um es dir zu melden."
Noch hatte dieser nicht ausgeredet, da kam schon ein anderer und sprach:
„Die Chaldäer bildeten drei Heerhaufen, machten einen Überfall auf die Kamelle und trieben sie fort. Sie erschlugen die Knechte mit der Schärfe des Schwertes. Nur ich allein konnte entgehen, um es dir zu melden."
Noch hatte er nicht ausgeredet, da kam schon ein anderer und sprach:

„Deine Söhne und Töchter waren beim Gastmahl im Hause ihres ältesten Bruders. Da kam plötzlich ein gewaltiger Sturmwind von jenseits der Wüste her und erfasste die vier Ecken des Hauses, so dass es über den jungen Leuten zusammenbrach und diese starben, nur ich allein konnte entkommen, um es dir zu melden."

Da erhob sich Ijob, zerriss sein Obergewand und schor sein Haupt. Er warf sich zur Erde und betete an. Dann sprach er:
„Nackt kam ich aus meiner Mutter Leib; nackt kehre ich dorthin zurück. Jahwe hat gegeben, Jahwe hat genommen; der Name Jahwes sei gepriesen."
Bei alledem sündigte Ijob nicht und legte Gott nichts Törichtes zur Last.

Eines Tages geschah es, dass die Gottessöhne kamen, um vor Jahwe hinzutreten. In ihrer Mitte erschien auch der Satan. Da sprach Jahwe zum Satan:
„Woher kommst du?" Der Satan erwiderte Jahwe:
„Ich streifte auf der Erde umher und erging mich auf ihr."

Da sprach Jahwe zum Satan:
„Hast du auch auf meinen Knecht Ijob achtgehabt? Denn es gibt niemand auf Erden wie ihn. Er ist untadelig und rechtschaffen, fürchtet Gott und meide das Böse. Er verharrt noch immer in seiner Untadeligkeit. Du aber hast mich umsonst gereizt, ihn zu verderben."
Der Satan erwiderte Jahwe und sprach:
„Haut um Haut, und alles, was der Mensch besitzt, gibt es für sein Leben. Doch strecke einmal deine Hand aus und rühre an sein Gebein und Fleisch. Wahrhaftig, er wird dir ins Angesicht fluchen."
Da sprach Jahwe zum Satan:
„Wohlan, er sei in deiner Hand. Nur schone sein Leben."
Und der Satan ging vom Angesichte Jahwes fort. Er schlug Ijob mit bösartigem Geschwür von seiner Fußsohle bis zu seinem Scheitel. Er nahm sich eine Scherbe, um sich damit zu kratzen, währen er mitten in der Asche saß.

Da sagte seine Frau zu ihm:

“Hältst du noch immer an deiner Makellosigkeit fest? Fluchte Gott und stirb!“
Er aber erwiderte ihr:
„Wie eine törichte Frau spricht, so redest auch du. Wenn wir das Gute von Gott annehmen, warum nicht auch das Böse?“
Bei all dem sündigte Ijob nicht mit seinen Lippen.

Die drei Freunde Ijobs hörten von all dem Unglück, das über ihn gekommen war, und ein jeder kam von seiner Heimat, Eliphas aus Teman (3), Bildad aus Schuach und Zophar aus Naama. Sie verabredeten untereinander, hin zu gehen, um ihm ihre Teilnahme zu bezeigen und ihn zu trösten. Da sie von ferne ihre Augen erhoben, erkannten sie ihn nicht. Sie erhoben ihre Stimme und begannen zu weinen, zerrissen alle ihr Obergewand und streuten Asche auf ihr Haupt. Sieben Tage und sieben Nächte saßen sie neben ihm auf der Erde, und keiner sprach ein Wort zu ihm. Denn sie sahen, dass sein Schmerz übergroß war.

Ijob verflucht den Tag seiner Geburt

Danach öffnete Ijob seinen Mund und verfluchte den Tag seiner Geburt. Ijob hob an und sprach:
„Vergehen soll der Tag, der mich geboren, die Nacht, die sprach:
„Ein Knabe ist empfangen.“
Ja, dieser Tag, er werde Finsternis! Nicht sorge sich um ihn die Gottheit droben, nicht leuchte über ihn des Tages Licht. Ihn fordre Finsternis und dichte Dunkelheit, Gewölk soll über ihn sich lagern, ihn scheuche auf die Tagesfinsternis! Ja – das Dunkel packe ihn! Nicht reihe er sich zu den Jahrestagen und füge sich nicht in die Zahl der Monde! Ja, diese Nacht – sie bleibe unfruchtbar! Nicht steige auf in ihr ein Jubellaut! Verwünschen sollen sie die Tagverflucher, die es verstehn, Leviatan zu reizen! Verfinstert seien ihrer Dämmerung Sterne! Des Lichtes harre sie, es bleibe fern! Nicht schaue sie mit Lust des Frühlings Wimpern! Weil sie mir nicht des Schoßes Tore schloss und nicht verbarg das Leid vor meinen Augen. Was starb ich nicht vom Mutterschoße weg, trat aus dem Mutterleib und starb dahin? Weswegen kamen Knie mir entgegen, und warum Brüste, dass ich daran sog? Dann läge ich jetzt still und hätte Ruhe,

entschlafen wäre ich und hätte Frieden bei Königen und bei des Landesräten, die Grabesstätten für sich aufgerichtet. Vielleicht bei Fürsten, denen Gold zu eigen, die ihre Wohnungen mit Silber füllten. Wie die verscharrte Fehlgeburt, die nicht gelebt, wie Kindlein wär ich, die das Licht noch nie geschaut. Dort stehn die Frevler ab von ihrem Grimm, dort finden Ruhe auch die Krafterschöpfen. Dort rasten die Gefangenen beisammen und hören nicht mehr auf des Fronvogts Stimme. Der Arme und der Reiche sind dort gleich, der Sklave ist dort frei von seinem Herrn. Warum gab er den Leidbeladnen Licht, verlieh das Leben den zu Tod Betrübten? Sie harren auf den Tod, der der doch nicht kommt, und suchen ihn mehr als verborgne Schätze. Sie würden jauchzen über einen Totenhügel und gar frohlocken, wenn ein Grab sie fänden. Warum solch ein Geschenk dem Mann, der keinen Weg mehr sieht, den Gott von allen Seiten eingezäumt? Das Säufzen ist mein Brot geworden, wie Wasser strömen meine Klagen aus. Wovor ich bangte, das kam über mich, was ich befürchtet, traf mich auch. Ich finde keine Ruhe, keinen Frieden. Noch war ich ruhig nicht, schon kam ein Unheil.

Vertrauen auf Gott

Da antwortet Eliphas aus Teman und sprach:
„Wirst du verdrießlich, wenn wir zu dir sprechen? Doch wer vermag das Wort zurückzuhalten? Sieh doch, schon viele hast du aufgemuntert, und schlaffen Hände hast du Kraftverliehen. Dein Zuspruch stützte den, der strauchelte, du stärktest Wankenden die Knie. Nun kommt es über dich – da bist du mutlos. Da es auch dich erfasst, bist du bestürzt. Ist deine Gottesfurcht nicht deine Hoffnung und deine Zuversicht dein frommer Wandel? Bedenke doch! Wer ging wohl ohne Schuldzugrunde? Wo gingen Redliche wohl je verloren? Sooft ich Leute sah, die Unheil pflügten, Mühsal säten, ernteten sie dieses. Durch Gottes Odem gingen sie zugrunde und schwanden hin durch seines Zornes Hauch. Des Löwen Brüllen und des Leuen Knurren, der Jungleun Zähne werden ausgeschlagen. Der Löwe stirbt dahin aus Beutemangel, und es zerstreuen sich der Löwin Junge. Es stahl zu mir sich ein geheimes Wort, mein Ohr erfasste davon ein Geflüster. Im Traum der Nacht beim Spiele der Gedanken, wenn tiefer Schlaf den Menschen überfällt. Traf mich Einsetzen und Erzittern und

ließ Erschütterung erbeben meine Glieder. Ein Hauch glitt über mein Gesicht dahin, es sträubten sich die Haare meines Körpers es stand da – ich erkannte sein Aussehn nicht. Ein Wesenstand vor meinen Augen da, das Säuseln einer Stimme hörte ich: Ist wohl ein Mensch vor Gottgerecht? Ist rein ein Mann vor seinem Schöpfer? Sieh seinen Dienern traut er nicht, zeiht seine Boten noch des Irrtums. Doch mehr noch jene, die im Lehmhaus wohnen, die auf dem Staub gegründet sind, die man zerdrückt wie eine Motte! Vom Morgen bis zum Abend werden sie zerschlagen. Für immer gehen sie zugrunde, und niemand denkt an sie. Wird ihnen dann der Zeltpflock ausgerissen, so sterben sie dahin, doch ohne Weisheit. Erheb die Stimme! Wer erteilt dir Antwort? An wen der Heiligen willst du dich wenden? Fürwahr, der Ärger mordet einen Toren, und einen Narren bringt der Eifer um. Ich selbst sah einen Toren Wurzel fassen; doch plötzlich ward verflucht sein Wohnsitz. Und fern vom Heile waren seine Söhne. Im Tore wurden ohne Anwalt sie zertreten. Was sie geerntet, aßen Hungernde; denn Gott entreißt es ihren Zähnen; es schnapten Durstige nach ihrem Gut. Denn aus der Erde geht kein Unheil auf, und aus dem Ackerboden sproßt kein Leid. Fühwahr, der Mensch erzeugt das Unheil, wie Adler aufwärts fliegen. Doch ich – ich würde Gott befragen, Gott meine Sache unterbreiten, der Großes schafft und Unerforschliches, gar Wunderbares, was noch nie gezählt, den Regen spendet auf der Erde Antlitz und Wasser sendet über weite Fluren, der aufwärts richten kann die Tiefgebeugten, dass Trauernde das höchste Heil erfahren, der da zunichtemacht der Schlauen Pläne, dass ihren Händen kein Erfolg beschieden, der Weise fängt in ihrer eignen List, dass der Verschlagnen Plan sich überstürzt. Bei Tage stoßen sie auf Finsternis und tasten wie bei Nacht umher am Mittag. Den Ebenden errettet er vor ihrem Mund und aus der Hand des Mächtigen den Armen. So blüht dem Armen eine Hoffnung auf; die Bosheit aber muss den Mund verschließen. Sieh, selig ist der Mann, den Gott zurechtweist. Verschmähe nicht die Zucht Schaddais (4)! Was er verwundet, das verbindet er; wenn er zerschmettert, heilen seine Hände. In Ängsten wird er sechsmal dich errettet, und in der siebten packt das Leid dich nicht. In Hungernot erlöst er dich vom Tode, zur Zeit des Krieges aus der Hand des Schwertes. Du bist geborgen vor der Zunge Geißel; naht sich der Räuber, brauchst du nicht zu fürchten. Du spottest über Frost und Dürre; des Feldes Tiere können dich nicht schrecken. Denn mit des Feldes Steinen stehst du doch im Bunde,

und das Getier des Feldes lebt mit dir im Frieden. Du wirst erfahren: Friede ist dein Zelt, wirst mustern deine Flur und nichts vermissen. Du wirst erkennen, wie sich mehrt dein Same, und deine Sprossen wie das Gras der Erde. Im reifen Alter steigst du in das Grab, wie man zu seiner Zeit die Garben sammelt. Sieh, dieses haben wir erforscht: so ist es. Wir hörten es. Du aber merk es dir! Der heimgesuchte Mensch allein kennt seine Not“.
Da antwortete Ijob und sprach:
„Wenn doch mein Ärger könnt gewogen werden, zugleich mein Unglück auf der Waage läge! Dann wäre es schwerer als der Sand des Meeres. Darum verwirrten meine Worte sich. Die Pfeile von Schaddai sind in mich eingedrungen. Es hat mein Geist ihr Fiebergift getrunken. Die Schrecken Gottes stehen wider mich. Schreit denn der wilde Esel auf der Weide? Und brüllt vor seinem Futter denn der Stier? Wird etwas Fades ohne Salz gegessen? Ist denn am Schleim des Dotters Wohlgeschmack? Ich sträube mich, daran zu rühren, und doch ist dies in meiner Krankheit meine Speise. O dass doch mein Verlangen sich erfüllte, und Gott gewährte, was ich mir ersehne! Gefiele es doch Gott, mich zu zermalmen! Erhob er seine Hand, mich abzuschneiden! Es würde das mein Trost noch bleiben. Aufhüpfen würde ich trotz des schonungslosen Schmerzes, dass ich des Heiligen Worte nicht verleugnet. Wo ist denn meine Kraft, um aus zu harren? Wann kommt mein Ende, dass ich mich gedulde? Ist meine Kraft denn eine Felsenkraft? Ist denn mein Leib aus hartem Erz geformt? Gibt es denn keine Hilfe mehr für mich? Und ist es denn jede Rettung mir entschwunden? Dem Nächsten Mitleid zu verweigern, das heißt die Furcht Schaddais von sich zu werfen. Es täuschten meine Brüder wie ein Bach, so wie das Bett von Bächen, die vergehen. Vom Eis sind ihre Wasser trübe, sie schwellen an beim Tauen des Schnees. Zur Zeit der Hitze müssen sie vergehen. Wird es heiß, versiegen sie in ihrem Bett. Die Karawanen biegen ab vom Wege, sie steigen in die Wüste, gehen zugrunde. Nach ihnen spähen Temas Karawanen, auf sie vertrauen Sabas Handelszüge. In ihrer Hoffnung werden sie betrogen, bei ihnen angekommen, werden sie enttäuscht. So seid ihr jetzt für mich geworden; ihr schaut das Schreckliche und fürchtet euch. Habe ich denn je gebeten: „Schenkt mir etwas von eurem Reichtum spendet was für mich. Befreit mich aus der Hand des Feindes, aus der Tyrannen Hand kauft mich doch los?“ Belehret mich, so will ich schweigen! Was ich gefehlt, das macht mir kund! Wie werden

offene Worte nur verhöhnt! Und was beweist denn euer Tadeln? Gedenkt ihr Worte nur zu tadeln? Sind Wind die Worte des Verzweifelnden? Selbst über eine Waise würfet ihr das Los und würdet euren Freund verschachern. Nun habt die Güte, wendet euch mir zu! Euch ins Gesicht werde ich gewiss nicht lügen. Kehrt wieder um! Kein Unrecht soll geschehen. Kehrt wieder um! Mein Recht besteht noch immer. Ist Unrecht denn auf meiner Zunge, und Unheil, weiß mein Gaumen es nicht mehr zu schmecken? Ist Frondienst nicht des Menschen Los auf Erden? Sind seine Tage nicht wie die des Tagelöhners? Gleich einem Sklaven, der nach Schatten lechzt, gleicheinem Tagelöhner, der des Lohnes harrt. So wurden Monde voll Enttäuschung mir zum Erbe, und Nächte voller Peinen teilte man mir zu. Lege ich mich nieder, denke ich: „Wann wird es Tag?“ Und stehe ich auf: „Wann wird es endlich Abend?“ Voll Unruhe bin ich bis zur Dämmerung. Mein Leib hüllt sich in Würmer und in Krusten Lehm, die Haut schrumpft mir zusammen, und sie eitert. Die Tage sind mir schneller als das Weberschriftlein. Sie schwinden ohne Hoffnung hin. Bedenk, dass nur ein Hauch mein Leben ist, mein Auge nimmer wieder schaut das Glück. Das Auge, das mich jetzt noch sieht, schaut mich nicht wieder, und suchen deine Augen mich, bin ich nicht mehr. Die Wolke schwindet, flieht dahin; so steigt nicht auf, wer fuhr in die Scheol (5). Nie kehrt er in sein Haus zurück; nie sieht ihn seine Heimat wieder. Auch ich will meinem Mund nicht wehren, will reden in den Ängsten meines Geistes, will klagen in den Qualen meiner Seele. Bin ich das Meer, ein Meeresdrache, dass wider mich du eine Wache stallst? Denke ich: „Mein Lager soll mich trösten, mein Bett an meinem Jammer tragen helfen“, dann schreckst du mich durch Träume, und durch Gesichte jagst du mich in Angst. Ich möchte die Erdrosselung mir wünschen: Der Tod ist lieber mir als meine Schmerzen. Schon schwinde ich hin; nicht ewig kann ich leben. Lass ab von mir! Denn nur ein Hauch sind meine Tage. Was ist der Mensch, dass du so hoch ihn achtest, und gar den Augenmerk ihn schenkest, das ihn heimsuchst jeden Morgen und jeden Augenblick ihn prüfest? Wie lange schon schaust du nicht weg von mir? Du gibst mir keine Ruhe, dass ich den Speichel schlucke. Habe ich gefehlt, was tat ich dir, du Menschenprüfer? Was machst du mich zum Ziele deines Angriffs, und warum wurde ich dir zur Last? Warum verzeihst du meine Sünde nicht, siehst über meine Schuld nicht weg? Denn lege ich mich nieder in den Staub, wirst du mich suchen, und ich bin nicht mehr“.

Der feste Lauf der göttlichen Gerechtigkeit

Da antwortete Ijob und sprach:
„Jawohl, ich weiß, dass es so ist. Wie wäre ein Mensch vor Gott im Recht? Selbst wenn es ihm gefällt, mit ihm zu streiten, auf keins von tausend gibt er ihm Bescheid. Klug ist er an Verstand und stark an Kraft. Wer kann ihm trotzen und bleibt heil dabei? Die Berge rückt er fort, sie merken es nicht, dass er in seinem Zorn sie umstürzt. Er scheucht die Erde fort von ihrer Stätte, und ihre Säulen wanken hin und her. Er spricht zur Sonne, und sie geht nicht auf, verschließt die Sterne unter seinem Siegel. Er spannte ganz allein den Himmel aus und auf des Meeres Höhen trat er. Er schuf den Bären, den Orion, auch die Plejaden und des Südens Kammern. Er schuf so Großes, Unerforschliches, gar Wunderbares ohne Zahl. Geht er an mir vorbei, sehe ich ihn nicht; fährt er dabei, bemerke ich ihn nicht. Rafft er hinweg, wer kann ihm wehren? Wer darf ihm sagen: Was beginnst du da? Nie widerruft Gott seine Zornesstrafe. Selbst Rahabs Helfer (6) unter ihm sich beugten. Wie könnte ich ihm Antwort stehen, auswählen meine Worte wider ihn? Wäre ich im Recht, ich könnte nichts erwidern; zu meinem Richter müsste ich um Gnade flehen. Doch wenn ich riefe und er Antwort gäbe, dürfte ich nicht glauben, dass er meine Stimme hörte. Er tritt mich nieder wegen eines Haares, mehrt grundlos meine Wunden. Er lässt mich nicht zu Atem kommen, mich sättigt er vielmehr mit Bitterkeit. Geht es um die Kraft, er ist der Starke! Geht es um Recht, wer lädt ihn vor? Wäre ich gerecht, sein Mund kann mich verdammen, und wäre ich schuldlos, spräche er mich schuldig. Unschuldig bin ich – kenne mich nicht mehr, mein Leben achte ich gering. Nur eins ist wahr, drum spreche ich es aus: Unschuldige und Frevler rafft er hin. Wenn er mit seiner Geißel plötzlich tötet, dann spottet er der Angst Schuldloser. Das Land ist in der Frevlers Hand gegeben; er schloss die Augen ihrer Richter. Ist er es nicht, wer soll es sonst denn sein? Mehr als ein Läufer eilen meine Tage; sie schwinden hin und schauen doch kein Glück. Sie gleiten schnell wie Binsenachten hin; gleich wie der Adler, der auf Beute stößt. Denke ich: Vergessen will ich meiner Jammer, mein Antlitz ändern, wieder heiter schauen. So graut es mir vor allen meinen Schmerzen. Ich weiß es doch, du sprichst nimmer frei. Ich muss nun doch als Sünder gelten. Weshalb soll ich

vergeblich mich bemühen? Wenn ich mit Schnee mich waschen wollte und meine Hände reinigen mit Lauge, dann würdest du mich in den Unrat tauchen, dass Kleider vor mir Ekel hätten. Er ist kein Mensch wie ich, dass ich ihm sage: Lässt uns zusammen zum Gerichte gehen! Es gibt doch keinen Schiedsmann zwischen uns, der auf uns beide legte seine Hand. Er würde seinen Stock von mir entfernen, dass seine Schrecken mich nicht weiter quälten. Dann wollte ich reden, ohne ihn zu fürchten. Denn so bin ich in meinen Augen nicht. Es ekelt mich vor meinem eignen Leben, ich lasse meiner Klage freien Lauf, will aus der Trübsal meiner Seele reden. Beschwören will ich Gott: Verdamm mich nicht! Lass wissen mich, warum du mich befehdest! Bringt es einen Nutzen dir, wenn du Gewalt gebrauchst, wenn du verschmähst das Kunstwerk deiner Hände, wenn du begünstigst der Sünder Pläne? Sind deine Augen denn aus Fleisch gebildet und schaust du so, wie Menschen Augen sehen? Sind Menschentagen deine Tage gleich und deine Jahre wie der Mannes Tage. So, dass du untersuchst meine Schuld und Fahndung hältst bei mir nach meinen Sünden. Obschon du weißt, dass ich kein Sünder bin und niemand mich aus deiner Hand befreit? Mich formten und erschufen deine Hände; nun willst du – andern Sinnes – mich vernichten. Gedenke doch, dass du aus Ton mich formtest! Nun willst du wieder mich in Staub verwandeln. Hast du mich nicht wie Milch einst ausgegossen und mich wie Käse fest gerinnen lassen? Hast du mich nicht mit Haut und Fleisch umkleidet, mit Knochen und mit Sehnen mich durchwoben? Auch hast du Leben mir verliehen und Gnade. Es schütze deine Obhut meinen Geist. Und doch verbargst du dies in deinem Herzen; ich weiß, dass dieses du im Sinne hegtest. Wenn ich gesündigt, lauerst du mir auf, willst mich von meiner Sünde nicht befreien. Wenn ich ein Sünder bin, dann wehe mir! Wäre ich gerecht, mein Haupt erhöbe ich nicht, von Schmach gesättigt und getränkt mit Elend. Erhebe ich mich, jagst du mich wie ein Löwe, betätigst deine Wundermacht an mir. Du führst aufs neue Überfälle wider mich und mehrest deinen Ingrimm gegen mich. Stets frische Truppen kämpfen unablässig wider mich. Weshalb zogst du mich aus dem Mutterschoß? Wäre ich gestorben, ehe mich ein Auge sah! Wie wenn ich nie gewesen, wäre ich dann. Vom Mutterschoß wäre ich zum Grab getragen. Sind nicht gering die Tage meines Lebens? Blick weg von mir, dass ich mich etwas freue, bevor fortgehe ohne Wiederkehr ins

Land des Dunkels und des Schattens, ins Land der Finsternis, da keine Ordnung, wo, wenn es leuchtet, ist es wie tiefe Nacht"!

Bemerkungen

---

1. In den Annalen der Assyrer werden die Sabäer bereits 730 v. Chr. erwähnt.
Im Alten Testament werden sie hauptsächlich als Weihrauchhändler erwähnt, so in Jer 6,20 EU, und Jes 60,6 EU. Die Erinnerung an Juden in Saba ist in Gen 25,1–6 EU und Joel 4,8 EU zu erkennen.
Auch den Griechen waren die Sabäer in erster Linie als Händler von Weihrauch und Myrrhe bekannt. Strabon erwähnt ihre Hauptstadt Ma'rib (von manchen Autoren, ebenso wie das Reich, Saba genannt). Die Römer halten sie für das wohlhabendste Volk in Arabien, denn sie liefern den begehrten Weihrauch.
Der Koran erwähnt das historische Faktum des Dammbruches zu Ma'rib im Reich Saba im Jahre 572 n. Chr., in Sure 34,15f. Doch sind die hier ansässigen „Sabäer" nicht identisch mit den in Sure 2,62 (s. u.) erwähnten Ṣābi'ūn (zur Unterscheidung meist mit „Sabier" übersetzt).
2. Die Chaldäer (auch: Kaldäer) waren ein semitisches Volk in Südmesopotamien im 1. Jahrtausend v. Chr. Unabhängig davon existierte ein gleichnamiges Volk an den Ufern des Vansees in Ostanatolien. Diese Chaldaoi und die Chaldäer wurden in den antiken Quellen immer wieder verwechselt, da das Volk von Urartu den Gott Chaldi verehrte. Die Geschichte beider Völker verlief aber völlig unabhängig voneinander.
3. Elifas ist vor Bildad, Zofar und Elihu der erste der Freunde Ijobs. Er ist folglich der älteste der Freunde. Seine Reden an Ijob umfassen Hi 4 EU, 15 EU und 22 EU. Elifas wird als Temaniter (Bewohner Temans) bezeichnet. Im Alten Testament bezeichnet Teman entweder eine Landschaft in Edom (Am 1,12 EU) oder ganz Edom (z. B. Jer 49,7 EU), abgeleitet von hebr. jāmîn „rechts" kann es aber auch einfach „Süden" bedeuten. Ferner könnte der Name eine Herkunft aus der nordwestarabischen Oasenstadt Tema meinen.
4. Der wunderbare Namen El Schaddai (auch El Shaddai geschrieben) unterscheidet sich von allen anderen Gottesnamen in einer wesentlichen Eigenschaft.
"Schaddai" ist vom Wort "Schad" abgeleitet, was in der Schrift an 18 Stellen "Mutterbrust" meint. Auf Gott übertragen hat es den Sinn: „Er ist der eine, der herzt", was ernstlich berechtigt von der Mutterliebe Gottes zu sprechen. El (der starke, mächtige, gewaltige und höchste Gott) wiederspiegelt mit "Schaddai" die überströmende Liebe, welche bereit ist - wie bei einer leiblichen Mutter – sich zum Gedeihen der Leibesfrucht des eigenen Kindes, „auszuleeren" und aufopfernd „hinzugeben". Es zeugt auch immer wieder vom Bund Seiner Zusagen, der Treue zu Seinem Volk und Seinen Kindern in Gnade und Barmherzigkeit.
Gott als Ursprung allen Seins, ist der wahre Geber echten Lebens, der Allmächtige, Gott aller Wohltaten, als All genügsamer ein allgegenwärtig liebender, hingegebener Segensspender!
5. Scheol (hebräisch) kommt im Tanach 66 Mal vor und ist ein Ort der Finsternis, zu dem alle Toten gehen, sowohl die Gerechten und die Ungerechten.

Tanach oder Tenach (hebräisch) ist eine von mehreren Bezeichnungen für die hebräische Bibel, die Sammlung Heiliger Schriften des Judentums. Der Tanach besteht aus den drei Teilen: Tora (Weisung), Neviim (Propheten) und Ketuvim (Schriften). Sie enthalten insgesamt 24 in hebräischer Sprache verfasste Bücher, zwei davon enthalten auch längere aramäische Textpassagen.
Das Christentum hat alle Bücher des Tanach übernommen und – in etwas anderer Anordnung – als Altes Testament kanonisiert (Bibelkanon).
6. Rahab (hebräisch rāḥāb) ist im Alten Testament der Name der Frau, die nach dem Bericht von der Einnahme und Zerstörung Jerichos durch die Israeliten (Jos 2 EU) zwei von Josua gesandte Kundschafter in ihrem Haus versteckt und gerettet habe. Dadurch habe sie nach Jos 6 EU mit ihrer Familie das Massaker an allen übrigen Einwohnern und die vollständige Zerstörung der Stadt überleben können.

Ein Durchsprechen übers UFO

Das Kürzel UFO (für Unidentified Flying Object, auf Deutsch unidentifiziertes Flugobjekt) ist längst ein nahezu magischer Begriff der Alltagskultur geworden. Wie das UFO aussah, liegt aber weitgehend im Dunkeln, worauf er sich eigentlich bezieht. Phänomenologisch gesehen, beinhaltet ein UFO-Erlebnis die Begegnung mit einer Himmelserscheinung, die außergewöhnlich und (zunächst oder überhaupt) nicht erklärbar ist. Im Reiche der Neuen Mythen und Glaubensarten des 20. Jahrhunderts spricht er jedoch davon, dass die ganze Erscheinung als eine mit der Heidenangst verbundene Begegnung mit außerirdischen intelligenten Wesen (Aliens) interpretiert werden.
Umstritten ist, ob alle zunächst nicht erklärbaren Sichtungen (nach dem deutschen Astrophysiker Illobrand v. Ludwiger UFOs im weiteren Sinne. Auf der heutigen Umgangssprache bedeutet es etwas Mittelmäßiges, irgendwo auf Aliens zu stoßen.

Die Wissenschaft und Medien reagierten üblicherweise darauf folgendermaßen, indem sie unterschiedliche Hypothese zu entwickeln wussten, die ihnen eine oder andere Chance zur Verfügung stellte, alle entstandene Schwierigkeiten zu vermeiden

Über das Missverständnis des UFO-Begriffs in den genannten Sphären schrieb der Buchautor und Forscher namens Steven M. Greer buchstäblich das Folgende:
„Es geht um das Verständnis des UFO-Phänomens in unserer Gesellschaft". Dr. Greer, dessen Werk namens „Offiziell geleugnet" wurde momentan zu einem klaren Weltbestseller geworden, stellte verschiedene Faden zu Erörterungen in die gewünschten Richtung, denn gerade diese Film- und Schrift-Leute das Thema auch aus anderer Sicht interessant fanden. Häufig begleitete Ignoranz oder spöttische Ton eher Unwissenheit. So musste er aufrichtig einverstanden, dass die Wissenschaft und Militär schon längst von der Realität des UFOs überzeugt waren.

Auch ein anderer renommierte Wissenschaftler glaubte an Aliens

Ein Experte, der nie im All war, obwohl er 1967 von der NASA zu einer Mars-Mission ausgewählt wurde, war Brian O'Leary (1940-2011).
Nach seinem Abschied aus der NASA wurde der Astronaut ein angesehener Physik-Professor. Auch er war der Auffassung, dass die Aliens uns seit Jahrtausenden aufmerksam beobachteten.
Eine englische TV-Sendung widmete eine enorme Aufmerksamkeit der Beteiligung der UFOs an der Errichtung der gigantischen Pyramiden im alten Ägypten, was bis heute wegen unrealistischen menschlichen Leistungen und Tempo unglaublich zu sein scheint.

Die Cheops-Pyramide ist die älteste und größte der drei Pyramiden von Gizeh und wird deshalb auch als „Große Pyramide" bezeichnet. Die höchste Pyramide der Welt wurde als Grabmal für den ägyptischen König (Pharao) Cheops (altägyptisch Chufu) errichtet, der während der 4. Dynastie im Alten Reich regierte (ungefähr vom 2620 bis zum 2580 v. Chr.). Sie zählt bis heute zu den Sieben Weltwundern der Antike. Merkwürdigerweise gelang den Dreien gemeinsam (also mit den benachbarten Pyramiden der Pharaonen Chephren und Mykerinos fast fünf Jahrtausenden unversehrt zu bleiben. Von einer gläubigen Sicht sollten die drei eine himmlische Segnen bekommen. Von einer modernen Sicht verheimliche sich darin die Rolle von NLO, die eine vernünftige

Erläuterung des Phänomens vorstellen lässt. Nicht aus den üblichen Ereignissen scheint auch die Auswahl des Bauplatzes fürs Projekt gewählt zu werden.

Als das nächste Argument zugunsten NLO-Einstellung werden absolut unrealistische Ausmaße und Größe der Konstruktionen genannt. Mit einer „vorsintflutlichen" Bautechnik wäre es unvorstellbar, eine riesige Höhe von fast 150 Meter und Seitenlänge von 230 Meter zu erreichen. Auch die Baumaterialien wie Granit oder Kalkstein hätten keine Chance, beschnitten oder glatt poliert zu werden.

Eigene Überzeugung

Nach einer sorgfältigen Erforschung allen diesen Ungereimtheiten zweifelte auch der Verfasser dieses Buches nicht mehr daran, dass es ohne Beteiligung einer viel älteren und erfahrenen Zivilisation keine Chance gäbe, etwas Ähnliches den Pyramiden zu schaffen. Noch ein Argument sprach deutlich zugunsten der Version: Wie es sich vor Kurzem herausstellte, gibt es eine deutliche Ähnlichkeit von Ijob Denkweise mit deren, die bei der Errichtung der riesigen ägyptischen Pyramiden (vor allem Cheopspyramide) eingesetzt worden war. Solche klare Übereinstimmung konnte sicher nicht zufällig werden.
Zuerst fiel ihm das Gedanke ein, dass die Rede dabei von den ältesten und größten Bauvorhaben der Menschheit war. Die drei von diesen Arten gehörten zu Gizeh. Ursprünglich war die riesigste von ihnen als ein Grabmal für den ägyptischen König (Pharao) Cheops im Voraus bestimmt worden. Dessen altägyptischer Name hieß Chufu. Der regierte während der 4. Dynastie im Alten Reich (ungefähr vom 2620 bis 2580).
Sie wird zu den Sieben Weltwundern der Antike gezählt; gemeinsam mit den benachbarten Pyramiden der Pharaonen Chephren und Mykerinos ist sie das einzige dieser „Weltwunder", das bis in die Gegenwart erhalten geblieben ist. Als Bauplatz für sein Projekt wählte Cheops nicht die königliche Nekropole von Dahschur wie sein Vorgänger Snofru, sondern das Gizeh-Plateau.
Altägyptisch wurde die Pyramidenanlage Achet Chufu („Horizont des Cheops") genannt. Ihre ursprüngliche Seitenlänge wird auf 230,3 m und die Höhe auf 146,6 m (ca. 280 Ellen) berechnet. Damit war sie rund viertausend Jahre lang das höchste Bauwerk der Welt. Da sie in späterer Zeit als Steinbruch

diente, beträgt ihre Höhe heute noch 138,7 m. Ihre Einmessung wurde in sehr hoher Genauigkeit vorgenommen, die in den nachfolgenden Bauten nicht mehr erreicht wurde. Sie ist genau nach den vier Himmelsrichtungen ausgerichtet, und der Unterschied in den Längen ihrer vier Seiten beträgt weniger als ein Promille. Als Baumaterial diente hauptsächlich örtlich vorkommender Kalkstein. Für einige Kammern wurde Granit verwendet. Die Verkleidung der Pyramide bestand ursprünglich aus weißem Tura-Kalkstein, der im Mittelalter fast vollständig abgetragen wurde.
Nun schließlich würde es wahrscheinlich sinnvoll, eine Parallele zu Ijob-Weisheiten aufzubauen versuchen. Denn die Beteiligung der Aliens ließen viele uralten Äußerungen aus dem Buch der Weisheit mit einfachen Worten erläutern.

Telepathie

Wahrscheinlich zählt sich diese noch nicht wissenschaftlich definierte Erscheinung zu rein seelischen Einstellungen. Es ist ein Grund dafür, dass die meisten menschlichen Naturen, die sich im geistigen Raum besonders wohlzufühlen pflegten (asketische Mediatoren aus Yoga-Gemeinschaften oder anderen östlich-geistigen Schulen) darin das größte Niveau erreichten.
Diese vielleicht nur menschlicher Natur eigentümliche Gedankenweise vermochte eine Vielfalt des Gespensts einzuschließen. Zu denen zählten zahlreiche Menge lebenden und verstorbenen Wesen, die innerlich bei den Betroffenen ständig vorhanden waren.
Der Hauptgegenstand dieser unkörperlichen Verbindung wurde wegen seiner Immaterialität sowohl für die irdische als auch für die kosmische Umherirren gut geeignet. Die Abwesenheit des Gewichts oder Masse diente wie eine zuverlässige Voraussetzung der Fernwirkung ohne leibliche Vermittlung.
Mit anderen Worten ist die Telepathie bei der Seele mit kosmischem Bewusstsein eine fast natürliche Fähigkeit. Man braucht dafür „nur“, eine gewisse „kosmische Reife“ zu erreichen. Wenn die letzte Bedingung erfüllt wird, eröffnen sich die nächsten Bewusstseinsebene, damit die Kommunikation mehrfach erleichtern könnte. In dieser Sache erweisen fünf unsere Sinnesorgane etwas Urtümliches, was uns kaum zur Telepathie zu bringen verhelfen sollte.

Zugleich existiert zweifellos eine Verständigungsart, die gar ohne Worte funktionieren konnte. In der Tat haben wir heutzutage die Kunst der Zeichen- und Signalübertragung sogar in die fernen Galaxien beherrscht.

Ähnlicherweise können wir unsere Ideen, Gedanken, Gefühle, Visionen und Informationen mit anderen Wesen, seien sie unsere verschiedene Vorfahren, große und kleine Tiere oder Mikroben austauschen. Auch unbewusst übertragen einige Partner mit starker Seelenverbindung gegenseitig Informationen, ohne jene Telepathie richtig zu lernen. Im Grunde findet die genannte Übermittlung über den entstandenen Kanal auf der Feinebene zwischen den Personen oder Wesen. Es erinnert sich einigermaßen an ein Telefongespräch, das bei den Partner zu gleichen Gedanken, Bildern, Geschmackempfindungen oder Melodien zu führen vermöge. Unser Gehirn übernimmt die Aufgabe, die für einen PC oder Smartphon eigentümlich wurde: Es verarbeitet die Angaben, ordnen sie und macht sie für den Partner verständlich.

Über die Reinheit des Bewusstseinskanals

Dieser Umstand muss unbedingt streng einhalten werden. Der Kanal in die höheren Ebenen sollte nicht von anderen Energiefelder gestört werden. Auch die Umgebung spielt eine Rolle. Eine ruhige Umgebung mit wenig Informationsdichte und anderen Feldern schafft Klarheit in der Wahrnehmung, der Kanal bereinigt sich erfolgreich selbst. Die Reinheit der Gedanken besteht darin, dass der menschliche Körper und das Gehirn viele Impulse gleichzeitig verarbeitet sollen. Deswegen geling es ihnen kaum, ohne Reinheit die Informationen richtig zu senden oder auszuwerten. Für die telepathische Wahrnehmung sollte der Verstand frei sein von anderen Auskünfte, damit es kein Chaos entsteht in der Auswertung und auch die feine Schwingung Zugang bekommt. Grundsätzlich kann man mit jedem Wesen kommunizieren. Ob es in Form von Gedankenübertragung, visuellen Bildern oder von Gefühlszuständen geschieht, hängt zu einem von den früheren Erfahrungswerten der Seele ab oder auch von der Situation. Meistens passiert es ganz natürlich. Menschen mit medialen Fähigkeiten z. B. kennen den Zugang zu den Seelen der verstorbenen Menschen und setzen sich in telepathisch Verbindung, damit sie den Verwandten eine Nachricht überreichen.

Wissenschaftler aus japanischen Kyoto stellten vor kurzem ein neues Verfahren vor, das ein Fortschritt in Richtung maschinell gestützter Telepathie sein könnte. Ein künstliches neuronales Netz kann anhand von Hirnsignalen Bilder und Formen visualisieren. Als Ausgangsdaten nutzte man dabei die Angaben der EEG, das heißt, Elektroenzephalografie, die durch die klugen Algorithmen der KI in die klaren Bilder oder Tonsignale umgewandelt werden konnten. Mit anderen Worten bekam der Teilnehmer eine Mitteilung, die für die beiden Partner verständlich sein sollten. Diese vielversprechende Arbeit lässt uns Menschen, auf eine schnelle Fortsetzung hoffen.

Unfuge der Erwachsenen und Schadenfreude

Eine gründliche Gegenüberstellung der hochsozialen und selbstlosen Tieren und Mikroben sorgte dafür, dass dem Verfasser endgültig schändlich für seine Artgenossen werden sollte. Wie es in der Tat dazu kommen konnte, dass die Vertreter der klügsten Sippe des Planeten Erde ständig und nicht aus Versehen abscheuliche Handlungen begehen, die für kleine Dümmlinge unzulässig sein sollten. Doch es passiert bei uns allesamt, so dass wir nicht mehr imstande sind, sie zu bemerken. Nur die selbstsüchtigen egoistischen Individuen können sich alles leisten, mit dem wir fast jeden Tag zu konfrontieren vermögen. Von außen sieht es so aus als ersannen diese Leute etwas Besonderes, um auf sich die allgemeine Aufmerksamkeit zu richten. Warum haben wir nicht, von solchem Benehmen in Nachdenken zu versinken? Es beginnt alles von wenigen scheinbaren Kleinigkeiten, wenn jemand Einkaufswagen vom Supermarkt nach Hause mitbringt und freistehen lässt, z.B. vor seinem Treppenflur. Oder ein Familienpaar sein Auto mit den neuen Möbel unmittelbar vor der Haustür eines Mehrwohnungsgebäudes den Eingang für ganze Stunde total undurchlässig macht. Diesen Nachbarn ist es wurstig, ob mehrere Einwohner davon in Verlegenheit gebracht werden. Denn die Fremden stören sie gar nicht. Diese „Bagatelle“ verwandeln sich aber allmählich darin, dass diese Missachtung in die Augen zu springen pflegen. Man kann die lose Streiche von Lausbuben kapieren, die entweder von Eltern schlecht erzogen waren oder es zum Trotz den Erwachsenen machen. Man kann in solcher Hinsicht nichts Besseres als die Zeichnungen und Verse von Wilhelm Busch vorstellen. Seine kleinen Protagonisten Max und Moritz schienen, allen Erwachsenen den Krieg zu erklären, wo alle Mittel und alle grausame Hohne erwünscht werden sollten. Diese eigenartigen Menschenverächter wissen bestimmt im Voraus, wie man seiner Umgebung die höchsten Schmerzen zu versetzen vermochte. Wenn es für kleine Kinder ekelhaft wäre, vergrößert sich die Ähnlicherweise bei den Erwachsenen mehrfach. Warum lassen sich trotzdem die Großen als Bösewichte vorgehen? Eher weil sie aus Karrieren Gründen oder aus dem Eigendünkel nichts Schlimmes darin zu sehen vorziehen. Nach dem Prinzip: Alle Menschen sind Feinde. Und der Grad dieser Feindlichkeit wächst angemessen der Nähe des anderen. Besonders unter unangenehmen Umständen schafft sich der Betroffene die Überzeugung, dass alles wegen diesem oder jenem Nachbar passieren sollte. Solche umstrittene Denkweise macht ihn negativ erfinderisch und bezeichnet für ihn den Anfang eines neuen Zeitalters. Das Letzte sollte die Person drastisch umwandeln, indem sie bereit wird, ein Glück im Unglück der anderen zu sehen. Bemerkenswert wächst die Schadenfreude erheblich nicht selten wider dessen Verlangen. Die Umgestaltung zeigt sich so gewaltig, dass man sich selbst kaum vertrauen könnte. Mit anderen Worten versucht jene asoziale Persönlichkeit, sich gesellschaftlich vorzuschlagen. Bemerkenswert fehlen vollständig solche Empfindungen den sozialen Tieren und Mikroorganismen. Denn sie sind ursprünglich aufrichtig und ehrlich sowohl mit ihren Artgenossen als auch mit uns. Es klänge absurd, wenn sie unsere verborgene Gefühle übernehmen vermochten. Nein, unsere klare Bedürfnisse sollten unseren „kleinen Brüdern" unbedingt fehlen.

Die allgemein verbreitete menschliche Zuneigung zum Neid findet gewöhnlich unwillkürlich statt. Der Anlass dazu sollte unsere Eigenheit sein, uns unvermittelt mit anderen zu vergleichen. Bei dieser Art und Weise träumen wir verborgen, uns besser vorzustellen als wir realistisch sein sollten. Authentisch gesehen ist es nicht der Fall. Vor allem, weil die Schadenfreude bei „living beings" zur zweite Natur werden sollte. So entstehen als Selbstrechtfertigung eine Reihe von sozialen, historischen, politischen, religiösen oder nationalistischen Argumenten, die die gegebenen Mann oder Frau bedenklich über seine (ihre) Gegner positionieren konnte. Statt irgendwelche unparteiische Prüfsteine auszuwählen, sucht man sich die relative Bereiche der Kompetenz oder Sympathie. So nimmt man gewisse Person Kreise wie unkompetent oder unsympathisch wahr und findet dabei eine klare Zustimmung der ihm nahliegender Gemeinschaft. Andererseits habe solche Einstellung nichts Gemeinsames mit dem Mitleid oder der Empathie, die ein Sozialwesen zur Wahrheit verhelfen könnte. Eine Relativierung in menschlichen Beziehungen wird im Vergleich mit der genialen Relativitätstheorie sehr oberflächlich und geringfügig erscheinen. Darüber hinaus lässt diese Erörterung die eigene Sippe verachten, in den Sinnen, dass sie eine künstliche Mischung unvereinbaren Individuen vorstellt. Natürlich verliert man sofort alle Vorrangstellungen, die soziale Wesen im Tierreich durch die Evolution zu bekommen „wussten". Der Grund dafür ist eine typische menschliche Schwäche, aus jeder Situation ein Nutzen herauszuziehen versuchen. Glücklicherweise passt solcher Pragmatismus den richtig humanistischen Traditionen und Denkweisen nicht mehr. „Entweder oder". Etwas Dazwischenliegendes ersann das menschliche Gehirn noch nicht. Und die Zukunft verspricht kaum, etwas Neues in diesem Gebiet zu erfinden.

Noch ein Blickwinkel konnte die psychologischen und physiologischen Reaktionen unseren Artgenossen besser vorstellen. Er wurde mit den Voreingenommenheit und guter Laune verbündet, die eine subjektive Wahrnehmung der Gelegenheit enorm verstärken sollte. Ein menschliches Wesen braucht üblicherweise eine große Bemühung sich gegenüber aufzuwenden, damit es sich als ein Teil der ganzen Gemeinschaft abzuschätzen bereit wäre. Sonst wird es monate- und jahrelang in seiner Irreführung verbleiben.

Zu günstigen Seiten der tierischen Aufnahme der äußeren Bedingungen zählen deren soziale Handeln und Erlebnisse. Dabei spielt ihre Psyche eine untergeordnete Rolle. Die mächtige Evolution förderte bei den Beteiligten eine Erfahrung, die darin bestehen sollte, dass eine enge Zusammenleistung für alle wohltut. In einer Gemeinheit bekommt ein einzelne die Nahrung, den Schutz vor Gegner und den Gleichgewicht mit der Umgebung. Ein Herdengefühl kommt wie eine „kostenlose Ergänzung". Allerdings muss man eingestehen, dass die Letzte auch bei den hoch intellektuellen Menschen einen bedeutenden

Platz nehmen könnte. Ein sofort kommendes in den Kopf Beispiel dafür erweist ein krimineller Verein, wo die sogenannte Eigenschaft wohl verbreitet wird. Der sich betrübende Autor dieser Zeilen empfand noch einmal eine tiefe Ehre vor seinen Günstlingen, die niemals ihre Selbstlosigkeit zu verraten wussten. Seine „menschenwürdigen" Artgenossen pflegten dagegen „ihre Beste", um ihre gemeinen Neigungen von Verdacht zu befreien. Im Gegenteil ließen sie sich immer „neue" Begründungen der alten Untugend. Nun mithilfe moderner Psychologie und Neuropathologie. Diese Verschlagenheit machte ihnen noch nie dagewesenes Beweismaterial dafür, wie man die gemeinsamen Feinde „wissenschaftlich gesehen" zu schmälern vermöge. Wie die anderen Übeltäter gaben sie keine zweifelhafte Mittel auf. Angreiferisch suchen sie um herum die unterschiedlichen Gesellschaft Schichten, die momentan mit ihnen von gleicher Gesinnung sein sollten. Die alte Konspirationstheorie erfüllte weit noch nicht alle ihre Prädestinationen. Andererseits war sie trotzdem sehr populär bei der Bevölkerung, die seit zwei Jahrhunderten alle ihre Variante wie die Wahrheit aufnehmen sollte. Kennzeichnend passierte es sowohl in den Zeiten der großen Imperien als auch während „schwarzen" und „roten" Diktaturen, die angeblich zunutze aller Bevölkerung geschafft worden waren. Nur wenige Andersdenkende haben eine bewusste Opposition dieser Tyrannei geleistet, häufig auf Kosten ihres Lebens. Die lange und ungeduldig erwartete US-amerikanische und europäische Demokratie war herbeigerufen, um die Sachlage radikal zu ändern. Einige Jahrzehnte war es in der Tat der Fall. Doch darauf begann auch dieses hochgepriesene Machtform zu versagen. Was war die Ursache solches Missglück? Der Verfasser selbst war unschlüssig gewesen. Mehr als das komisch sah die Situation in der Bundesrepublik Deutschland aus, die auf ihren Schultern alle grausamen Folgen der Nazi-Diktatur ausgetragen hatte. War diese gramvolle Erfahrung wirklich umsonst? Wahrscheinlich ja, wenn gewisse diktatorischen Grundsätze mehr und mehr die Politik der vereinigten Republik bestimmen sollten. Eine offene Unzulässigkeit zur Kritik sorgte dafür, dass das neue Land immer tiefer degradieren sollte, obwohl die Fehlschläge der Regierenden immer deutlicher erkannt werden konnten. Der Staatsleitung mit den unbeschränkten Vollmachten entsprach unter anderen eine mangelnde Begutachtung der Hauptrichtungen der Politik, was das Risiko großer Versehens nicht ausschließen ließen. Die Gefahr verstärkte sich auch wegen der führenden Position der Republik in der EU, weil die ungünstigen Methoden deren Einfluss auf den Verbündeten in anderen Staaten übertragen werden könnten. So passierte es beim Austeigen aus der Atomenergie, was einigermaßen daran erinnerte „den Kopf in den Sand zu stecken". Denn das Defizit des eigenen Elektrostroms verlangte, ihn von den Nachbarn zu ziehen, die dafür Atomkraftwerke benutzten. Der lastende Druck in mehreren Fragen auf anderen Staaten sorgte für die Stimmung, die EU zu verlassen, was schließlich zum Brexit führen sollte. Der nächste grobe Fehler war mit der Flüchtlingspolitik verbunden. Eine bedrängende Wirkung auf die EU-Staaten mit dem Aufruf, soviel wie möglich die Heimatlosen aufzunehmen, war sicher nicht gut durchgedacht worden. Denn die Nachbarschaft der Fremden war für mehrere Bürger unerwünscht und sorgte für die allgemeine Beliebtheit der rechtsextremen Richtungen. Etwas Ähnliches fand in einigen anderen EU-Ländern statt, wo die rechtbesinnten Politiker ihre Positionen befestigen konnten. Diese ungünstige Tendenz wurde bald von Machthaber auf dem Postsowjetischenraum ergänzt. Die Ergebnisse der genannten Zeitspanne zeigten eindeutig, wie zerbrechlich die nicht gut durchgedachten Entscheidungen in hoher Politik sein konnten. Nur den wenigen Genien wird es angemessen, etwas Bahnbrechendes zu unternehmen. Eine starke Erschütterung des Bewusstseins der Bevölkerung in beiden Teilen Deutschlands brauchte eine weise Behandlung ohne Eile und Übertreibungen. Leider war auch solche Verhaltensweise nicht der Fall. Darüber hinaus wurden mehrere Fehler in wichtigen Fragen des Alltags gemacht. Die bunt gemischte Zusammensetzung der Volksgruppen von unterschiedlichem Ausbildungsniveau, nationalen, kulturellen und religiösen Faktoren forderten von der Regierung eine unverzügliche Leistung in den existenzwichtigen Bereichen der Gesellschaft. Doch die Zeit war unverzeihlich verpasst. Keine fühlte die große Verantwortlichkeit in den Schulsachen, wo die familiäre, kirchliche oder nationalistische Verirrungen einzuwurzeln drohen. Die Schule war dabei eine unentbehrliche Stelle für die Förderung der Entwicklung des Kindes, die um eine fortschreitende Entwicklung kümmern sollte. Das Bestehen bei den Schulkindern der oben genannten Überbleibseln zeugt von dem mangelhaften Schulsystem des Staaten. Die Notwendigkeit einen ständigen Wachdienst der Polizei rund um die gewissen kulturellen oder religiösen Einrichtungen erweist kaum etwas Durchgeistiges bei den Einwohnern. Im Großen und Ganzen sind alle solche Abschattungen die unmittelbaren Pflichten der demokratischen Regierung, die keinesfalls dem Selbstlauf überlassen werden durften. Noch schlimmere Offenbarung der autoritärischen Regierungsmethoden wird die fahrlässige Nichtbeachtung der vorhandenen Gesetze beweisen. Nichtsdestotrotz gibt es keine Alternative der strickten Erfüllung der Dienstpflichte mit der Bestrafung von Schuldigen. Im Prinzip präsentiert die echte Demokratie das Beste, was unsere Sippe bisher in der Staatsführung entwickelt habe. Doch die ist andererseits ein lebendiges Wesen, das wie alle andere Lebewesen für die Krankheiten anfällig sein könnte. Der Unterschied zwischen ihm und Einzelwesen besteht doch darin, dass es für den ersten die Gefahr zu leiden eine Vielfalt von Individuen und gesellschaftlichen Schichten betreffen konnte. Aus diesem Anlass muss die ganze Gemeinschaft für die geistige und moralische Gesundheit der Demokratie sorgen. Eine menschliche Duldsamkeit ist oft ein Kennzeichen des hohen Niveaus der Gesellschaft. Sie verwandelt sich aber in ein Übel, wenn die Rede von der Toleranz gegenüber offenen oder verborgenen Verbrecher ist. Jede verworrene Gelegenheit verlangt von uns Menschen gewisse Tugend, damit die Zahl der gequälten minimal wird. Dieser dornige Pfad besitzt aber das Potential, mit dem wir in den Raum der zuverlässigen sozialen Organismen zurückgekehrt werden.

Noch eine unvermeidbare Bemerkung sollten wir über die Demokratie nennen, die mit ihrer Selbstabwehr verknüpft werden sollte. Sonst kann sie von ihrer eigenen Wohltätigkeit zugrunde gehen. Ein Beispiel dafür zeigt die sogenannte Reichsbürgerbewegung. Diese auf den ersten Blick eher lächerliche Szene der verschiedenartigen Personen oder kleinen Gruppen vereint die Ablehnung des Existenzrechts BRD als einer rechtmäßigen Staatsmacht. Auf diesen Grund leben sie vermeintlich weiter nach den Gesetzen des Dritten Reiches. Die Mehrheit diesen in ihrer Gesinnung standhaften Menschen ist schwerbewaffnet, damit sie ihre eigene Grundstücke zu verteidigen vermochten. So lassen sie die Polizei und andere Machtvertreter der Bundesrepublik nicht auf ihre Gelände und geben sich die Bevollmächtigung, jene Eindringende zu töten. Da sie auf keinen Fall eitle Schwätzer sind, bevorzugen die Bundesbehörden, mit ihnen „einen geheimen Stillstand" zu bewahren. Dieses Musterbild zeigt, wie es wichtig für die Demokratie wird, sich manchmal an die Gewalt zu wenden, um ihre Gesetze aufrechtzuerhalten.

Jetzt wäre es die höchste Zeit gewesen, uns eine persönliche Beziehung der Demokratie gegenüber zu erklären. So scheint sie deswegen so attraktiv zu sein, weil es in ihrer Wurzeln die verborgene Kraft der Selbstöpferung versteckt worden war. Ein ausführliches Nachdenken bestätigt wohl diese geistige Empfindung. Ein streichsüchtiger Nörgler kann widersprechen im Sinne, dass diese Regierungsform so viel menschlichen Leben zum Opfer gebracht habe, dass der Begriff selbst wie ein Schimpfwort aufgenommen werden musste. Leider stimmt es auch in der Tat. Trotzdem sah der Verfasser neuerdings darin die einzige Möglichkeit, sich vor Clero rechtzufertigen. Mehr dazu konnte er nichts hinfügen.

Eine Umwandlung zur Eile antreiben

Wie gesagt sorgte die Corona-Pandemie nicht nur für die schlimmsten Erschütterungen der gesamten Lebensweise weltweit, sondern auch für die massenhafte Beschleunigung neuer Richtungen, die künftig den Fortschritt bestimmen sollte. Eine davon war mit der modernen Einstellung des Begriffs „Gedanken" verknüpft. Diese vom Dinglichen gelöste Art und Weise bekam plötzlich eine unerwartete Tonfülle der wirksamen Handlung mit den vielversprechenden Folgen.

Ein kleiner Wink auf etwas, was den beiden Dialogpartner ihr Thema sofort durchsichtig machen sollte, erläutert, worum es ging. Sie können diese Empfindung in einem engen Raum des Hotels oder grundsätzlich in einer zweitausend Kilometer Entfernung voneinander wahrnehmen. In zweitem Fall hießen diese Beteiligten Zauber, Hellseher oder Betrüger, von dem man bereit wird, alles zu erwarten. Wenn es in ersten Varianten eine Abart der Telepathie gemeint wird, gehört den Letzten eine Neigung zur Täuschung. In einer Apps-Zeitabschnitt musste man besonders vorsichtig sein, damit man den anderen nicht zu beleidigen vermöge. Andererseits wird es immer wahrscheinlicher geworden, dass ein humanes Wesen von einer KI unterstützt wird, die die

Sachlage mit der Gedankenübertragung in eine höhere Dimension bringt. Ein brillantes Beispiel dafür zeigt ein PC-Schriftprogramm, das die Logik menschliches Bewusstseins zu entziffern versucht. Das Kunststück dieser Software besteht darin, dass je öfter die Humannatur mit den Vorschlägen ihrer künstlichen „Schwester" einverstanden wird, desto präziser wird ihre Hilfe. Anders ausgedrückt, versucht sich die KI, an die menschliche Folgerichtigkeit anzupassen. Wie schon bemerkt worden war, lässt der KI eine Vergrößerung von Datenbanken unebenmäßig mehr über die Neigungen und Vorliebe einzelner Person oder einer Gesellschaft wissen und ausnutzen. Glückhaft veranstaltete solches geistige Spiel einen weiten Durchblick für beiden Seiten. Natürlich in der Mutmaßung, dass die KI ein Spießgeselle des Menschen zu werden vorhat.

Eine Zuverlässigkeit solcher Aussage bleibt aber aus mehreren Gründen fraglos. Denn man ist nicht hundertprozentig sicher, dass die Laune seines besten Freunden ihm gegenüber lange Zeit unverändert wird. Im Vergleich mit solchem Kameraden wird der künstliche völlig unvorhergesehen. Dabei darf der biologische „human being" nie vergessen, dass die KI sich so schnell entwickelt, dass jeder Wettbewerb mit ihr ausgeschlossen sein sollte. Mit anderen Worten sind wir Menschen imstande, nur in der nahen Zukunft von solcher Zusammenarbeit etwas Günstiges zu erwarten.
Der nächste Schritt in dieser Richtung war, sich ins System einzuloggen. Eine genaue Darstellung erläuterte aber, dass man, ohne eine tiefe Abschätzung persönlichen Qualitäten des Betroffenen nichts anzufangen wusste. Das Risiko, die Kontrolle über unzuverlässigen Individuen, Unternehmen oder Staaten zu verlieren, zu groß werden konnte. Der Schutz der privaten Sphäre eines Einzelnen wurde vor wenigen Jahrzehnten zum höhen Vorrang der Weltbevölkerung geworden. Ungeachtet dieses Geheißes sollte man sich lieber, nicht allein über aktuellen Forschungsergebnisse informieren lassen, sondern über die politische Lage auf dem Planeten sowie über die Entwicklung der totalitären Regimen, die man wie eine Bedrohung der Menschlichkeit begreifen sollte.

Ein einsichtiges Individuum konnte aus den beschriebenen Angaben den Schluss über den Zusammenhang zwischen elektrischen Potentialen im Gehirn und einer Kriegsvorbereitung seitens kriminellen Machthaber herausfinden.

Eine unrealistisch klingende Vermutung, dass die KI möglicherweise die Herrschaft über den Menschen auszuüben probiert, ist sicher nicht belanglos. Und der Versuch der Kriegssüchtigen, KI für sich zu gewinnen, darf man auch nicht zu kränklicher Verlockung zählen.

Wieder gemeinsam mit den Kleinen

Diese aktuelle Windung der Fortstrittsspirale machte den Verfasser wehmütig. Denn die Situation mit der Gedankenflüssen schien ihm widerlich zu sein. Sie erinnerte ihm an die alten Zeiten der Sklaverei, wenn die mächtigsten Kaiserreiche der Welt sich die schwachen Regionen des Planeten unterzuwerfen pflegten. Zugleich versuchte diese gewaltige Eroberung der KI in die private Gebiete menschlicher Seele hineinzustürmen, was zu nichts taugte. Dieser Gedankenblitz erstattete ihn zurück zu Clero, den er jetzt in neuen Lichte kapieren konnte. Bestimmt war dieser Vertreter der einfachsten Lebewesen aus dem Darmkosmos ein Denker und Schöpfer, der nicht allein über die Produktion von komplizierten biochemischen Substanzen, sondern über geniale und humane Ideen verfügte. Niemals zeigte ihm dieser kleinste ein Zeichen davon, dass er dessen ungewöhnliche Fähigkeiten für etwas Übles anwenden konnte. Eher sollte er ein Nachahmungsmuster erweisen. Plötzlich rang ihn das Stolz Milieu auf seine Freund um. Wie war es überhaupt möglich, dass das Subjekt aus der Makrowelt, dessen riesige Größe für ein Bakterium unvorstellbar sein sollte, mit den gleichen Ahnungen versahen wurde wie der kleinste. War es ein nächstes Wunder der Natur oder ein Signal aus fernen Galaxien, die das irdische Niveau millionenfach zuvorkommen konnten. Letzten Endes war es gar nicht ausgeschlossen, dass es für solche Zivilisation keinen Unterschied zwischen menschlicher und bakterieller Natur gab, die sowieso zu primitiv auszusehen vermochten. Vielleicht war diese Erwägung des Verfasser gerade richtig, was dem weitentfernten Geist gefallen konnte. Auf jeden Fall verbesserte sich die Laune des Autors drastisch.

Erstaunlicherweise passierte in dieser Minute etwas Ähnliches auch im Geist Clero. Vor kurzem ertappte sich der Kleine bei Empfindung, dass er und seine Verbündeten ihrem Gebieter unsagbar dankbar sein mussten. Dieses un-

begreifbare Wesen brachte ihnen mit dessen unbegrenzter Tugend solche unschätzbaren Wohltaten, die sich keine andere Macht zu leisten wusste. Clero erinnerte nochmals daran, dass der Herrscher sich herablassend die Essgewohnheiten änderte, damit sie, dessen Untertannen, die gesundeste Nahrung der Welt bekommen konnten. Nun waren sicher die kleinsten an der Reihe, um ihm ihre Ergiebigkeit zu beweisen. Aber wie könnten sie es erreichen? Überstritt diese Aufgabe ihre Möglichkeiten? Auf den ersten Blick unbedingt. Doch schon der zweite machte Brago findig.
„Hören sie mal zu“, begann er mit dem eigentümlichen für ihn Anflug der Ironie, „der Herr leidet nicht weniger als die anderen kosmischen Giganten unter der Invasion verhängnisvollen Mikroben, die dessen Leben und Gesundheit zugrunde richten drohen. Wäre es nicht unseren Kräften angemessen, ihn davon zu retten?“
Die anderen zeigten momentan ihre Zustimmung. Gerch nahm diese Richtung über:
„Wir schaffen täglich neue Schutzprodukte, die gegen unsere Feinde ganz effizient sein sollten. Ist es nicht ausreichend, um unserem Herrscher zu helfen?“
Eine kurze Besprechung ließ, etwas Wichtiges an den Tag bringen. Es stellte sich dabei heraus, dass ihre zahlreche Gemeinschaft unlängst eine Wunderwaffe gegen ihre pathogenen Artgenossen erfand, die gentechnologisch noch unübertroffen blieb. So wurde es entschieden, so bald wie möglich, die Arznei zum Einsatz zu bringen. Obwohl es ein modernstes Antibiotikum war, das noch keine Prüfung zu bestehen probierte, war das Ergebnis märchenhaft. Das heißt, erfolgreich und ohne Gegen- oder Nebenwirkungen.

Gläubigkeit unter den Mikroben

Um ehrlich zu sein sorgten die Ereignisse der letzten Tagen dafür, dass Clero erst seit seiner Geburt seriös über den Gott nachdenken konnte. Dessen heilige Gestalt kam ihm unerwartet in den Sinn, als er mit den Freunden das Benehmen ihres Herrschers erörterten. Zweifellos war es eng mit dessen Tapferkeit verbunden, die einen allgemeinen Begehr erregte, ihn zu vergöttern. Diese blitzartige Erscheinung konnte nicht zufällig zustande kommen. Sonst gäbe es kaum ein Gefühl der Glückseligkeit, die seine Seele vollständig verschlingen konnte. Es war ein Erlebnis unbekannter Art, das man wahrscheinlich mit der Weltseele selbst vergleichen könnte. Es war augenblicklich und dauerte gleichzeitig eine Ewigkeit. Solche Extremitäten gehörten ihm wie die unentbehrlichen Bestandteile. Und der Slogan „Retten den Fremden“ passte gut zu seinem Glauben. Unter diesem Gesichtswinkel wandelte sich auch die Vernichtung der gleichartigen in einer Heldentat um. Wer´s glaubt, wird selig! Und auch sachlich fiel alles zusammen, indem sein Leib ohne Zögerung die benötigten message (m) RNA zu produzieren begann, die der Gebieter momentan brauchte. So konnte Clero allen Freunden mitteilen, dass der Glauben allmächtig sein sollte.

Das Geheimnis des langen Lebens

Unvorstellbare Angelegenheiten mit Clero wurden wie nach dem Handwink dem Verfasser übertragen. Zuerst bekam er das Kennzeichen der langen Gesundheit, die beachtlich mit den einfachsten Lebensbedingungen verknüpft worden waren. Wie konnte er, ein ausgebildeter Fachmann, diese nichtigen Bagatellen vorbeigehen?

Jetzt schien ihm alles zu primitiv zu sein. Doch die jüngste Botschaft Cleros zwang ihn, die Sache wahrzunehmen. Und wörtlich hörte es so an:
Unsere Nahrung war nicht ein Mittel, das den Hunger zu stillen pflegen könnte, sondern eine heilige Arznei, die uns mit dem Himmel verbinden sollte. Mit anderen Worten codierte sie heimlich den Algorithmus, der das Genussleben bestimmte. Es war jetzt nicht schwierig, die Richtigkeit des Essens zu überwachen. In der Tat war es ausreichend, unser Gesicht einmal täglich vor dem Spiegel aufmerksam zu betrachten. Da stand alles klar geschrieben. Es war unglaublich, trotzdem eine reine Wahrheit! Der Spiegel sprach nicht mehr mit den Andeutungen, sondern mit fertigen Begriffen. Z.B. verrät er die Symptomen, die einer oder anderer Erkrankung typisch waren sowie die Ernährung und den Lebensstil, die solche Probleme zu überwinden halfen. Etwas mehr Fantastisches konnte man nicht vermuten. Die geistige und körperliche Anspannung, die der Autor vor kurzem erlebte, riefen bei ihm gleichzeitig Herzschwäche, Nieren- und Leberversagen, Diabetes mellitus und Prostatitis hervor. Der Heilungsweg

kam aus dem Spiegel mit den bildhaften Gestalten, indem es keinen Zweifel mehr gab, welche Maßnahmen der Betroffene unternehmen sollte, um wieder gesund zu werden. Und dem „Armen“ blieb nichts übrig, als diese Anweisungen zu folgen.
In einer Woche fühlte sich der Verfasser so fit, dass seine Vorstellungskraft ein neues Forschungsgebiet zu verarbeiten begann.

Wie man sich zuhause vor Allergie schützen könnte

Diese bemerkenswerte Erörterung besuchte den Verfasser im Schaf, der ihn nach einer intensiven Arbeit verschlang. So sah er rund um sich wie unter dem Mikroskop die kleinsten Stäube, die vermeintlich aus Schwebeteilchen bestanden, die er vergeblich abzutasten versuchte. Im Augenblick kapierte er, dass es um die giftigen Schwermetallen handelte, etwa Blei, Arsen, Cadmium oder Nickel, die in seinem Organismus zu einer Überempfindlichkeit führen sollten. Außerdem sorgte sein Schlaf dafür, dass er noch gefährlichere Krankheiten erkannte, die diese Metalle zu verursachen vermochten. Unter anderen Lungenentzündungen, und machte die Luftqualität absolut ungeeignet für die Atmung. Besonders in der Zeit der Corona-Pandemie, wenn jenes Einatmen vom unangenehmen Denkvorgang begleitet wurde, nahm die Besorgnis zu, eine unheilbare Erkrankung zu bekommen. Ernst genommen, sollte alle unsere Häuser und Wohnungen zur guten Zuflucht werden konnten, wo die Rettung noch wahrscheinlich sein werde. Leider musste auch sie versagen.
Die nächste Erfassung kam ihm in den Kopf als er darin Nanopartikeln vorstellte, die keinen Unterschied zu Virenteilchen haben konnten. Die Hauptsache war die äußerst kleine Größe der beiden, die ihnen das Vermögen zuteilte, in die tiefe Zellinneren einzudringen, damit dort verheerende Zerstörungen zu verursachen. Sofort standen ihm gegenüber die RNA-Strange, die nicht nur falsche Proteine darstellten, sondern ekelhafte Hybride mit dem Doppelhelix DNA aufbauen ließen. Nun entstanden märchenhafte Chimären vor seinen Augen, die für die Produktion der missgebildeten Bestandteilen des Körpers verantwortlich sein sollten. Zu dessen Erstaunen wandelten neben den ihm bekannten bioaktiven Substanzen auch Hormone um, indem sie eine Reihe von Kettenreaktionen in Gang gebracht haben, was das abscheuliches Bild abzu-

schließen vermochte. Das bald Erwachen begegnete der „Arme“ in einem kalten Schweiß gebadet.

Hormone

Darmbakterien produzierten viele Hormone selbst. Diese offene Binsenwahrheit begriff der Gelehrte sicher seit eh und je, vielleicht gleichzeitig mit der Behauptung, dass das Wort Hormone vom altgriechischen Wort „hormaen“ abgeleitet worden war, was so viel wie antreiben oder erregen bedeutet. Der Begriff wurde vom englischen Physiologen Ernest Starling geprägt, der als Entdecker des Verdauungshormons Sekretin gilt. Hormone werden von sogenannten endokrinen Drüsen produziert und direkt ins Blut abgegeben. So könnten sie auch an jenen Zellen wirken, die weit vom Entstehungsort der Hormone entfernt waren, und auf diese Weise als wichtige chemische „Boten“ zwischen unterschiedlichen Organen fungierten.
Von seinen Studienjahren an waren diese biologisch-aktive Substanzen in aller Munde, z.B., dass Adrenalin dem Körper, in Gefahren- und Stresssituationen half, zusätzliche Kräfte zu mobilisieren, die er für Flucht oder Kampf benötigte. Dieser Botenstoff wurde im Nebennierenmark gebildet und von dort aus in die Blutbahn abgegeben. Cortisol war dagegen in der Nebennierenrinde produziert und zählte wie Adrenalin zu Stresshormonen. Es wirkte stark auf die Blutgefäße und auf den Stoffwechsel. Besonders wichtig war es für den Blutsalzhaushalt. Dopamin und Serotonin spielten eine wichtige Rolle als Neurotransmitter, z.B. für die Übertragung der Erregung von einer Nervenzelle auf die anderen. Sie wurden auch als Glückshormone bezeichnet. Die Endorphine erwiesen körpereigene Opiate und wirkten unter anderem als effiziente natürliche Schmerzstiller. Diese Stoffe sorgten auch dafür, dass der Mensch in einem Notfall noch reaktionsfähig bliebe. Insulin ermöglicht dem Körper, Energie zu speichern. So sorgte es dafür, dass der Zucker in die Zellen gelangt und dort gespeichert werden konnte.
Die Sexualhormone Östrogen und Testosteron waren dagegen dafür verantwortlich, dass Frauen aussehen wie Frauen und Männer wie Männer.
Sie beeinflussten das Lustempfinden und die Fähigkeit, sich fortzupflanzen.

Hormonzentrale Darm

Grundsätzlich stehen Darm und Gehirn unter anderem über Nervenbahnen (das sogenannte enterales Nervensystem). Stoffwechselprodukte der Darmbakterien und Hormone werden damit in enger Verbindung gebracht, indem der Darm dem Gehirn mitteilte, welche Nährstoffe dem Körper fehlten.

Was uns der Östrogenspiegel verraten konnte

Die neuen Forschungsergebnisse wiesen darauf hin, dass das Darmmikrobiom eine zentrale Rolle bei der Regulierung des Östrogenspiegels im Körper spielte und somit das Risiko beeinflusste, gewisse hormonbedingte Erkrankungen zu entwickeln. Falls das Mikrobiom des Darms gesund wird, produziert der Körper genau die richtige Menge des Enzyms ß-Glucoronidase, das für die Regulierung des Östrogenspiegels zuständig ist. Eine Störung im Haushalt der Mikroorganismen hingegen kann die Aktivität dieses Enzyms beeinträchtigen, was zu einer Unter- oder Überversorgung mit freiem Östrogen führen kann. Erkrankungen, die daraus resultieren können, sind Endometriose, Brust- und Prostatakrebs sowie das Polyzystische Ovarsyndrom (PCOS).
Übrigens ist die Letzte die häufigste Hormonstörung bei Frauen im gebärfähigen Alter. So leiden in Europa 4-12% weiblicher Personen darunter. Allerdings können auch ihre männlichen Verwandten daran erkranken. Bei der Frau zeigt sich im Ultraschall das PCOS durch vergrößerte Eierstöcke mit vielen kleinen Zysten am Rand. Typische Symptome sind ausbleibende Regelblutungen, unerfüllter Kinderwunsch, Übergewicht sowie kosmetische Probleme wie Haarausfall, vermehrte Körperbehaarung oder Hautunreinheiten. Oft geht PCOS mit einer Insulinresistenz einher, was das Risiko birgt, langfristig Diabetes mellitus zu entwickeln. Ebenso ist die Wahrscheinlichkeit für eine Herz-Kreislauf-Erkrankung erhöht. Ursache des PCOS ist ein Überschuss an männlichen Hormonen (Androgenen) im Verhältnis zum weiblichen.

Gibt es eine Verbindung zwischen Mikrobiom und PCOS?

Aus den mehreren Studien in den renommierten Forschungseinrichtungen wurde es deutlich bewiesen, dass das Mikrobiom erheblich zu PCOS-assoziierten Symptomen beitragen konnte, indem es Energiestoffwechsel, Körpergewicht und Insulinsensitivität beeinflusst. Bekannt und klar belegt ist auch, dass die Darmflora in engem Zusammenhang mit chronischen Entzündungen und erhöhter Durchlässigkeit des Darms steht. Durch die Erblichkeit spezifischer Bakterien kann womöglich auch die Erblichkeit des PCOS, die sich genetisch nicht eindeutig erklären lässt, beeinflusst sein.

Zahlreiche Untersuchungen brachten zustande, dass das Stuhl-Mikrobiom von PCOS-Patientinnen deutlich verändert war und somit eine geringere Vielfalt und eine veränderte Zusammensetzung der Phyla aufwies. Das Wort Phyla bedeutet Mehrzahl von Phylum, das heißt ein Stamm. Bei den Eukaryoten (Lebewesen, deren Zellen einen Zellkern haben) ist jeder Stamm einem Reich untergeordnet. Dagegen werden Prokaryoten (Bakterien und Archaeen) nicht in Reiche aufgeteilt, sondern unmittelbar in Stämme.
Darüber hinaus wurde es festgestellt, dass die spezifischen Substanzen, die bei PSOS-Patienten typisch sind, eine verderbliche Wirkung auf der Darmflora verursachen können. Das schlimme Ergebnis dieser Wirkung besteht darin, dass die Darmbakterien massenhaft abgetötet werden und deren Zerfallsprodukten giftige Verbindungen (Toxine) freilassen, die schließlich ins Blut der Kranken gelangen. Diese Erklärung konnte beweiskräftig zeigen, wie eng das Mikrobiom mit unseren Hormonen in Zusammenhang steht.

Ist die Freundschaft der Großen und Kleinen immer wohltuend?

Diese Frage beschäftigte den Verfasser letzte Zeitspanne sehr ernst. Der ständige geistige Umgang mit Clero und deren Verwandten sollte keinen Zweifel übriglassen, dass die Kleinen alles, was in ihren Kräften waren, in Gang gesetzt haben, damit die Gesundheit des Großen in Ordnung sein sollte. Im Gegenzug fühlte sich der letzte verpflichtet, die mikrobielle Gemeinschaft im aussteigenden Bereich seines Dickdarmes mit allen möglichen Zutaten zu versorgen. Doch der Gelehrte durfte nicht, ausschließlich seiner Emotionen vertrauen, denn seine wissbegierige Vernunft verlangte von ihm, sofort die modernsten Forschungsmethode anzuwenden.

In der Tat sollte wie einem Gegenstand der Untersuchung die Proben aus dem Stuhlgang dienen, die er aber enorm ausführlich vorbereitet musste. Sonst hätte er keine Chance, auf die Glaubwürdigkeit des Experiments zu rechnen. So versuchte er, alle seine vorigen Geübtheiten wiederherzustellen sowie die Handgriffe der Zytometrie zu benutzen. Natürlich erhielt er alle seine frühere und gegenwärtige Kenntnisse aufrecht, damit er das Mikrobiom nicht zu stören vermochte. Ehrlich eingestehen war es gar nicht einfach. Zuerst war er nun gar nicht mehr jung. Im Unterschied zu Ereignissen, die vor einem halben Jahrhundert stattfanden, unterordneten ihm seine Hände kaum wie damals. Zweitens musste er nun die ganze Aufmerksamkeit auf die Details konzentrieren, die er früher automatisch durchzuführen wusste. Und drittens vergaß er manchmal das Ziel der Arbeit und wurde gezwungen, angestrengt daran zu erinnern. Zugleich kamen abstrakte Kleinigkeiten in den Sinn, die er momentan kaum brauchte. Z.B. über eine außenordentliche mikrobielle Anpassungsfähigkeit auf bioaktive und giftige Substanzen, die schnell, biegsam und effizient entstand und ließ schon nach wenigen Generationen eine klare Duldsamkeit gegenüber Krankheitsgründe zu zeigen. Eine einzigartige Strategie seiner Bakterien, auf ungünstigen Umweltbedingungen zu reagieren, war sicher beneidenswert. Sie erwies sich darin, dass sie unverzüglich stark ihren Stoffwechsel und ihre Reproduktionsraten verminderten. Solche gezwungene Adaption kostete ihnen viel Zeit und Energie und war auch für ihren Wirt nicht gefahrlos. Umgekehrt riskierte der Große, sein Wohlbefinden erheblich herabzusetzen.

Die nächste Schwierigkeit, mit der der Wissenschaftler gegenüberstellen musste, betraf den Unterschied zwischen belebten und getöteten Einzelwesen, der eine Erfindungskraft forderte. Denn die beiden Gruppen waren äußerlich nicht erkennbar. Gott sei Dank half ihm sein früherer Mitarbeiter, der gerade mir einer neuen Methode betätig war, die in dessen diagnostischen Klinik eingerichtet werden sollte. Mit diesem unerwarteten Durchbruch begann der Verfasser, seine Studien fortzusetzen. Ehrlich gesagt nahm diese Neuigkeit bei ihm mehrere Wochen in Anspruch. Außerdem ließ ihm der alte Kollege die besten Geräte mit PC-gesteuerten Laseranalyse probieren, die zu zuverlässigen

Resultaten führen konnten. Grundsätzlich war er jetzt in der Lage, in die Zellinneren einen Blick zu werfen, als ob es die Zellwände überhaupt nicht gab. Schließlich lehrte er ein fabelhafte Verfahren kennen, mit dessen Hilfe er hundertprozentig sicher wusste, dass einige Bakterien lebendig blieben und die anderen, leider Gottes, nicht mehr. Noch später wurde es ihm erklärt worden, dass die Methode eine Menge hochentwickelter Technologie in den Einsatz zu bringen wusste, dass allein das Einvernehmen der Sache fantastisch zu sein schien.

Die Nachhaltigkeit

Die oben geschriebene Studien zwangen den Autor dieser Zeilen restlos überzeugt davon zu sein, dass seine bakteriellen Freunde imstande sein sollten, die unlösbaren Probleme der Umweltrettung zu erfüllen, die für die völlige Rettung des Planeten unentbehrlich sein sollte. Denn die einsichtigen Bewohner seines Darm vereinigten unbewusst in deren winzigen Körpern einen Umfangreichen Geist mit der Fähigkeit, die Vorgänge in ihren Zellen zielgerichtet zu regulieren, damit die mächtigen chemischen Verbindungen synthetisiert werden könnten. Sie verüben dabei den Gedanken, etwas Ungewöhnliches zu schaffen, was noch nicht da gewesen werden konnte. Sie teilten zugleich ihren Lieblingherrscher mit, in welcher Richtung sie augenblicklich beschäftigt waren, um angeblich dessen Meinung danach zu erfragen. Und der Riesige sagte ihnen gutherzig darüber Bescheid. Ihre verhasste Xenobiotika, die aus der griechisch vorkam und die fremde Stoffe bedeuten sollte, meinte in deren gegenwärtigen Sinn chemische Verbindungen, die dem biologischen Stoffkreislauf eines Organismus oder einem natürlichen Ökosystemen fremd sei sollte. So enthalten sie manchmal solche Strukturelemente, die in dieser Form nicht oder nur sehr selten in Naturstoffen vorkamen. Nun kennt jeder ausgebildeter Naturforscher, dass in der menschlichen und tierischen Nahrungskette neben der gemeinen Anreicherung von Mikroplastik giftige Konzentrationen aromatischer Verbindungen in Sedimenten oder Schadstoffe im Grundwasser entstehen, die extrem kompliziert wäre, mit bekannten Methoden zu beseitigen. Jetzt wurde jene Hoffnung auf das große ökologische und biotechnologische Potential gerichtet, das wahrscheinlich die genannten Toxine anzubauen oder als die Nahrungsquelle zu nutzen verhelfen. Allerdings bleibt der Stoffwechsel natürlichen Nährboden vor allem für wenigen Substanzen bekannt, während ihre mikrobielle Abart viel verworrener aussehen sollte. Eine verlässige Desinfizierung der Xenobiotika erfolgt heutzutage meist über komplizierte Stoffwechselwege und findet durch die Bildung unterschiedlichen Zwischenerzeugnisse statt, an denen mehrere Enzyme gleichzeitig beteiligen werden. Es wäre gar nicht einfach, eine richtige Charakterisierung aller beteiligten Komponenten zu verwirklichen. Besonders schwer kann diese Situation in den großen Mikrobiomen aussehen, die eher eine unglaubliche Vielfalt an Angaben und Stufen vorschlagen. Außerdem werden die Daten, die man durch die genomische Analyse erlangt, erheblich begrenzt. Darüber hinaus muss man ständig mit der mehrfachen Steigerung der Zusammensetzung der abbaubaren Substanzen rechnen. Eher können wir fernerhin über die Neuordnung komplexer biochemischen Netzwerke reden, die immer größere Investitionen verlangen.

Zellmembranen wie einem Vermittler. Wie es schon erwähnt wurde, warfen uns bakterielle Membranproteine eine unglaubliche Herausforderung. Denn sie sind prinzipiell die Ansatzpunkte für die Entwicklung neuer Arzneimittel und anderen wertvollen biologisch-aktiven Präparaten. Leider erdulden diese hochwertigen Verbindungen während deren Entfernung eine unumkehrbare Veränderung, die ihre folgende Verwendung in Frage stellen sollte. Die präzisen Untersuchung der Wechselwirkung zwischen Heilmitteln und Zellmembranproteinen steht letztendlich nicht mehr im Weg, was schon von selbst freuen sollte. Sonst bleibt uns bis heute eine breite Palette Daten in der Strukturbiologie. In diesem Moment blitzte in den Kopf des Gelehrten eine brillante Idee auf, die nicht ohne Hilfe Clero zustande kommen konnte. Diesmal stellte der Gebieter mutig vor, die Geübtheit seines Günstlingen wieder probieren zu lassen. Jetzt handelte es sich darum, als einem „creation design“ dessen Fähigkeit auszunutzen, RNA-Stränge herzustellen, die hoffentlich die benötigten Stellen der großen Moleküle angreifen sollten, indem die erwünschten Umwandlungen vonstattenzugehen vermochten. Das kleine Genie ließ nicht längst auf sich warten. Schon nach fünf Minuten sendete er die Botschaft an den Giganten, dass es in dessen Bitte nichts Großartiges versteckt wurde. Umgekehrt passte es gut zu den jüngsten Erörterungen Cleros und dessen Verbündeten. Praktisch

ausgedrückt, wurde es ganz realistisch, die genannten Bestandteile der Membranproteinproduktion ihrer „Gottheit“ zur Verfügung zu stellen. Er teilte diese hervorragende Nachricht einfach und bescheinend mit, wie er sich auch zuvor mit Ihr zu benehmen pflegte. Doch für den Autor selbst hörte es wie eine unglaubliche Sensation an. Ehrlicherweise verheimlichte sich darin ein jugendlicher Traum des hochbetagten Forschers.
„Was wäre es wirklich bedeuten“, dachte er sich, „wenn ich solche erschütternde Leistungsfähigkeit damals bekommen konnte. Eine Medizinnobelpreis wäre mir fraglos garantiert gewesen. Nun bin ich eher imstande, meinen Ehrgeiz mit den süßen Erinnerungen zu trösten“. Doch schon in der nächsten Minute begriff er, dass auch deine aktuell gute Laune von seinem genialen Clero vorkommen konnte. Doch viel wichtiger für ihn war momentan die Tatsache, dass der Verlust mikrobieller Vielfalt, die er mit seiner schönen Darmbevölkerung genoss, zu steigenden Raten erblicher und chronischen Erkrankungen bringen sollte. Eine humane Person empfand sich glücklich nicht allein wegen des Erwerbs irgendwas Wertvolles, sondern in der Abwesenheit des Verlustes. Es war eine nächste Weisheit, die der Verfasser diesen Abend zu bekommen vermag.

Treibende Kraft der Inspiration

Die gespannte Arbeit des Verfassers letzte Wochen sorgte dafür, dass er neben bemerkbarer Müdigkeit lebenswichtige Schlussfolgerungen zu ziehen wusste. Alles, was ihm in seinem langen Werdegang gelang, war mit der Eingebung verbunden, die man mit logischen Kriterien kaum zu erklären vermochte. Eher im Gegenteil kamen sie ihm in den Kopf anscheinend zufällig während absolut anderer Tätigkeit oder sogar im Laufe eines Müßigganges. Dieses Gefühl erinnerte ihm an eine grundlose Glückseligkeit, die ihn manchmal in deren Strudel hinabreißen konnte. Etwas Gleiches passierte mit seinem lieben Clero, dessen schöpferischer Geist pausenlos für glänzende Entdeckungen bereit war. Wahrscheinlich wurde er gerade dank dieser märchenhaften Qualität von der Natur so großzügig belohnt worden.

Die letzte Eingebung, die den alten Gelehrten zu besuchen vermochte, war zweifellos mit der Gelegenheit verbunden, eine entscheidende Rolle der physikalischen Übungen zu kapieren, denen er im Laufe seines Lebens keine Wichtigkeit zu zollen vermag. Jetzt bekam er plötzlich ein zuverlässiges Beweismaterial dafür. Diese bescheidene Tätigkeit, die man gewöhnlich mit dem Sport verband, versteckte etwas Fabelhaftes, was den Muskeln eine schöpferische Kraft verleihen sollte. Auf diesen Grund sollten wir alle der Muskelleistung nicht weniger Bedeutung zuschreiben, als unseren Gehirn, den Nervenzellen oder dem Darm

Epilog

Mit dieser tiefsinnigen Erwägung kam diese fantastische Geschichte zu Ende. Unzweifelhaft bedeutete es nicht, dass Clero, ein winziger Vertreter der einzelligen Darmbakterien, seine genialen Vorhaben beiseiteließ. Umgekehrt kapierte er seine Errungenschaften als den Anfang eines neuen Zeitalters, wo die Größe ihre wichtige Bedeutung verloren habe und aufgrund der Relativitätstheorie beliebige Ausmäße erreichen konnte. Viel mehr Sinn fand er in der riesigen Informationsmenge, die er nun allerseits bearbeiten konnte, mit den unvorhersagbaren Ergebnissen. Zugleich genoss er weiter die Relativität der Zeit, die ihm die Macht eröffnete, ungehindert zwischen Vergangenheit und Zukunft zu reisen.

Und dem glücklichen Verfasser blieb nicht übrig als sich weiter von jeder nächsten Botschaft Clero und deinen klugen Verbündeten freuen. Nun hoffte der Alte auf einen erfolgreichen Beitrag seines Günstlings in der vollständigen Genesung der tödlichen Krankheiten, eine gesundeste Ernährung der Menschheit und auf eine richtige Ordnung auf der Erde. Nach seiner Auffassung war es nur in einer globalisierten Welt ohne Kriege, Katastrophen, Diktatoren, Umweltverschmutzung und sonstigen Störungsfaktoren möglich.

CPSIA information can be obtained
at www.ICGtesting.com
Printed in the USA
LVHW050710240821
695968LV00013B/620